Was wäre das Leben ohne die schönste und wichtigste Sache der Welt?

Aber was ist die schönste und wichtigste Sache der Welt? Eigentlich wissen wir es alle, doch vergessen wir es häufig inmitten unseres routinierten Alltags. Wir leben innerhalb polarer Gegensätze: hell und dunkel, schön und hässlich, glücklich und traurig, etc. und am liebsten würden wir uns immer nur die „positiven" Seiten heraussuchen und die „negativen" ins Nirgendwo verbannen. Doch das Leben besteht nun mal aus gegensätzlichen Polen und sie alle haben ihren Sinn.

Und es gibt einen Ort, an dem alle polaren Gegensätze miteinander vereint werden, an dem „Positives" und „Negatives" miteinander verschmelzen. Ein Ort, an dem man niemandem mehr die Schuld geben muss an Umständen, die einem nicht gefallen.

Diesen Ort zu finden ist wie das Lüften eines lange gehegten Geheimnisses.

Es gibt keine bessere Zeit im Jahr als den Dezember, um diesem Geheimnis auf die Spur zu kommen. Dann, wenn die Tage besonders kurz und die Nächte scheinbar endlos lang sind. Dann, wenn eine Sehnsucht in uns erwacht, die uns einfach nicht mehr loslässt.

Dieses Adventskalender-Märchen ist wie eine Reise in alltägliche und doch geheimnisvolle Welten. Es möchte die Menschen einladen, das Leben wieder mit anderen Augen zu sehen, denn es ist einzigartig, wunderschön und voller Magie, wenn wir sie sehen wollen.

Für Dich!
☺

Vielleicht ist das Wichtigste im Leben nicht,
wie viel Zeit wir an einem bestimmten Ort
oder mit einem bestimmten Menschen verbringen.
Denn das, was wirklich zählt ist,
was wir aus jedem einzelnen Moment machen
und wie wir ihn im Herzen
am Leben erhalten!

Aber jeder geteilte Moment mit einem Menschen, der uns am
Herzen liegt, ist kostbar!
Keiner dieser Momente ist eine Selbstverständlichkeit,
sondern ein großartiges Geschenk!

Ich danke Dir für jeden einzelnen geteilten Moment!

Nadine Bogner

Lille Lys
und das große Weihnachts-Geheimnis

Ein Adventskalender-Märchen für Groß und Klein

www.tredition.de

© 2017 Nadine Bogner (www.NadineBogner.de)
2. Auflage 2018
Umschlag, Illustration: Nadine Bogner

Verlag und Druck: tredition GmbH, Hamburg

ISBN
Paperback   ISBN 978-3-7469-6448-5
Hardcover   ISBN 978-3-7469-6449-2
e-Book   ISBN 978-3-7469-6450-8

Inhaltsverzeichnis

Anfang...

Bist Du nun bereit, auf die Entdeckungs-reise nach der schönsten und wichtigsten Sache der Welt zu gehen? Dann wünsche ich Dir jetzt viel Freude beim Eintauchen in die Magie des Lebens und eine wun-dervolle Advents- und Weihnachtszeit!

Alles Liebe!

Nadine Bogner

Lille Lys
1. Dezember

*E*s war einmal vor langer Zeit und doch auch wieder nicht, da kamen jedes Jahr im Dezember die Schneebolde in den hohen Norden Skandinaviens herabgerieselt. Sie waren weiß und rund wie Schneeflocken, doch waren es keine.

Schneebolde waren deutlich größer als die schneeflockige Verwandtschaft und ihr Weiß war so leuchtend, dass es bald in den Augen wehtat, wenn man mal einen von ihnen zu Gesicht bekam.

Das kam aber nur ganz selten vor, denn die Schneebolde versteckten sich gerne vor den Menschen. Diese versuchten sie nämlich manchmal mit ihren großen Händen aufzufangen, sobald sie vom Himmel fielen. Und wann immer das passierte, war die Reise eines aufgefangenen Schneeboldes für den jeweiligen Dezember jäh beendet. In der warmen Hand löste er sich nämlich einfach auf und stieg unbemerkt wieder in das Wolkenreich, welches auch Ovenfor* genannt wurde, hinauf.

Dort lebten die Schneebolde das ganze Jahr über. Und wenn es wieder Zeit war, auf die Erde zu rieseln, schüttelte und rüttelte Väterchen Frost einfach an ihren großen, gemütlichen Schneebold-Wolken und wünschte allen eine gute Reise. Das war immer ein großes Vergnügen, denn die Dezemberzeit auf der Erde, die auch manchmal von den Schneebolden als Nedenfor* betitelt wurde, war immer eine ganz besondere Zeit.

Warum sie so besonders war, war ein großes Geheimnis, in das ein Schneebold erst eingeweiht wurde, wenn er ein bestimmtes Alter erreicht hatte. Bis dahin musste er den Dezember über so lange im Wolkenreich warten, bis seine Familie wieder von der Erde zurückkam.

Von einem dieser Schneebolde, der nun auch endlich hinter dieses Geheimnis kommen sollte, möchte ich Euch jetzt erzählen. Sein Name ist Lille Lys*. Lille Lys wurde er getauft, weil er so hell leuchtete wie ein kleines Licht.

In diesem Winter feierte er seinen 385. Geburtstag, was für einen Schneebold noch sehr jung an Jahren ist.

Lille Lys wohnte zusammen mit seinem Schneeboldvater Far*, seiner Schneeboldmutter Mor* und seinen beiden älteren Schneeboldschwestern Bule* und Dråbe* in einer kuscheligen Schneewolke direkt über der dänisch skandinavischen Himmelsgrenze. Bule verdankte ihren Namen ihrem Aussehen, denn sie hatte nicht die übliche runde Schneeboldform, sondern war an einigen Stellen ein wenig eingebeult. Dråbe, was so viel bedeutet, wie Tropfen, sah tatsächlich so aus, wie ein kleiner Regentropfen, nur, dass sie dabei ganz weiß war.

In einer kleinen Schneewolke direkt nebenan wohnte Lille Lys Oma Mor Mor*. Sie war eine sehr betagte, liebevolle Schneeboldfrau von 4263 Jahren, die den lieben langen Tag Geschichten erzählte, wenn man sie nur ließ. Lille Lys besuchte sie fast täglich, denn außer wunderschönen und magischen Geschichten, gab es auch immer die leckersten Staubzuckerkekse und heiße Schokolade mit einer turmhohen Sahnehaube.

Es war an einem scheinbar ganz gewöhnlichen Tag, als Lille Lys wieder einmal an Mor Mors Schneewolkentür klopfte und er sich insgeheim schon auf eine neue spannende Erzählung von ihr freute.

„Herein", hörte er ihre warmherzige Stimme sagen und drückte die Klinke herunter. Sofort stieg ihm der Duft von Gebackenem in die Nase und ein breites Strahlen legte sich auf sein Gesicht. Im selben Moment wunderte er sich aber auch ein wenig, denn dieser Duft war neu für ihn. *Wahrscheinlich*, so dachte er, *hatte Mor Mor eine neue Kekssorte ausprobiert.*

„Hallo Mor Mor", rief er vergnügt und ging schnurstracks in Richtung Küche. Doch diese war leer. Lille Lys kam das sehr seltsam vor, denn Mor Mor saß doch immer in ihrer gemütlichen Schneeboldküche, in der sie viele Handarbeiten erledigte oder auf ihrer kleinen Töpferscheibe Vasen, Gefäße oder Skulpturen aus Eis anfertigte.

„Ich bin hier", rief sie ihm entgegen. „In meinem Wolkentürmchen. Komm ruhig herauf."

Jetzt war Lille Lys nicht mehr nur seltsam zumute, sondern er spürte, wie er innerlich ein klein wenig nervös wurde. Denn das Wolkentürmchen war hochgeheim und Lille Lys hatte in all seinen 385 Jahren nicht einen einzigen Blick hineinwerfen dürfen. Mor Mor hatte immer wieder gesagt, dass er dazu noch zu klein war.

Und heute sollte er tatsächlich die Gelegenheit bekommen, endlich herauszufinden, was in dem geheimnisvollen Türmchen verborgen lag?

Langsam stieg er die Treppe hinauf, die aus feinstem Gletschereis bestand. Bevor er die kleine Tür öffnete, hielt er für einen Moment den Atem an, denn mit so einer Aufregung hatte er an diesem Tag ganz bestimmt nicht gerechnet.

„Tritt nur herein", hörte er Mor Mor wieder sagen, also schob er die Tür auf, die ein geheimnisvolles Knarren von sich gab. Und jetzt stand Lille Lys` Atem noch einmal still, denn das, was er nun zu Gesicht bekam, das hatte er in seinem ganzen Leben noch niemals gesehen. Die Schneewolkenwände bestanden aus puren Eiskristallen und der winzige Raum war überall mit weißen Lichtbändern dekoriert, die die Eiskristalle nur so funkeln ließen. Solche Lichtbänder kannte er nicht, denn bei den Schneebolden gab es nur Kerzen und das funkelnde Licht der Sterne. Er war sehr fasziniert von diesem Anblick. Aber das Allerschönste, was Lille Lys erblickte, war etwas, das er auch noch nie gesehen oder jemals davon gehört hatte. Es war groß, ausladend buschig und grün und ebenfalls durchzogen mit vielen, vielen Lichtbändern. Diese waren allerdings nicht aus weißem, sondern aus buntem Licht. Zudem hing an diesem grünen Ding allerlei hübsches Zeug, das aussah, als käme es von einem anderen Stern.

„Das ist ein Weihnachtsbaum", hörte er Mor Mor sagen und er bemerkte, dass er mit geöffnetem Mund dastand und sich vor Staunen keinen Millimeter mehr rühren konnte. Jetzt fiel ihm auch ein, was heute für ein Tag war. Es war der 1. Dezember. Der Monat also, in dem die Schneebolde hinunter zur Erde rieselten. Seine Augen glänzten vor Freude und in seinem Bauch fühlte er eine unbändige Wärme und ein Kribbeln. Bevor er etwas erwidern konnte, schweifte sein Blick jedoch erst noch weiter durch den Raum, der so gänzlich anders aussah, als Schneewolkenräume nun einmal aussahen.

Neben dem Weihnachtsbaum standen ein rotes Sofa und ein roter Sessel. Auf einem kleinen Holztisch davor, hatte Mor Mor die duftenden Staubzuckerkekse und noch eine Art Gebäck, das Lille Lys ebenfalls nun zum ersten Mal entdeckte, hingestellt. Dies Gebäck musste wohl den wunderbaren, ihm unbekannten Duft im Haus verströmen.

Mor Mor sah ihren kleinen Schneeboldenkel an und musste herrlich darüber lachen, dass Lille Lys aussah, als würde er gerade in einem Traum spazieren gehen.

„Komm und setz dich her zu mir an den Kamin." Sie saß auf dem roten Sofa, das so kuschelig aussah, als wäre es aus Zuckerwatte. Noch etwas benommen setzte Lille Lys sich neben sie, sah zuerst noch einmal den Weihnachtsbaum und dann das unbekannte, wohlduftende Gebäck an. „Mor Mor, was ist das denn hier bloß alles?" Seine Wangen glühten vor Aufregung. Alles war so magisch und zauberhaft, dass er gar nicht verstehen konnte, weshalb sie ihm diese wunderbaren Dinge nicht schon vorher gezeigt hatte.

„Das hier", sie ließ ihren ausgestreckten rechten Arm durch das Türmchenzimmer wandern, „das ist ein Stückchen von all dem Dezemberzauber, den es unten auf der Erde zu sehen gibt."

Lille Lys begriff plötzlich immer mehr, was dies wohl zu bedeuten hatte.

„Mor Mor", flüsterte er und war dabei ganz aufgeregt. „Bin ich jetzt endlich alt genug?" Er zappelte auf dem Sofa hin und her und holte tief Luft. „Darf ich endlich mit euch auf die Erde rieseln? Und werde ich dann auch endlich das große Geheimnis erfahren?"

Ein liebevolles Lächeln umspielte jetzt Mor Mors Mundwinkel und sie strich ihm sanft über seinen kleinen Schneeboldkopf. „Ja, mein lieber Lille Lys. In diesem Jahr ist es wirklich soweit, dass du deine geheimnisvolle erste Reise hinab zur Erde unternehmen darfst."

Bevor er weitere Fragen stellen konnte, die seine Erdenreise betrafen, zog er ein paar Mal den herrlichen Duft des unbekannten Gebäcks in die Nase ein und wollte unbedingt wissen, was das denn für merkwürdige Staubzuckerkekse wären.

„Weißt du, mein Schatz", lachte sie, „das sind keine Staubzuckerkekse. Dieses Gebäck nennt man Lebkuchen und die Menschen, die unten auf der Erde wohnen, die essen sie jedes Jahr immer in der Dezemberzeit. Anschließend müssen sie wieder das ganze Jahr lang darauf warten, denn Lebkuchen sind ein traditionelles Weihnachtsgebäck. "

Das Wort *Weihnachten* hatte Lille Lys schon einmal gehört, doch wusste er überhaupt nicht, was es zu bedeuten hatte, denn niemand wollte und durfte es ihm bisher erklären.

Am Abend lag Lille Lys in seinem kleinen Himmelbett und war immer noch so aufgewühlt von dem wunderschönen, geheimnisvollen Türmchenzimmer und von den Dingen, die Mor Mor ihm über *Weihnachten* erzählt hatte. Er wusste nun, dass die Lichtbänder, die überall im Raum und an dem Weihnachtsbaum hingen, Lichterketten genannt wurden und dass die Menschen in der Dezemberzeit allesmögliche damit dekorierten. Ein Weihnachtsbaum wurde traditionell in den Wohnzimmern aufgestellt und anschließend wurden hübsch verpackte Geschenke darunter gelegt, die an Weihnachten ausgepackt werden durften. Mor Mor erzählte von besonderen Liedern, die man in der gesamten Weihnachtszeit sang und von allerlei anderen Traditionen. Aber eines verriet sie ihm nicht. Nämlich das große Geheimnis, warum man dieses *Weihnachten* auf der Erde überhaupt feierte und weshalb es schon viele Tage vor dem eigentlichen Fest so besonders zelebriert wurde.

„Das wirst du schon selber herausfinden, mein kleiner Liebling", hatte Mor Mor nur zu ihm gesagt und dann aßen sie gemeinsam von den Lebkuchen, die sie extra für ihn gebacken hatte. Und was sollte er sagen: diese Lebkuchen waren einfach köstlich! Gar himmlisch! Denn sie hatten so eine fein würzige Note, die seinem Gaumen noch lange Zeit nach dem Verzehr in Erinnerung blieb.

Nachdem Mor Mor Lille Lys so vieles über das Weihnachtsfest erzählt hatte, stand sie für einen kurzen Moment von ihrem Sofa auf und holte eine geheimnisvolle Eistruhe hinter dem grünen Baum hervor. Als sie sie öffnete, wehten ihnen mit einem Male tausende und abertausende goldene Sternenstaubfunken entgegen. Es war so unglaublich magisch, das Lille Lys am liebsten laut aufgeschrien hätte. Doch sein Mund fühlte sich so trocken an, dass kein einziger Ton aus ihm herauskommen wollte. Nun griff Mor Mor in die Truhe und holte eine winzige Schatulle heraus, die sie dem kleinen Schneebold vorsichtig in die Hände legte. Als sie die Schatulle losließ, erhob sie sich wie von Zauberhand ein klein wenig in die Luft und schwebte nun direkt über Lille Lys Handflächen.

Diese Schatulle hielt er jetzt, wo er abends in seinem Himmelbett lag, wieder in den Händen und betrachtete sie sorgfältig von allen Seiten. Sie war wirklich winzig und war aus purem, goldenem Glas, besetzt mit funkelnden Smaragden und Rubinen. Als er sie losließ, erhob sie sich wieder ein wenig in die Luft und verweilte dort so lange, bis er ihr einen neuen Platz zuwies.

Was hatte Mor Mor gesagt? , überlegte Lille Lys.

„Diese kleine Schatzkiste hat magische Fähigkeiten. Sie wird dich auf deiner Erdenreise überall hin begleiten und dicht neben dir schweben. Denn um das große Weihnachtsgeheimnis entschlüsseln zu können, musst du vorher viele kleine Geheimnisse sammeln, die du in dem hübschen Kästchen aufbewahren kannst. „ Dann fügte sie noch hinzu: „Dieses Kästchen kannst nur du sehen. Für jeden anderen ist es unsichtbar."

Ach, wie aufregend das doch alles war! Und als ob es an Aufregung nicht wirklich schon gereicht hätte, so passierte nun noch etwas, das Lille Lys vollkommen sprachlos machte. Aus weiter Ferne kam ein kleines, weiß-schwarzes Puzzleteil direkt durch das geöffnete Fenster hereingeschwebt. Das Schatzkistchen öffnete sich und das Puzzleteil legte sich direkt hinein. In dem Moment, als sich das Kistchen wieder schließen wollte, klappte der kleine Schneebold den Deckel neugierig wieder nach oben und holte das Puzzleteil wieder heraus. Er las die Worte „Oben" und „Unten" darauf.

„Was das wohl zu bedeuten hat?" fragte er sich.

Er konnte ja nicht ahnen, dass dieses kleine Teilchen bereits das erste Geheimnis auf dem Weg zur Entschlüsselung des großen Weihnachtsgeheimnisses war. Symbolisch stand „Oben" für das Wolkenreich und „Unten" für die Erde.

Ganz vorsichtig legte der kleine Schneebold das Puzzleteil wieder zurück in das Schatzkistchen und schloss seine müden Augen.

In dieser Nacht hatte Lille Lys einen ganz wundersamen Traum. Es war jedoch keiner von den Träumen, die er sonst so träumte. Nein, dieser hier hatte etwas so mystisches, etwas, das er von nun an in seinem tiefsten Inneren nie mehr vergessen könnte, würde und vielleicht auch gar nicht mehr vergessen wollte.

****

Er befand sich mitten auf einer blühenden Wiese. So eine hatte er sein Lebtag noch nie vorher gesehen, denn im Wolkenreich gab es so etwas einfach nicht. Diese bunte Blumenvielfalt, all die Bäume und Sträucher kannte er nur aus den vielen, vielen Erzählungen seiner Großmutter. Anders als in anderen Träumen konnte Lille Lys all diese wunderschönen Dinge nun nicht nur sehen, er konnte all das auch riechen. Da waren Rosen, Nelken, Hyazinthen, Klatschmohn und viele andere wohlduftende Gewächse. Völlig fasziniert schaute der kleine Schneebold sich um. Rings um ihn war Natur, nichts außer purer Natur. Es war wie im Paradies.

Und dann, ganz plötzlich stand SIE ihm direkt gegenüber. Er wusste selber nicht, wo sie so schnell hergekommen war, denn er hatte einfach niemanden kommen sehen. Doch das war in diesem Moment auch völlig egal, denn für das, was er jetzt erlebte, gab es einfach keine Worte, keine Beschreibungen. SIE war Schneeball-rund, so wie er selbst, war so anmutig und schön, dass es ihm den Atem raubte. Denn so etwas Schönes hatte er noch niemals gesehen, nicht einmal in seinen schönsten Träumen.

Sein Blick traf auf ihren. Ihre Augen leuchteten wie helle Sterne und waren so klar wie ein stiller See. Lille Lys war sofort wie verzaubert von ihrem Anblick. Es fühlte sich an, als würde er sie schon ewig kennen, doch begegnete er ihr doch hier zum ersten Mal. Da war er sich sicher. Oder doch nicht? Er war völlig verwirrt.

Immer noch hafteten ihre Blicke aufeinander.

„Wie wunderschön du bist" entfuhr es ihm unwillkürlich, woraufhin sie ihm ein so bezauberndes Lächeln schenkte, das alles in

ihm zum Schmelzen brachte. Die Gefühle in ihm waren so berauschend, dass ihm vor lauter Glückseligkeit ganz schwindelig wurde.

„Wie heißt du?" wollte er nun unbedingt wissen.

Noch immer lächelte sie ihn an und noch bevor sie ihm ihren Namen verriet, war er sich ganz sicher, die Antwort bereits zu kennen.

Und während sie dann ihren Namen laut aussprach, flüsterte Lille Lys ihn im Stillen mit: „Lille Mørke."*

Kurze Stille, ehe sie fragte: „Und wie ist dein Name?" Dabei kannte auch sie die Antwort genauso gut, wie eben zuvor Lille Lys.

Hier standen sie sich nun also gegenüber – Lille Lys, das kleine Licht und Lille Mørke, die kleine Dunkelheit – die Blicke immer noch fest miteinander verbunden.

Jetzt, in diesem Moment fiel Lille Lys auch auf, dass sie tatsächlich Pechschwarz war. So dunkel, wie es dunkler nicht ging. Fraglos war sie ein Schneebold, so wie er selbst, doch war ihm völlig unerklärlich, wie ein Schneebold, der ja ganz natürlicherweise rein weiß war, so tief schwarz sein konnte.

Das wunderbare, prickelnde und überschäumende Glücksgefühl, das Lille Lys noch bis gerade wie magisch gefesselt hatte, wich urplötzlich einem gänzlich anderen Gefühl. Blanke Panik durchfuhr seinen Körper, denn als er Lille Mørke noch tiefer in die Augen blickte, konnte er kaum glauben, was er nun darin sah. Er sah ohne Zweifel SICH SELBST, er erkannte sich wahrhaftig selbst in ihren Augen!

Aber das konnte einfach nicht sein! Das war unmöglich! Er war weiß und nicht schwarz, so, wie er sich jetzt dort in ihr sah. Nicht mal ein kleines bisschen schwarz war er, da war er sich ganz sicher. Und er wollte es auch nicht sein.

Oder vielleicht doch?

Die Verwirrtheit in seinem kleinen Schneeboldkopf nahm nun noch mehr zu. Lille Lys schloss seine Augen, um Lille Mørkes Blick nicht mehr zu sehen, vielmehr noch, um SIE nicht mehr zu sehen. Denn Sie machte ihm plötzlich eine irrsinnige Angst.

Er wollte wegrennen. Egal wohin, Hauptsache ganz weit weg von IHR! Und doch wollte er es auch wiederum nicht, ja, konnte er es gar nicht, denn er fühlte sich wie magnetisch zu ihr hingezogen.

Also öffnete er seine Augen wieder. Sie war noch immer da. Ihr Blick ruhte auch noch immer auf ihm, zauberte tausende tanzende Sterne in seinen Bauch.

Sanft sah sie ihn an. „Ich denke, du bist jetzt soweit."

„Wofür?"

„Na, für deine Reise."

„Woher weißt du, dass ich auf Reisen gehe?"

Sie grinste ihn an und zwinkerte ihm zu: „Ich weiß es, weil ich dich gerade auf diese Reise vorbereite."

Lille Lys wollte etwas sagen, wollte sie so vieles fragen, doch Lille Mørke legte ihren Finger auf seine Lippen und tauchte noch einmal in seinen Blick ein.

„Wenn du morgen aufwachst, wirst du dich nicht mehr an diesen Traum erinnern. Auch mich wirst du vergessen haben."

„Aber ich will dich nicht vergessen", rief er da aus. Zwar spürte er auch immer noch diese entsetzliche Angst in sich, die sie ihm auf merkwürdige Art bescherte, doch war sie ihm auf der anderen Seite einfach schon viel zu vertraut, als dass er sie hätte einfach vergessen können.

Sanft sah sie ihn an und fuhr fort: „Du wirst mich nicht in der Gänze vergessen. An jedem Tag, den du auf deiner Erdenreise verbringst, werde ich bei dir sein, auch, wenn du mich nicht siehst. Aber all die kleinen Geheimnisse, die du herausfinden musst, haben auch etwas mit mir zu tun. Ich werde deine Stärke und deine Sehnsucht sein, an jedem neuen Tag. Und wenn du deine Reise wirklich erfolgreich zu Ende führst, werde ich da sein und auf dich warten."

Nun war der kleine Schneebold ein wenig erleichtert.

„Du musst jetzt deine Augen schließen, Lille Lys", flüsterte Lille Mørke ihm zu. „Es ist Zeit, Abschied zu nehmen."

„Aber doch jetzt noch nicht", wandte er ein und seine Stimme klang leicht panisch, denn er wollte lieber noch etwas Zeit mit ihr verbringen.

Doch Lille Mørke wusste, dass genau jetzt der Zeitpunkt gekommen war, sich zu trennen. Also schloss Lille Lys seine Augen und hoffte, SIE wäre auch immer noch da, wenn er sie wieder öffnete. So, wie es auch kurz zuvor gewesen war.

2. *Dezember*

„**A**ufstehen, Lille Lys. Es ist schon spät und wir müssen uns langsam vorbereiten." Eine warmherzige Stimme drang an Lille Lys Ohr und er spürte, wie ihm ein leichter Kuss auf die Stirn gehaucht wurde. Es war Mor, die ihren Sohn liebevoll weckte, so, wie sie es häufig tat, wenn er nicht von alleine wach wurde.

Noch ein wenig verschlafen hallten ihre Worte in seinen Ohren nach: *Wir müssen uns langsam vorbereiten.*

Und plötzlich war er hellwach! Ja, er war so wach, wie man nicht hätte wacher sein können, denn nun hieß es endlich, hinunter zur Erde zu rieseln. Mor Mor hatte ihn erst gestern in das Türmchenzimmer gerufen und ihm dort schon einmal ein paar wundervolle Einblicke in das Weihnachtsgeheimnis gegeben. Und nun war es also tatsächlich soweit, seine erste große Erdenreise anzutreten. Den Traum, den er in dieser Nacht geträumt hatte, hatte er tatsächlich vergessen. Das einzige, was er an diesem Morgen feststellte war, dass er ganz wunderbar geschlafen hatte.

„Mor", sagte Lille Lys zu seiner Mutter: „Mor, wie wird das sein, wenn Väterchen Frost uns aus der Wolke schüttelt? Wird es kribbeln im Bauch?"

Er sah sie mit großen, glänzenden Augen an und wollte alles wissen, was es überhaupt zu wissen gab über die Reise hinunter zur Erde.

„Oh, ja", lachte sie vergnügt. „Es kribbelt gewaltig, denn wir tanzen wunderbar durch die Lüfte. Mal schnell und wild, mal sanft und leis, so, wie Väterchen Frost es gerade in den Sinn kommt."

„Wie macht er das denn?", wollte Lille Lys nun wissen.

„Oh", begann seine Mutter zu schwärmen. „zuerst schüttelt Väterchen Frost uns aus den Wolken heraus und dann beginnt er, uns auf die Erde hinunter zu pusten. Manchmal hat er dabei so viel Kraft in seinen Lungen, dass es sich anfühlt wie in einem Sturm. Und manchmal schickt er uns einfach mit einem sanften Hauch hinunter. Du wirst schon sehen."

Sie nahm ihren jüngsten Sohn bei der Hand und führte ihn in den Schneewolkenkeller. Dort gab es eine Klappe im Wolkenboden, die aus durchsichtigem Glas war. Lille Lys hatte schon öfter durch sie hindurch gesehen, um in das endlose Blau zu schauen, das sich unter ihm auftat. Far hatte ihm irgendwann einmal erklärt, dass man manchmal, wenn man ganz großes Glück hatte, von hier aus über die Himmelsgrenze bis hin zur Erde sehen konnte. Doch wann immer Lille Lys bisher hinunter geschaut hatte, sah er nichts als dieses endlose Blau.

Jetzt, wo er mit seiner Mutter hier stand und durch das Glas blickte, traute er seinen Augen kaum. Dieses Mal sah er tatsächlich einmal etwas gänzlich anderes. Das Blau hatte sich in geheimnisvolles dunkles Schwarz verfärbt und irgendwo in der Schwärze sah er viele tausend Lichter funkeln.

Staunend fragte er: „Sind das etwa Lichtbänder?"

„Lichtbänder?" Seine Mutter sah ihn etwas irritiert an. Dann sagte sie: „Das sind die Lichterketten, die die Menschen jedes Jahr in der Weihnachtszeit aufhängen."

Und natürlich meinte Lille Lys auch tatsächlich die Lichterketten, nur war ihm der Name gerade nicht so schnell eingefallen.

Hinter sich hörte Lille Lys nun die Stimmen seiner Geschwister, seiner Oma und seines Vaters, die, genau wie Lille Lys, sehr aufgeregt waren. Bald schon würde sich die Klappe öffnen und sie alle würden hinab zur Erde rieseln.

„Und", ergriff sein Vater das Wort: „seid ihr alle bereit für die Reise?" Er wandte sich zu Lille Lys: „Mein Sohn", voller Stolz sah er sein jüngstes Kind dabei an. „ dies ist ein wirklich ganz besonderer Tag für dich! Hier und heute beginnt für dich ein ganz neues Kapitel in deinem kleinen Schneeboldleben. Denn mit dieser Erdenreise wird sich alles verändern. Vorausgesetzt…", er hielt einen Moment inne und seine Stimme, die eben noch vor Kraft strotzte, klang nun ein wenig leiser und gedämpft. Noch einmal setzte er bedächtig an: „Vorausgesetzt, du bist auch wirklich bereit für diese Reise."

„Ja, Far, aber ja!" erwiderte Lille Lys voller Entschlossenheit. „Ich bin bereit und ich werde das Geheimnis herausfinden! Darauf freue ich mich schon so lange. Ich kann es kaum mehr abwarten!" Und seine Wangen begannen vor Aufregung wieder zu leuchten.

„Nun dann", ertönte eine tiefe, kräftige Stimme. Diesmal war es jedoch nicht Far, der da sprach. Es war die eindrucksvolle Stimme von Väterchen Frost. „Macht euch bereit. Ich öffne jetzt die Wolkentore." Damit meinte er die Klappen aus Glas, über der sich nun alle Schneebolde in ihren Schneewolken befanden, die in diesem Dezember mit hinunter zur Erde rieselten.

Doch auf einmal merkte Lille Lys, dass er das wichtigste noch vergessen hatte: sein Schatzkästchen, in dem er die kleinen Schätze sammeln sollte. Er wollte gerade loslaufen und es holen, als er bemerkte, dass das Kästchen ganz unbemerkt direkt neben ihm schwebte.

Erleichtert atmete er auf, und schon im nächsten Moment öffnete sich knarrend das Wolkentor. Der Boden bebte unter seinen Füßen und ein Kribbeln breitete sich in Lille Lys Bauch aus und etwas hämmerte gegen seine Brust. Hui, war das aufregend! Väterchen Frost lachte laut auf und begann aus vollen Lungen zu pusten. Ein Wirbelwind umhüllte Lille Lys und riss ihn mit sich in die Tiefe. Nun wurde es dem kleinen Schneebold doch ein wenig unheimlich zumute, denn er bemerkte, wie seine Mutter, sein Vater, Bule, Dråbe und Mor Mor sich immer weiter von ihm entfernten. Er konnte ihr fröhliches Juchzen hören, doch bekam er selber keinen Ton heraus. Denn plötzlich war da nur noch Angst in ihm. Angst, dass er seine Familie für immer verlieren würde. Seine Augen füllten sich mit Tränen und eine lähmende Hilflosigkeit machte sich in ihm breit.

Neben ihm erschien wie aus dem Nichts ein winziges Licht. Lille Lys bemerkte es kaum, denn zu sehr war er noch in seiner Angst gefangen. Von seiner Familie war niemand mehr zu sehen und auch andere Schneebolde konnte er nirgends mehr erblicken.

„Fürchte dich nicht", sagte das kleine Licht. „Ich bin ein Sternchen und gekommen, um dich auf deine erste Erdenreise vorzubereiten." Auf dem zarten Sternengesicht lag ein gar zauberhaftes Lächeln, das Lille Lys vermitteln sollte, dass alles so in Ordnung war, wie es gerade war. Doch das Sternchen sah auch, dass die Angst sich tief in dem kleinen Schneebold festgesetzt hatte. Deshalb sprach es: „Keine Angst, du bist nicht allein!"

Lille Lys sah sich noch einmal um, aber bis auf das Sternchen und vielen winzigen Schneeflocken konnte er nichts entdecken. „Aber meine Familie", wimmerte er traurig.

„Deine Familie", setzte das Sternchen an, „wartet auf dich. Du wirst sehen. Aber einen großen Teil deiner ersten Erdenreise musst du alleine zurücklegen. Wenn du hinter das große Geheimnis gekommen bist, wirst du sie alle wieder in die Arme schließen können."

Lille Lys war verwirrt. Davon hatte ihm Mor Mor nichts erzählt. Und als hätte das Sternchen seine Frage erraten, antwortete es: „Hätte sie es dir gesagt, wärst du sicherlich gar nicht erst mitgekommen. Dann wärst du lieber wie in all den 384 Jahren zuvor oben im sicheren Wolkenreich geblieben und hättest dort auf die Rückkehr deiner Familie gewartet."

Der kleine Schneebold überlegte kurz. „Ja", gab er schließlich zu. „da könntest du vermutlich Recht haben."

Einen Moment lang blieb es still zwischen den Beiden. Der Wirbelwind hatte mittlerweile deutlich an Kraft verloren und Lille Lys schwebte langsam und behutsam dem Erdenboden entgegen.

„Höre mir nun gut zu", unterbrach das Sternchen die Stille. „Auf der Erde ist es nicht immer nur hell, wie Du es von Euch im Wolkenreich kennst. Es gibt dort Dag*, den Tag und Nat*, die Nacht. Du erkennst Dag daran, dass es immerzu hell um dich herum ist. Ein bisschen so, wie bei euch im Wolkenreich. Nat hüllt alles in tiefes Dunkel. Das ist die Zeit, in der am Himmel die Sterne beginnen zu funkeln und auf der Erde viele tausende Lichter entzündet werden." Das Sternchen sah Lille Lys mit seinen funkelnden Augen an, um zu sehen, ob er auch verstand, was es ihm versuchte, zu erklären. Und da es den Eindruck hatte, er würde es verstehen, sprach es weiter: „In der Nacht wird es ganz still und alle legen sich zur Ruhe und schlafen. Und wenn am Horizont die Sonne wieder aufgeht, beginnt auf der Erde ein neuer Tag.

Auch du wirst dich in der Dunkelheit zur Ruhe legen und bei Tage in ein neues Geheimnis eingeweiht. Dafür wird unser Freund der Wind zu dir kommen und dich immer an genau den Ort wehen, an dem du das Geheimnis entdecken darfst."

Gespannt hörte Lille Lys ihm zu. Er wollte wirklich jedes noch so kleine Geheimnis herausfinden, um am Ende das große Weihnachtsgeheimnis entschlüsseln zu können. Doch bereitete ihm die Tatsache, dass er so ganz ohne seine Familie sein würde, immer noch große Bauchschmerzen. Das Sternchen schien auch jetzt wieder genau zu wissen, was in seinem kleinen Schneeboldkopf vor sich ging, denn ermutigend sagte es zu ihm: „Du wirst das alles gut machen. Es gibt nichts, wovor du dich fürchten müsstest, denn alles wird immer genau so zu dir kommen, wie du es gerade brauchst. Hab ein wenig Vertrauen." Nun stupste es ihn sanft in die Seite und schenkte ihm erneut ein so zauberhaftes Lächeln, dass es wirklich noch ein bisschen ruhiger in seinem Bauch wurde. Auch das Hämmern gegen seine Brust wurde etwas schwächer.

„Wie viele kleine Geheimnisse muss ich denn herausfinden und wann sehe ich meine Familie wieder?" fragte Lille Lys. In diesem Moment spürte er, dass sein Schneeboldbauch auf irgendetwas Weichem gelandet und das Sternchen wie auf magische Weise wieder verschwunden war. Kurz überfiel ihn wieder Panik, doch dann erinnerte sich Lille Lys daran, dass das Sternchen ihm doch gerade versichert hatte, dass alles gut sei, so, wie es war. Also schaute er sich erst einmal um. Unter seinem Bauch lag eine dicke Schneedecke und auch um ihn herum war alles weiß und die Schneeflocken tanzten leise hernieder. Lille Lys erkannte viele unterschiedliche Baumarten, von denen Mor Mor ihm erzählt hatte. Bäume gab es im Wolkenreich nämlich nicht. Überhaupt bestand im Wolkenreich, dort, wo Lille Lys Zuhause war, alles aus Wolken, Schnee und aus Eiskristallen. Hier auf der Erde gab es so vieles, was es im Wolkenreich nicht gab und da war es kein Wunder, dass Mor Mor den ganzen Tag lang hätte Erdengeschichten erzählen können.

Nach einer ganzen Weile der ausführlichen Betrachtung, war Lille Lys zu der Erkenntnis gekommen, dass er wohl mitten in einem Wald gelandet war. Um ihn herum waren Geräusche zu hören, die er natürlich auch nur aus Erzählungen kannte. Es waren die Tiere, die in den Wäldern Skandinaviens lebten und die jetzt in der Dunkelheit auf Futtersuche gingen. So erkannte er beispielweise das Rufen einer Eule oder das Geheule eines Wolfes.

Lille Lys bemerkte, wie unglaublich müde er sich plötzlich fühlte. Er war so erschöpft, dass er auf der Stelle hätte einschlafen können. Doch wollte er sich zumindest noch einen geeigneten Schlafplatz suchen, der ihm ein wenig Schutz vor der Fremde bieten sollte. Er rollte nur wenige Schritte zu einem riesigen Baum herüber und kuschelte sich unter eine der Wurzeln. Dort legte er sich in den weichen Schnee und richtete seinen Blick nach oben, wo er, wenn er an der großen Baumwurzel vorbeiblickte, den hell erleuchteten Sternenhimmel sehen konnte. Dieser, für ihn so Neue und Besondere Anblick erfüllte ihn mit einer wohligen Wärme und er bemerkte nicht einmal mehr, wie ihn die Müdigkeit übermannte und er seine schweren Augenlider schloss. Der einzige Gedanke, den er nur noch mit in seine Träume nahm, war die letzte Frage, die er dem Sternchen noch hätte stellen wollen. Wie viele kleine Geheimnisse musste er wohl herausfinden, um am Ende ein Großes zu erkennen und seine Familie wieder sehen zu können?

An diesem Abend bemerkte Lille Lys nicht, wie sich das zweite Puzzleteil, ein weiteres Geheimnis in sein Schatzkistchen legte. Es standen diesmal die Worte „Tag" und „Nacht" darauf.

3. *Dezember*

Lille Lys erwachte am nächsten Morgen, als am Horizont die Sonne hervortrat und einen neuen Tag ankündigte. Verschlafen und etwas orientierungslos blickte er sich um. Wo war er denn hier? Dann fiel ihm die gestrige Reise wieder ein und er fühlte einen merkwürdigen Schmerz in seiner Brust, als ihm einfiel, dass er bei dem Schneesturm, den Väterchen Frost hatte wirbeln lassen, seine Familie verloren hatte. Doch er wusste auch, dass es so sein musste, denn er hatte nun eine Aufgabe. Neben ihm schwebte das kleine Schatzkistchen, das nur er sehen konnte. In ihm sollte er alle kleinen Geheimnisse sammeln, die ihm am Ende das große Geheimnis über Weihnachten verraten sollten.

Bisher waren erst zwei Puzzleteile in dem Kästchen und Lille Lys hatte keine Ahnung, wie und wo er hier auf Erden finden konnte, was ihn weiterbringen könnte.

„Der Wind", sagte Lille Lys plötzlich zu sich selbst. „Das Sternchen hat gesagt, dass der Wind mich immer an den Ort wehen wird, an dem ich ein Geheimnis entdecken kann." Er überlegte einen kurzen Moment, dann sah er hinauf in den Himmel und rief: „Wind! Lieber, guter Wind, komm und weh mich dorthin, wo ich mein drittes Geheimnis entdecken darf."

Doch der Wind blieb stumm und es passierte nichts.

Nach einer Weile wurde Lille Lys das Warten auf den Wind zu langweilig und er rollte aus seiner Baumwurzel, unter der er die Nacht verbracht hatte, hinaus und glitt langsam durch den Schnee. Um ihn herum waren hohe, Schneebedeckte Bäume. In nicht allzu weiter Ferne vernahm Lille Lys ein Geräusch, das er nicht kannte. Irgendwie fließend und leicht tosend zugleich. Ob er einfach mal nachsehen sollte, was sich hinter diesem Geräusch verbarg? Irgendwie war ihm etwas komisch zumute, ein seltsames Gefühl, das sich da in seinem Magen ausbreitete. Doch seine Neugier war so groß, dass er sich ganz vorsichtig voran wagte, um herauszufinden, wo so merkwürdige Klänge herkamen.

Je näher Lille Lys dem Geräusch kam, desto langsamer und unsicherer wurde er. Vielleicht sollte er doch lieber wieder umkehren, dachte er noch, als er plötzlich wie von Zauberhand, ganz sanft durch den Schnee gepustet wurde. Natürlich wusste Lille Lys sofort, wer es war, der ihn da vorantrieb. Es war der Wind, den er noch vor einer ganzen Weile vergeblich gerufen hatte. Doch jetzt, wo er da war, da wollte Lille Lys ihn nicht mehr, denn das komische Gefühl in seinem Magen wurde immer ein wenig stärker, je näher er dem Geräusch kam. Das Fließen und Tosen wurde immer lauter und am liebsten wäre Lille Lys auf der Stelle umgekehrt. Doch der Wind pustete ohne Erbarmen sanft weiter und so sah Lille Lys am Rand an einer Waldlichtung einen kleinen Fluss (naja, eigentlich war es wohl eher ein Bach, aber für Lille Lys wirkte er so groß wie ein Fluss), der sich seinen Weg über Sand, Wurzeln und Steine bahnte.

Der Himmel war an diesem Tag voller grauer Wolken und die Sonne hatte sich ganz offensichtlich gut dahinter versteckt. Der Wind blies nun immer ein wenig stärker, die Bäume wiegten hin und her und der Fluss strömte noch etwas schneller als eben zuvor. Neben den Geräuschen der Natur, vernahm Lille Lys noch etwas anderes. Ihm fuhr ein Schauer durch seinen kleinen Schneeboldkörper, denn er erkannte sofort, dass irgendjemand um Hilfe rief. Die Schreie kamen direkt vom Flussufer, vor dem Lille Lys sich nun unmittelbar befand. Auf einer Holzbrücke, die von einer Uferseite zur gegenüberliegenden Seite des Baches führte, entdeckte er eine Maus, die völlig panisch das fließende Wasser beäugte.

„Bitte, Wind", rief Lille Lys, „puste mich zu der grauen Maus, damit ich ihr helfen kann." Diesmal erhörte der Wind seine Bitte und sofort erhob eine Böe ihn in die Luft und wehte den kleinen Schneebold bis auf die Holzbrücke.

„Oh, wie gut, dass endlich jemand da ist!" schluchzte die Maus. „Mein armes kleines Mäusekind ist in das eisige Wasser gefallen und kann alleine nicht mehr hinaus." Zitternd vor Angst zeigte die Maus auf ein paar dünne Zweige im Wasser, an dem das Mäusekind sich festkrallte, um nicht von den Fluten mitgerissen zu werden.

„Weißt Du", hörte Lille Lys die Maus sagen, „diese schreckliche Frygt*", sie zeigte auf den Fluss, „sie hat schon zwei meiner Kinder verschlungen im letzten Winter. Und ich konnte nichts tun. Aber ich kann und will nicht noch einmal zusehen, wie eines meiner geliebten Kinder ertrinkt." Das Schluchzen der Maus war nun so herzzerreißend, dass Lille Lys selber ganz furchtbar traurig wurde und Panik in ihm aufstieg. In seinem kleinen Schneeboldkopf versuchte er, nach einer schnellen Lösung zu suchen. Das Mäusekind hing zwischen Zweigen fest, was bedeutete, dass die Maus und er nicht sofort in absolute Hektik verfallen mussten. Denn solange die Zweige dem Strom standhielten, drohte erstmal keine Gefahr, dass das kleine Wesen vom Wasser mitgerissen wurde. Aber die Kälte war natürlich auch eine große Gefahr, denn auch Mäuse können erfrieren, wenn ihr Fell nass wurde und auskühlte.

Während Lille Lys alle möglichen Rettungsversuche in seinem Kopf durchspielte, hörte er den Fluss sprechen: *„So sicher, wie ein Fluss seinen Weg ins Meer findet, so sicher finden manche Dinge und Gestalten ihren Weg, wenn sie für etwas bestimmt sind."*

„Wie meinst du das?" Lille Lys sah Frygt, so, hatte die Maus den Fluss genannt, an und wirkte etwas irritiert.

Frygt, was so viel heißt wie Furcht, ließ die Wassermassen augenscheinlich nun ein wenig langsamer strömen und antwortete mit ruhiger, tiefer Stimme: „So, wie es meine Aufgabe ist, meinen Weg ins Meer zu finden, so hat jeder seine eigene Aufgabe, für die er bestimmt ist. Manche kennen ihre Aufgabe nur einfach noch nicht." Kurz hielt sie inne, dann fuhr sie fort: „Mein Name ist Frygt, denn alle fürchten mich. Jeder, der hier wohnt, kennt mich. Jeder hat Angst vor mir, denn ich fließe unaufhörlich – mal langsam, mal schnell, mal aufbrausend, mal plätschernd. Und doch kennen sie mich nicht wirklich. Sie alle denken immer, ich bin ihr Feind, denn viele Unbedachte sind von mir fortgerissen worden und kamen nie mehr wieder. Aber es war nicht meine Schuld, dass sie sich so unvorsichtig in meine Fluten stürzten. Hätten sie nur auf meine Warnungen gehört und ein wenig Achtung sich selbst gegenüber gehabt, so wären sie unversehrt geblieben." Wieder unterbrach sie einen Moment, ehe sie weitersprach: „Ja, ich bin Frygt, aber es liegt mir fern, dieses kleine Mäusekind ertrinken zu lassen." Die graue Maus, die Frygts Worte hörte, schaute verzweifelt in das Wasser und rief: „Ach, was redest Du denn da?! Zwei meiner Kinder hast Du mir geraubt und nun versuchst Du auch, mir noch dieses Mäusekind zu nehmen."

Die Verzweiflung in ihren Worten schnürte Lille Lys bald die Kehle zu, doch er musste sich jetzt auf eine Lösung konzentrieren. Sein Blick fiel auf ein großes, rotes Ahornblatt, das noch ein Überbleibsel vom Herbst war. Es war unversehrt und wirkte durchaus stabil genug, um es als eine Art Floß zu verwenden.

Während eine wirklich gute Idee in Lille Lys Gestalt annahm, setzte Frygt zu einer Antwort an: „Um deine Kinder habe ich lange Zeit geweint, denn niemals war es meine Absicht, dass sie auf den Tiefen meines Flussbettes ihr Ende finden." Ein Schauer durchzog das Flusswasser und kleine Wellen brachen sich an einzelnen Steinen. „Sie spielten unvorsichtig am Rande des Ufers, als eine Windböe sie ins Wasser wirbelte. Ich bin nur ein Fluss. Ich kann nicht kontrollieren, wie meine Ströme fließen. Ich kann nur warnen und hoffen, dass meine Warnungen angenommen werden. Viele denken aber, sie hätten mich im Griff, stürzen sich hinein in die Fluten und merken erst dann, dass sie ein Warnsignal überhört haben. Aber dann ist es für viele zu spät und sie werden erbarmungslos mitgerissen. Deine Kinder waren zu unbedarft. Sie konnten mich im Spiel nicht hören und so geschah dieses Unglück. Glaube mir, es war weder meine, noch ihre Schuld.“

Frygt ließ ein Schluchzen hören, denn sie bedauerte das Unglück wirklich zutiefst. Aber ermutigend sprach sie zu der Maus: „Weißt du, graue Maus. Ich kenne deinen Namen. Du heißt Modet*. Dieser Name bedeutet Mut. Ich weiß, dass du dein Kind aus meinen Fluten retten kannst. Denn das ist deine Bestimmung, deine Aufgabe.“

Die Maus vergrub ihr Gesicht in ihren Pfötchen und schüttelte traurig mit dem Kopf. „Nein, Frygt, das kann ich nicht. Ich habe meine Kinder im letzten Winter in das Wasser fallen sehen und war unfähig, etwas zu tun. Wie gelähmt musste ich mit ansehen, wie Du sie mitgerissen hast, bis ich keinen Zipfel mehr von ihnen sehen konnte.“ Die Tränen strömten nun über ihre Wangen und Lille Lys erkannte, dass sie die schrecklichen Bilder von dem schmerzlichen Verlust nicht aus ihrem Gedächtnis bekommen konnte. Genau in diesem Moment entdeckte er an einem mit Schnee bedeckten Zweig einen Wollfaden. Vermutlich war irgendein Wanderer mit seinem Pullover oder seiner Jacke an dem Baum hängen geblieben und hatte einen Faden dabei gezogen. Und nun war Lille Lys` Idee perfekt:

„Weine nicht mehr, graue Maus. Siehst Du das Ahornblatt dort drüben und den Wollfaden hier am Zweig?“ Die Maus nickte, wusste aber nicht, was Lille Lys nun vorhatte. „Du musst das Blatt hierher holen. Anschließend knoten wir den Faden daran."

„Und was hast du damit vor?" fragte sie ahnungslos.

„Wir bauen dir ein Floß, mit dem du zu deinem Kind segeln und es hier ans Ufer bringen kannst."

Die Maus wollte gerade ihre Bedenken äußern, doch Lille Lys unterbrach sie schnell: „Du musst dich jetzt beeilen. Siehst du, dass dein Kind bald vor Kälte erstarrt?"

Doch, das sah die Maus wohl, aber ihre Angst, sich selber in die Fluten zu wagen, war zum Greifen nah. Dennoch lief sie eilends zu dem Ahornblatt, zog mit aller Kraft daran und löste dann vorsichtig den Wollfaden von den Zweigen, um ihn an das Blatt zu knoten.

„Sehr gut!" rief Lille Lys. „Nun binde das andere Ende des Fadens hier an den Brückenpfahl." Und das tat sie dann auch.

Der Himmel über ihnen wurde immer dunkler und es war nur noch eine Frage der Zeit, bis es anfing zu regnen. Die Maus gab, nachdem sie den Faden befestigt hatte, dem Ahornblatt einen Schubs und sanft segelte es ins Wasser. Doch was sie als nächsten Schritt zu tun hatte, wagte sie kaum laut auszusprechen. Sie sah zu ihrem zitternden und weinenden Kind, dann blickte sie hinab auf das gebaute Floß und alles in ihr schien wieder wie taub zu sein. „Ich kann das nicht", flüsterte sie und fühlte sich furchtbar schuldig, ihr Kind im Stich lassen zu müssen.

„Doch", sagte Lille Lys mit fester Stimme. „Du kannst das und du wirst das tun. Frygt wird dich zu deinem Kind strömen lassen und ich werde euch beide an dem Faden wieder zurückziehen." Stumm nickte die Maus. Und Lille Lys fügte hinzu: „Denke immer daran: dein Name bedeutet Mut und ich bin mir sicher, dass du genau diesen Mut aufbringst, den es braucht. Denn du liebst dein Kind und ich werde dafür sorgen, dass ihr sicher wieder hier an der Brücke ankommt.

Die ersten Regentropfen fielen vom Himmel und Modet wusste, dass nun Eile geboten war. Wenn der Regen erstmal richtig losgelegt hatte, würden beide nicht mehr zurück ans Ufer kommen. So nahm sie also all ihren Mut zusammen, atmete ganz tief ein, schloss die Augen und sprang hinab ins Wasser. Dabei landete sie halb auf dem Ahornblatt, halb im eisigen Strom. Sie krallte sich an dem Ahornblatt fest und zog sich hinauf. Lille Lys, der den Faden fest in seinen Schneeboldhänden hielt, ließ ihn nun etwas lockerer. Sofort schnellte das Blatt im Strom davon und Modet musste sich gut daran festkrallen.

„Mein Liebling", rief sie ihrem kleinen Kind zu, „ich bin gleich bei dir. Halte durch!" Modet spürte, dass ihre Angst plötzlich komplett verschwunden war. In diesem Moment zählte nur noch die Rettung ihres geliebten Kindes und ihr Vertrauen in Lille Lys und auch in Frygt war so unerschütterlich spürbar, dass Modet tatsächlich über sich selbst hinauswuchs. Sie wusste einfach, dass der Strom sie bis zu den Zweigen bringen würde und sie wusste ebenfalls, dass Lille Lys stark genug war, um sie und ihr Kind anschließend wieder gegen den Strom zurückzuziehen.

Frygt floss schnell und das Mäusekind war schon bald zum Greifen nahe. Modet war hochkonzentriert, denn sie musste es schaffen, das Floß direkt an den Zweigen zum Stoppen zu bringen. Als es soweit war, ließ sie das Blatt mit einer Pfote los und krallte sich damit an einen der Zweige. Bevor sie ihr Kind in die Arme schließen konnte, wickelte sie ein Stück Faden um einen Zweig, damit das Blatt nicht weitertreiben konnte. „Oh, Schätzchen!" flüsterte sie ihrem Kind zu und schloss es liebevoll in ihre

Arme, nachdem das Blatt gesichert war. Das Mäusekind war bereits sehr schwach, doch leuchteten seine Augen voller Glück und Dankbarkeit, dass endlich seine Mama bei ihm war. Vorsichtig befreite die Mutter das Kleine aus den Zweigen, umschloss es mit einer Pfote und löste vorsichtig den Faden. Sofort gab es einen Ruck und das Blatt wollte bereits weiter mit dem Strom schwimmen, doch Lille Lys zog nun mit aller Kraft an seinem Ende des Fadens und beförderte damit die beiden Mäuse wieder Richtung Ufer.

Der Regen war mittlerweile sehr stark geworden und nur mit großer Mühe war es Lille Lys gelungen, die beiden Mäuse an Land zu ziehen.

Völlig durchnässt und zitternd vor Kälte, kletterten Modet und ihr Kind vom Ahornblatt auf die Brücke und fielen Lille Lys voller Dankbarkeit um den Hals.

Und dann hörten sie ein leises, glückliches Flüstern von Frygt:

„So sicher, wie ein Fluss seinen Weg ins Meer findet, so sicher finden manche Dinge und Gestalten ihren Weg, wenn sie für etwas bestimmt sind."

Einen kurzen Moment war es still, dann fuhr Frygt fort: „Modet, ich hoffe, du hast nun verstanden, dass dein Name eine Bedeutung hat, ebenso wie meiner. Ja, ich bin ein unaufhörlicher Strom, der durchaus Furcht mit sich bringt. Wer auf die Furcht hört, kann sie als Warnung sehen und sie sich zunutze machen. Dein Name bedeutet Mut. Du warst und bist dazu bestimmt, dich deiner Angst zu stellen und Großes zu vollbringen. Und das hast du getan!"

Mit einem Strahlen im Gesicht betrachtete Modet die Fluten: „Ich danke dir, Frygt! Ich weiß von nun an, dass ich dich nicht zu fürchten brauche, wenn ich gut auf deine Warnungen achte. Ich werde meiner Familie von dir erzählen, dass auch sie auf deine Botschaften hören. Und ich werde meinen Mut weiter ausbauen, damit ich meiner Bestimmung weiter folgen kann."

Lille Lys war ergriffen von den tiefsinnigen Worten, die die Beiden hier miteinander wechselten. Und er war dankbar, dass er zur Stelle war, um ein wenig helfen zu können. Es fühlte sich gut in ihm an, denn er wusste, er hatte nun hier auf der Erde seine ersten Freunde gefunden.

Zum Dank nahmen die beiden Mäuse ihn mit zu sich nach Hause, wo es erstmal eine wunderbare Käsesuppe gab. Selbst einen Schlafplatz für die Nacht richteten sie ihm ein und so endete sein erster Tag hier auf der Erde.

Bevor Lille Lys seine Augen schloss, bemerkte er, wie sich sein Schatzkästchen öffnete und durch das Fenster das dritte schwarz-weiße Puzzleteil hereingeweht kam, das sich sanft in das Kästchen hineinlegte. Der Deckel wollte sich bereits wieder schließen, doch Lille Lys drückte es wieder ganz auf, nahm das Puzzleteil heraus und sah es sich noch einmal genauer an. Es standen die Worte „Furcht" und „Mut" darauf. Ein warmes Gefühl durchfuhr seinen Körper und ein Lächeln legte sich auf seine Lippen. Behutsam legte er das Puzzleteil zurück in das Kästchen, schloss es und knipste seine Nachttischlampe aus.

4. Dezember

Die ersten Sonnenstrahlen des Tages schienen direkt auf Lille Lys Nasenspitze und kitzelten ihn sanft wach.

Er reckte und streckte sich und genoss den herrlichen Ausblick aus seinem Gästezimmer im Mäusehaus. Dabei schweiften seine Gedanken noch einmal zurück zum gestrigen Tag. Es war sein erster Tag auf der Erde gewesen und niemals hätte er damit gerechnet, gleich so ein großes Abenteuer zu erleben. Wie gut, dass es ihm und Modet gelungen war, das arme kleine Mäusekind zu retten. Nicht auszudenken, was passiert wäre, wenn Frygt es mit sich gerissen hätte.

In diesem Moment hörte Lille Lys ein leises Klopfen an seiner Zimmertür. Diese öffnete sich auch sofort darauf und das kleine Mäusekind steckte sein Köpfchen hinein, um zu schauen, ob Lille Lys schon wach war.

„Guten Morgen", begrüßte er das Mäuschen.

„Guten Morgen, Lille Lys. Mama fragt, ob Du mit uns frühstücken möchtest."

Im Haus duftete es wunderbar nach Kakao und frisch gebackenem.

„Ja, das würde ich sehr gerne", antwortete der kleine Schneebold und rollte aus seinem kuscheligen Bett.

Ein paar Minuten später, nachdem Lille Lys sich ein wenig frisch gemacht hatte, saß er gemeinsam mit der großen Mäusefamilie am Esstisch und ließ sich ein liebevoll zubereitetes Frühstück schmecken.

„Es ist sehr köstlich", stellte Lille Lys anerkennend fest und steckte sich ein weiteres Stück Blaubeerpfannkuchen in den Mund. „So etwas habe ich noch nie zuvor gegessen."

Modet, die all die Köstlichkeiten extra für den kleinen Schneebold gekocht und gebacken hatte, freute sich über das Kompliment und bot ihm noch eine Portion von dem Gold-gelbem Rührei an.

Lille Lys wollte ihr gerade seinen Teller reichen, als der Wind an die Fensterscheibe klopfte. Gerne hätte der kleine Schneebold ihn noch ein Weilchen warten lassen, denn es schmeckte einfach zu gut. Aber der Wind hatte wohl andere Pläne mit ihm und so gab er bald nach, verabschiedete sich bei der gastfreundlichen Mäusefamilie und rollte hinaus in den Schnee.

Sogleich erfasste ihn eine Windböe und wehte ihn unsanft einige Meter weiter entfernt zu einer großen Kastanie. In der Nacht war so viel Schnee gefallen, dass von den Zweigen kaum noch etwas zu sehen war. Alles lag unter einer dicken weißen Decke. Wieso der Wind ihn wohl ausgerechnet hierher geweht hatte? Und dann hörte er jemanden ganz gewaltig schimpfen. An einer Wurzel der Kastanie entdeckte Lille Lys einen Spatz, doch von ihm kamen diese hässlichen Worte nicht. Der kleine Vogel sah sehr verfroren und hungrig aus. Er zitterte am ganzen Körper und sah einfach nur unglücklich aus. Als der Spatz sich ein wenig bewegte, konnte der kleine Schneebold noch eine weitere Gestalt erkennen. Diese guckte aus einer Öffnung in der Baumwurzel heraus und sah den Spatz mit bösen Blicken an. Kurz musste Lille Lys überlegen, um was für ein Tier es sich handelte. Dann fiel ihm ein, dass er in Mor Mors Büchern einmal ein Tier gesehen hatte, das aussah, wie dieses hier. Es handelte sich um einen Hamster. Allerdings sah der Hamster in Mor Mors Buch wesentlich freundlicher aus.

Der kleine Schneebold rollte vorsichtig ein Stück weiter, um herauszufinden, warum der Hamster so mit dem, vor Kälte zitternden Spatz schimpfte.

„Und überhaupt", plusterte der Nager seine Backen auf. „Hättest du im Herbst nur ein wenig darüber nachgedacht, wovon du im Winter leben sollst, dann hättest du dir einfach mehr Futter gesammelt." Mit ärgerlich funkelnden Augen sah der Hamster den Vogel an und steckte sich eine Erdnuss, eine Haselnuss, sämtliche Körner und getrocknete Früchte in sein Maul.

„Aber ich hatte doch keine Ahnung vom Winter", entgegnete der kleine Vogel traurig. „Ich bin doch erst in diesem Sommer geschlüpft und da ich meine Familie bald darauf auf einem Ausflug verloren habe, hat mir niemand etwas vom Winter erzählt."

„Ach, papperlapapp!" schimpfte der Hamster weiter. „Und überhaupt. Mich einfach so aus meinem Tiefschlaf zu wecken…"

„Jetzt ist aber mal genug, Egoisme*", hörte Lille Lys nun eine Stimme von Oberhalb des Baumes. Sein Blick fiel auf ein Eichhörnchen, das seinen Kopf aus einem Kobel steckte.

„Dass du immer gleich so bissig wirst", tadelte es ihn und sprang mit ein paar Sätzen hinunter vom Baum. Zwischen seinen Krallen hatte es einen Sonnenblumenkern, den es dem Spatz entgegenhielt. „Hier, das ist für dich."

Der Spatz nahm den Kern dankbar entgegen und pickte ihn so schnell auf, dass er sich beinahe daran verschluckte.

„Die gute Andel*", bemerkte der Hamster schnippisch. „Immer schön mit anderen teilen. So, wie wohlerzogene Eichhörnchen das so machen, stimmt`s? Und überhaupt: Was mischt du dich hier eigentlich ein!"

Andel überhörte Egoismes bösartigen Tonfall, sah ihn mit ihren sanften braunen Augen eindringlich an und entgegnete: „Weißt du, Egoisme, jeder von uns kann mal in eine Notlage geraten – auch du. Und dann ist er froh, wenn ihm geholfen wird. Daraus können auch wunderbare Freundschaften entstehen."

„Pff", winkte Egoisme ab, „Ich brauche keine Freunde."

„Nein, natürlich nicht", sagte Andel. „Du brauchst niemanden." Ihr Unterton war Egoisme nicht entgangen. Sie glaubte ihm das nicht, das wusste er.

Andel wandte sich nun dem Spatz zu, der immer noch hungrig war und furchtbar fror. „Komm, wir gehen rauf in meinen Kobel und ich koche uns einen heißen Tee."

Dieses Angebot ließ sich der Spatz nicht zweimal sagen. Während Andel den Baum hochkletterte, breitete der Vogel seine Flügel aus und flog direkt auf den Ast, auf dem der Kobel saß.

Mit einem Mal war es wieder ganz still geworden und Lille Lys fragte sich, wieso der Wind es wohl so eilig gehabt hatte, ihn hierher zu bringen. Nicht einmal in Ruhe sein Rührei konnte er mehr aufessen. Und was hier das Geheimnis sein sollte, konnte er sich erst recht nicht erklären.

„Oh nein", hörte er da plötzlich ein Flüstern. Es war Egoisme, der auf einmal ganz blass um die Nase war. „Oh nein, oh nein, oh nein."

Kurz überlegte der kleine Schneebold, ob er zu dem Hamster rollen und ihn fragen sollte, was denn los sei. Doch da fiel ihm wieder ein, wie dieser eben mit dem Spatz geschimpft hatte. Und so wollte Lille Lys auf keinen Fall angeschrien werden. Als er den Hamster aber mit gesenktem Blick und hängenden Schultern vor seinem Bau stehen sah, nahm er doch all seinen Mut zusammen und rollte hinüber zu ihm.

„Entschuldigung", begann er vorsichtig.

„Was ist denn jetzt schon wieder?" knurrte Egoisme ihn an, ohne seinen Blick vom Boden abzuwenden.

Lille Lys hatte ein ganz beklemmendes Bauchgefühl, denn so einer unfreundlichen Kreatur war er noch niemals zuvor begegnet. Im Wolkenreich gab es solch schlechtes Benehmen anderen gegenüber nicht. Wenn man sich dort über irgendjemanden oder irgendetwas ärgerte, dann rollte man eine große Runde durch dicke, hohe Wolkenberge und danach ging es einem dann meist schon viel besser.

Ob ich doch einfach lieber wieder umkehre, fragte sich der kleine Schneebold und sah genau in diesem Augenblick, dass dem Hamster dicke Tränen aus den Augen kullerten und in den Schnee tropften. Bei der Kälte gefroren sie sofort und landeten als kleine Eiskristalle im weichen Weiß.

„Kann ich etwas für dich tun?" hörte sich Lille Lys fragen und sah den Hamster jetzt etwas mitleidig an.

Noch immer sah der Hamster ihn nicht an, stattdessen schimpfte er mit sich selber: „Warum muss ich auch immer nur an mich denken und so gemein zu anderen sein?! Wieso kann ich nicht auch einfach mal Interesse an anderen haben?!"

Er schüttelte verständnislos über sich selbst den Kopf. Lille Lys räusperte sich und hoffte, der Hamster würde ihn jetzt vielleicht registrieren. Diesmal hob Egoisme tatsächlich seinen Kopf ein klein wenig und blickte in Lille Lys Richtung.

„Ich würde dir gerne helfen", startete der kleine Schneebold noch einmal einen Versuch.

Egoisme sah ihn skeptisch an: „Du siehst nicht so aus, als ob du mir helfen könntest", stellte der Hamster fest.

„Auf einen Versuch käme es doch vielleicht an", ermutigte ihn Lille Lys. „Was ist dir denn so plötzlich passiert, dass du so verzweifelt bist?"

„Ich war gerade schrecklich gemein und dumm noch obendrein." Wieder senkte er seinen Kopf nieder, sprach aber weiter. „Ich wollte den kleinen, armen Vogel ärgern, weil er mich aus meinem Schlaf gerissen hat. Das kann ich nämlich gar nicht leiden! Und da habe ich all meine Wintervorräte in meine Backen gestopft und nun habe ich nichts mehr, wovon ich mich den Rest des Winters ernähren könnte." Ein paar weitere Tränen tropften als Eiskristalle in den Schnee.

Lille Lys blickte den Hamster nun mit großen Augen an. Irgendwie fand er die Situation ja schon ein wenig komisch, denn das Verhalten Egoismes war schon recht merkwürdig. Doch das Nagetier tat ihm auch leid, denn nun konnte es durchaus passieren, dass er ohne Vorräte irgendwann verhungern würde. Schließlich dauerte der Winter noch eine ganze Weile an. Doch hatte Lille Lys auch gleich eine Idee: „Du könntest doch einfach das Eichhörnchen fragen, ob es nicht vielleicht auch noch ein wenig etwas zu futtern für dich hätte."

„Weißt du", schluchzte er nun, „Ich kann mir nicht vorstellen, dass Andel mir etwas von ihren Vorräten abgibt, so, wie ich sie gerade behandelt habe. Sie ist immer so lieb und nett zu mir, obwohl ich oft so schrecklich zu ihr bin. Und ich weiß gar nicht, warum ich so fies bin. Eigentlich habe ich Andel nämlich richtig gerne."

Lille Lys überlegte. Er hatte eben schon den Eindruck gehabt, dass auch Andel Egoisme ziemlich gerne mochte. So, wie sie mit ihrer sanften Stimme zu ihm gesprochen hatte, obwohl er ihr gegenüber einen wirklich unangemessenen Ton angeschlagen hatte.

„So, wie ich das sehe", begann der kleine Schneebold, „gibt es durchaus eine Möglichkeit, dass Andel dir etwas von ihrem Futter abgibt, wenn sie noch genug gesammelte Vorräte hat.

„Und welche Möglichkeit wäre das?" fragte Egoisme.

„Du könntest sie um Entschuldigung bitten, dass du so gemein zu ihr warst und sie dann fragen, ob sie dir mit ein paar Nüssen oder Kernen aushelfen könnte."

Egoisme wusste, dass dies vermutlich die einzige Möglichkeit war, diesen Winter zu überstehen, doch er schämte sich so sehr, dass er sich nicht in der Lage fühlte, Andel um Verzeihung zu bitten.

„Versuch es doch einfach", ermutigte Lille Lys ihn.

Also sammelte der Hamster all seinen Mut zusammen und kletterte langsam und vorsichtig den Kastanienbaum hinauf und klopfte an den Kobel.

Sogleich steckte Andel den Kopf heraus und sah Egoisme verwundert an.

„Du hier?" fragte sie verwundert. „Das hat es ja noch nie gegeben."

„Hallo Andel", begann Egoisme. „Entschuldige die Störung."

Andel sah ihn mit großen Augen an, unterbrach ihn aber nicht.

„Ich wollte mich bei dir entschuldigen. Und natürlich auch bei dem Spatz, wenn er noch bei dir ist."

Ihre Augen fixierten ihn und ihm wurde ganz warm in seinem Inneren. Er kam sich furchtbar unbeholfen vor, denn niemals zuvor in seinem Leben hatte er irgendjemanden um Verzeihung gebeten.

Andel schien zu bemerken, wie unbeholfen er sich gerade vorkam und bedachte ihn mit einem winzig kleinen Lächeln. „Wofür möchtest du dich entschuldigen?"

„Nun", stammelte Egoisme verlegen, „ich war gerade nicht besonders nett zu dem Spatz." Er sah ihr nun direkt in die Augen. „Und zu dir auch nicht. Das tut mir sehr leid. Ich bin manchmal wirklich scheußlich."

„Da hast du leider Recht." Sie unterstrich ihre Worte mit einem Nicken. „Aber ich weiß, dass du es nicht so meinst. Dafür kenne ich dich jetzt schon zu gut. Der kleine Vogel hat sich allerdings wirklich sehr erschrocken."

„Ja, das weiß ich. Ich würde auch ihn gerne um Verzeihung bitten."

Der Spatz musste die Unterhaltung der Beiden wohl mitbekommen haben, denn er kam ebenfalls hinaus und begutachtete den reumütigen Hamster, der noch wenige Minuten zuvor so unfreundlich und abweisend zu ihm gewesen war.

„Spatz, es tut mir so leid, dass ich dir nichts von meinen Vorräten abgeben wollte. Manchmal denke ich einfach nur an mich und mein eigenes Wohl."

Glücklicherweise war der Spatz nicht nachtragend und verzieh dem Hamster. „Mir tut es ja auch leid, dass ich dich aus deinem Schlaf gerissen habe. Das war wirklich nicht meine Absicht."

Nachdem Egoisme nun also um Verzeihung gebeten hatte, kam sein nächstes großes Anliegen.

„Andel, ich würde dich so gerne um etwas bitten." Seine Stimme war kaum hörbar und klang ein wenig belegt.

„Um was möchtest du mich bitten?"

Da erzählte der Hamster von den Vorräten, die er aus lauter Ärger in seine Backen gestopft und aufgefressen hatte. Er rechnete nicht damit, dass Andel Verständnis für ihn haben würde. Umso überraschter war er, als sie ihre Kobeltür weit öffnete und ihn hereinbat: „Ich würde mich sehr freuen, wenn du, ebenso wie der Spatz, mein Gast für den Rest des Winters bist. Wir können es uns gemeinsam gemütlich machen und uns gegenseitig die Zeit vertreiben, bis endlich wieder die Frühlingssonne lacht."

Beide schenkten sich ein Lächeln und Egoisme betrat glücklich Andels Kobel.

Bevor sich die Tür hinter ihnen schloss, schaute der Hamster noch einmal hinunter zu Lille Lys und rief ihm zu: „Ich danke dir, dass du mich ermutigt hast, über meinen Schatten zu springen. Das werde ich dir nie vergessen!"

In Lille Lys Bauch wurde es ganz warm und er freute sich ehrlich für den Hamster und auch für den Spatz, dass diese Geschichte dank des Eichhörnchens noch so gut ausgegangen war.

Da es schon wieder zu dämmern begann, beschloss der kleine Schneebold, die kommende Nacht in dem Bau des

Hamsters zu verbringen. Noch bevor er sich zur Ruhe legte, öffnete sich wieder wie von Zauberhand das Schatzkästchen und ein weiteres schwarz-weißes Puzzleteil schwebte hinein. Diesmal standen die Worte „Teilen" und „Selbstsucht" darauf. Das war also das vierte Geheimnis.

5. Dezember

Der nächste Morgen begrüßte Lille Lys mit einem Mix aus grauen Wolken und eisiger Kälte. Der Hamsterbau bot ihm zwar Schutz und ein wenig Wärme, doch war ihm auch klar, dass der Wind ihn irgendwann zu seinem nächsten Ausflug abholen würde.

Es dauerte auch nicht besonders lange, als dieser den kleinen Schneebold aus dem schützenden Bau heraus lockte und ihn in die Lüfte erhob. Wild tanzte Lille Lys durch die Luft, hinaus aus dem Wald, hinweg über einen kahlen Acker, hin zu einer alten, klapprigen Scheune. Dort ließ der Wind ihn in den Schnee hinabrieseln und überließ ihn den Dingen, die da wohl so kommen wollten. Die letzten beiden Tage hatten dem kleinen Schneebold gezeigt, dass er sich nicht bemühen musste, etwas Bestimmtes zu finden, um ein Geheimnis zu lüften. Es reichte, wenn er einfach immer genau dem Beachtung schenkte, was sich ihm gerade zeigte. So sah er sich auch heute erstmal genauestens um.

Da er vor der Scheune aber so gar nichts entdecken konnte, rollte er zu dem großen Scheunentor, um nachzusehen, ob er so in das Innere gelangen konnte. Und er hatte Glück. Zwar war das Tor selber verschlossen, doch am Boden waren einige Bretter herausgebrochen, sodass Lille Lys bequem hindurch rollen konnte.

In der Scheune stand allerlei Gerümpel. Angefangen bei einem alten, defekten Traktor, über kaputte Landwirtschaftsgeräte, bis hin zu diversen größeren und kleineren Gebrauchsgegenständen. Da hier drinnen kein Schnee lag, fiel es Lille Lys ein wenig schwer, sich vorwärts zu rollen. Glücklicherweise war der Lehmboden aber ein wenig gefroren, sodass er zumindest nicht im Dreck stecken blieb.

„Hallo", rief der kleine Schneebold, in der Hoffnung, dass er irgendjemanden oder irgendetwas fand, was ihm weiterhelfen könnte bei der Suche nach dem nächsten Geheimnis. Doch niemand antwortete. Noch einmal versuchte er es: „Hallo, ist hier denn niemand?"

„Doch, ich", brummte es aus einer Ecke der Scheune heraus.

„Wo bist du denn?"

„Na, hier, hinter der großen Milchkanne."

Lille Lys sah sich um. Wo war denn eine Milchkanne? Dann entdeckte er sie am linken Hinterrad des kaputten Traktors. Bis auf einen etwas pelzigen Zipfel konnte Lille Lys aber noch nichts dahinter sehen. Also rollte er sich mühsam vorwärts, bis er sehen konnte, wer ihm da geantwortet hatte. Es war ein alter, brauner Teddybär, dem eines seiner Ohren nur noch an einem dünnen Faden hing, an dem einige Stellen seines Plüschfelles bereits nackt waren bis auf den Unterstoff und dem eines seiner Knopfaugen gänzlich abhandengekommen war.

„Oh", entfuhr es Lille Lys. „Was ist denn bloß mit dir passiert?"

Der Teddy schaute ihn mit seinem einen Auge an und meinte nur: „Ich bin zu alt. Das ist mit mir passiert."

Er hob seine Schultern kurz mühsam nach oben und ließ sie im nächsten Moment wieder schwer nach unten fallen. „Das verstehe ich nicht." Der kleine Schneebold schüttelte mit dem Kopf. „Und weil du alt bist, wohnst du hier in dieser furchtbaren Scheune, in der es so kalt und feucht ist, dass einen hier der sichere Tod erwartet?"

„Komm und setzt dich zu mir. Ich erzähle dir, wie ich hierhergekommen bin."

Lille Lys nahm direkt neben dem alten, zerzausten Teddy Platz und lauschte gespannt der Geschichte:

„Weißt du", begann er, *„Es war vor vielen Jahren, da wohnte ich in einem hübschen kleinen Kaufhaus mitten in der Innenstadt von Skagen. Alle Spielzeuge im Kaufhaus fanden irgendwann ein neues zu Hause, in dem sie sich wohl fühlen konnten. Nur mich schien niemand haben zu wollen. Vermutlich lag es daran, dass mich die Verkäuferin damals in die hinterste Ecke eines Regals gelegt hat. Dort saß ich einige Jahre lang, sah die vielen Kinder und deren Eltern an mir vorbeigehen, ohne, dass mich auch nur einer von ihnen wirklich gesehen hätte.*

Doch eines Tages, es war kurz vor Weihnachten, da läutete die kleine Ladenglocke und ein kleines Mädchen kam mit seinem Vater herein. Sie war wunderschön, hatte hellblonde Haare und wirkte unglaublich fröhlich. Und das erste, was sie in dem Laden entdeckte, das war ich." Die Augen des Teddys leuchteten vor Freude und ein Lächeln breitete sich über sein ganzes Gesicht aus.

*„Sie kam direkt auf mich zu, hob mich aus dem Regal und drück-
te mich ganz fest an sich. „Papa", rief sie, „Papa, sieh mal! Ich
habe einen Teddy gefunden. Den möchte ich gerne haben." Ihr
Vater kam zu uns herüber und beäugte mich. „Ja, das ist ein sehr
schöner Teddy, Dilara. Du könntest ihn dir zu Weihnachten vom
Christkind wünschen." Das kleine Mädchen sah zuerst mich an
und dann ihren Vater. "Aber was ist, wenn der Teddy dann
nicht mehr da ist? Kann ich ihn nicht jetzt schon mitnehmen?"
Kurz überlegte der Vater, doch so gerne er seiner Tochter den
Wunsch auch erfüllt hätte, er hatte nicht genug Geld bei sich.
Also setzte das Mädchen mich wieder zurück in die hinterste
Ecke des Regals in der Hoffnung, dass niemand anderes mich
entdecken würde. Derweil ging der Vater zu der Ladenverkäufe-
rin und besprach etwas mit ihr. Leider konnte ich nicht hören,
um was es ging, doch kurze Zeit später schien mein Traum, endlich ein schönes zu Hause zu bekommen, jäh beendet zu sein.*

„Wieso?" unterbrach Lille Lys ihn.

*„Nachdem der Vater seine Tochter mit sich genommen und den
Laden verlassen hatte, kam die Verkäuferin zu mir, packte mich
und steckte mich in einen roten Karton. Nicht, dass das schon
schlimm genug gewesen wäre. Sie schloss den Karton mit einem
Deckel zu und ließ mich einfach in der engen Dunkelheit zurück.
Wie lange ich so darin lag, weiß ich nicht. Es waren ein paar gefühlte Tage. Dann setzte sich der Karton in Bewegung und ich
wurde ordentlich durchgerüttelt.*

Lille Lys hörte gespannt zu und hätte am liebsten tausend
Fragen gestellt, doch wollte er den Teddy nicht andauernd
unterbrechen. Also lauschte er weiter seiner spannenden
Erzählung.

„Es kam der Punkt, an dem ich mir sicher war, ich würde niemals mehr aus dieser Kiste befreit und würde einfach elendig zugrunde gehen. Doch dann passierte es. Ich bemerkte, wie jemand vorsichtig den Deckel von dem Karton hob und direkt in meine Augen sah. Es war doch tatsächlich dieses wunderschöne kleine Mädchen mit dem Namen Dilara.

Sie erblickte mich, nahm mich voller Freude heraus und tanzte mit mir durch die gesamte Wohnung. Um uns waren viele helle Lichter und an dem geschmückten Tannenbaum konnte ich erkennen, dass ich wohl ein Weihnachtsgeschenk geworden war. „Vielen Dank, lieber Papa", rief Dilara und schlang ihrem Vater ihre kleinen Arme um den Hals.

Von da an war ich Dilaras ständiger Begleiter und bester Freund. Wo auch immer sie hinging, nahm sie mich mit. Sogar in ihrem Bett durfte ich schlafen.

Plötzlich veränderte sich der Gesichtsausdruck des Teddys und sein glückliches Lächeln verschwand. Lille Lys, der die Veränderung sofort bemerkt hatte, sah den Teddy an und meinte: „Aber das klingt doch alles ganz wunderbar!"

„Das war es auch", nickte der Teddy bedächtig. „Aber die Geschichte geht ja noch weiter."

Er atmete einmal tief ein und fuhr dann fort:

„Dilara und ich hatten eine ganz wunderbare Zeit und ich fühlte mich so geliebt und sicher bei ihr. Doch eines Tages veränderte sich etwas. Es war wieder ein Weihnachten – zwei Jahre nachdem ich bei Dilara eingezogen war. Dilara bekam einen neuen Teddy, einen, der Geräusche machen und seine Arme und Beine bewegen kann. Von da an geriet ich immer mehr in Vergessenheit. Ich

landete häufig in irgendeiner Ecke und schien auch von niemandem vermisst zu werden. Manchmal erinnerte Dilara sich an mich, dann nahm sie mich auf und spielte ein wenig mit mir. Aber es war nicht mehr so liebevoll wie am Anfang. Sie war sehr unvorsichtig mit mir. So blieb ich einmal an einem Zaun hängen und verlor dabei fast mein eines Ohr. Ein anderes Mal zog ein Spielkamerad von ihr so lange an meinem rechten Auge, dass er es plötzlich ausgerissen hatte. Diese Schmerzen waren furchtbar. Vom vielen herumfliegen durch das Zimmer verlor ich dann auch immer mehr mein schönes Teddyfell. Ja, diese Schmerzen waren schlimm, doch viel schmerzhafter noch war die Tatsache, dass der neue Teddy nun Dilaras ganze Aufmerksamkeit genoss. Dabei hatte er sie niemals so lieb gehabt, wie ich sie liebhabe.

„Und dann bist du irgendwann einfach weggelaufen?" wollte Lille Lys nun wissen.

„Nein", antwortete der Teddy. „Nachdem Dilara mich in eine Kiste mit anderen Spielsachen gelegt hatte, die sie nicht mehr brauchte, wurde die Kiste zunächst in den Keller gebracht, ehe ein alter Mann die Kiste irgendwann abholte und mit zu sich nach Hause nahm."

„Hier hat also mal jemand gewohnt?" Der kleine Schneebold konnte es kaum glauben, denn in so einer Scheune konnte man doch nicht leben.

„Nein, nein", schüttelte der Teddy nun den Kopf. „Der alte Mann nahm einige Sachen heraus und schenkte sie seinem Enkelkind. Mich brachte er dann hierher…" Die Stimme des Teddys brach und eine dicke Träne kullerte aus seinem noch vorhandenen Auge.

„Das ist ja schrecklich." Lille Lys war fassungslos über das traurige Schicksal des Teddys.

Auf einmal pustete der Wind so stark durch sämtliche Ritzen der Scheune, dass Lille Lys einfach hochgewirbelt und mit dem Wind mitgerissen wurde. Das war ihm mal so gar nicht recht, denn er konnte doch den armen Teddy hier nicht alleine lassen. Doch der Wind pustete erbarmungslos und Lille Lys konnte nur noch rufen: „Ich komme wieder! Ganz bestimmt!"

Weiter ging es über die westliche Seite des Ackers, hin zu einem kleinen Holzhaus, das wunderbar geschmückt war mit Lichterketten und allerlei Weihnachtsdekoration.

Der Wind blies den kleinen Schneebold bis zu einem Fensterbrett. Dort landete er etwas unsanft an der Scheibe und brauchte erst einen Moment, bis er sich wieder gesammelt hatte.

„Was sollte das denn?" klagte er den Wind an, doch dieser gab keine Antwort von sich. Im Gegenteil. Plötzlich war es so windstill, dass Lille Lys hätte die Flöhe husten hören können, wenn welche da gewesen wären. Er warf nun einen Blick durch das Fenster. Auf einem Bett saß ein kleines Mädchen, das ziemlich traurig wirkte. Viele Spielsachen lagen um sie herum, doch sie beachtete sie gar nicht. In ihren Händen hielt sie einen Teddybär. Er hatte tadellos glänzendes Fell, konnte seine Arme und Beine selbstständig bewegen und wenn das Mädchen ihn hin und her wiegte, gab er einen brummenden Ton von sich. Wie gut, dass es jetzt so windstill war, denn sonst hätte Lille Lys weder das Brummen des Teddys hören können, noch das, was das Mädchen zu ihm sagte:

„Ach Ny*, was soll ich denn nur machen? Ich bin so schrecklich traurig. Weißt du, ich habe dich ja wirklich gerne, denn du glänzt noch so schön neu und du kannst so tolle Dinge, aber ich vermisse meinen Alto* so sehr!"

Sie begann bitterlich zu weinen und drückte den Teddy fest an ihre Brust. „Du bist gar nicht so schön weich wie Alto. Dein Bauch ist ganz hart. Altos Bauch ist weich und kuschelig."

In Lille Lys keimte der Verdacht auf, dass der Wind ihn aus einem ganz bestimmten Grund hierher geweht hatte. *„Das wird doch nicht etwa…"* Weiter kam er in Gedanken nicht, denn plötzlich ging die Zimmertür des Mädchens auf und ein großer starker Mann kam herein. „Dilara, was ist denn bloß los mit dir?" fragte er das Mädchen und hob sie liebevoll auf seinen Arm.

Es war also tatsächlich Dilara, das Mädchen, dem der arme alte Teddy aus der Scheune gehörte.

„Ich will meinen alten Teddy wieder haben!" schluchzte sie und vergrub ihr kleines Gesicht an seinem Hals.

„Aber du hast doch jetzt Ny." Er nahm den neuen Teddy in seine Hand und ließ ihn aufbrummen.

„Ja, schon", weinte Dilara weiter. „Aber ich möchte mit Alto kuscheln. Er fehlt mir so."

Der Vater wirkte ein wenig ratlos, denn er wusste, dass der Teddy mitsamt einiger, anderer Spielsachen verkauft worden war. Und leider wusste er nicht, an wen.

Eine Zeitlang versuchte der Vater noch, seine Tochter zu trösten, doch er schaffte es nicht. „Ich mache dir jetzt einen schönen heißen Kakao", sagte er schließlich, setzte sie wieder vorsichtig auf ihr Bett und strich ihr noch einmal über ihre hellblonden Locken, bevor er das Zimmer verließ, um Kakao zu kochen.

Das war Lille Lys Chance. Er klopfte so fest an die Scheibe, wie er nur konnte. Zunächst blieb das Klopfen allerdings unbemerkt. Erst als er mit beiden Fäusten dagegen hämmerte, blickte das kleine Mädchen ihn an. Noch nie hatte sie so ein Watte- Ähnliches Geschöpf gesehen. Ein wenig skeptisch öffnete Dilara das Fenster einen Spalt breit.

„Hallo", sagte Lille Lys. „Ich bin Lille Lys und ich glaube, ich kann dir helfen."

„Wirklich?" Ihre Augen leuchteten auf und sofort bot sie ihm an, hineinzukommen.

„Nein, danke. Mir ist das zu warm. Aber du solltest mit nach draußen kommen."

„Ich darf nicht alleine nach draußen. Und außerdem ist es dort viel zu kalt für mich."

„Aber ich weiß, wo dein Teddy ist!"

Nun war sie kaum noch zu halten und das Leuchten in ihren Augen war voller Hoffnung.

„Wo ist er denn?"

„Er ist in einer Scheune, nicht weit von hier."

Diese Information reichte, um sie in völlige Euphorie zu versetzen und ihren Vater zu rufen.

„Papa, Papa, du musst unbedingt herkommen."

Die Zimmertür ging auf und ihr Vater sah sie besorgt an.

„Was ist denn bloß los, Dilara?"

„Er weiß, wo Alto ist!" rief sie ihm entgegen und zeigte auf Lille Lys.

„Der Schneeball da draußen weiß, wo dein Teddy ist?" Verständnislos schüttelte er mit dem Kopf. „Dilara, du erzählst doch Märchen."

„Nein, Papa, bitte glaub mir!" Sie zog an seinem Ärmel: „Komm, zieh deine Jacke an. Ich muss zu dieser Scheune."

Der Vater hielt die Idee seiner Tochter zwar für völlig verrückt, doch konnte er seinem blond gelockten Engelchen seinen Wunsch einfach nicht abschlagen.

„Also schön", gab er endlich nach und kurze Zeit später standen sie warm eingepackt vor der Haustür.

„Wo müssen wir denn nun lang?" fragte Dilara Lille Lys und hoffte, er könnte es ihr genau erklären. Doch leider hatte er sich die Richtung nicht wirklich merken können. Kurz herrschte Enttäuschung allerseits. Doch dann fiel Lille Lys der Wind ein. „Wind, lieber Wind, bitte bring uns zurück zu der Scheune, damit der arme Teddy gerettet wird.

Und schwups, kam ein kleiner Sturm auf und erhob den kleinen Schneebold abermals in die Lüfte. Dann wehte der Wind ihn direkt zu der alten Scheune und Dilara und ihr Vater folgten ihm.

Als sie endlich da waren, rief Lille Lys: „Teddy, ich habe eine Überraschung für dich!"

Ein leises Brummen war zu vernehmen, doch wirkliche Freude klang anders. „Schön, dass du wiedergekommen bist. Ich fürchte, mit mir geht es langsam zu ende." Ein dumpfes Husten war zu hören, gefolgt von einem Schniefen.

„Ich habe dir jemanden mitgebracht", fuhr Lille Lys fort. „Ich weiß jetzt auch, wie du heißt. Dein Name ist Alto."

Nun wurde der Teddy doch ein wenig lebendiger, denn es gab nur einen Menschen auf dieser Welt, der ihm jemals diesen Namen gegeben hatte. Und noch ehe er etwas sagen konnte, hatte Dilara ihn auch schon entdeckt, stürzte zu ihm hin, nahm ihn in die Arme und drückte ihn, als gäbe es kein Morgen mehr. „Alto, mein lieber Alto", schniefte sie und wieder kullerten Tränen über ihre Wangen. Aber diesmal waren es Tränen der Freude. Auch der Teddy, Lille Lys und sogar der Vater vergossen ein paar Tränen, weil es so rührend war.

„Du armer Teddy", sagte Dilara nach einer Weile. „Es tut mir so leid, dass ich nur noch den neuen Teddy beachtet, und dich, meinen guten, alten Freund vergessen habe. Jetzt wird alles gut!"

Noch einmal herzte sie ihn liebevoll und küsste ihn auf die Stelle seines fehlenden Auges. „Das reparieren wir alles sofort, wenn wir wieder zu Hause sind", versprach sie und ging mit dem Teddy im Arm Richtung Scheunenausgang.

So machten sich die drei auf den Nachhauseweg und auch Lille Lys durfte noch einmal mitkommen, denn der Wind pustete ihn direkt hinterher.

Zu Hause holte der Vater Nähzeug und einen neuen Knopf als Auge. Lille Lys fand es herrlich zu sehen, wie liebevoll Alto wieder aufgenommen wurde. Nachdem der Vater ein neues Auge eingesetzt, das Ohr wieder angenäht und das Fell ein wenig auffrisiert hatte, durfte Dilara ihn in warmem Wasser baden und mit einem Föhn trocknen. Nun sah Alto wieder fast aus wie neu.

Als Dilara dann wenig später zu Bett ging – mittlerweile war es nämlich schon ziemlich spät und finstere Nacht – legte sie Alto in ihren linken Arm und Ny in ihren rechten Arm. Ihr Vater kam auch noch einmal in das kleine Zimmer, drückte seiner Tochter einen sanften Kuss auf die Stirn und freute sich, dass sie nun endlich wieder glücklich war.

Lille Lys blieb in dieser Nacht auf der Fensterbank und schlief unter einer weißen Schneedecke ein. Und während er träumte, legte sich das fünfte Geheimnis in das Schatzkistchen. Es waren die Worte „Alt" und „Neu"

6. Dezember

*E*in paar zarte Sonnenstrahlen weckten Lille Lys am nächsten Morgen. Er reckte und streckte sich und warf einen Blick in das Kinderzimmer, wo er Dilara mit ihren beiden Teddybären an einem bunt gedeckten Tischchen sitzen sah. Die Drei spielten wohl Teeparty und das kleine Mädchen verwöhnte ihre beiden Spielfreunde mit Phantasie-Kuchen und Keksen.

Als die Drei Lille Lys entdeckten, kamen sie zum Fensterbrett.

„Guten Morgen", brummte Alto und auch Dilara und Ny wünschten einen guten Morgen. „Guten Morgen", erwiderte auch der kleine Schneebold. „Es ist schön, euch so glücklich zu sehen. Am liebsten würde ich euch noch den ganzen Tag zusehen, aber ich denke, der Wind wird mich gleich abholen und weiter forttragen."

Dilara sah ihn mit ihren großen blauen Augen an und flüsterte: „Ich danke dir, dass du meinen Alto wieder zu mir zurückgebracht hast!"

Sie bedachte Lille Lys mit einem strahlenden Lächeln und strich ihrem Teddy liebevoll über das Fell. Auch der neue Teddybär bekam eine Streicheleinheit.

„Ich freue mich, dass ihr jetzt alle wieder zusammen seid und wünsche euch alles Gute."

In diesem Moment kam auch schon ein Windstoß und fegte den kleinen Schneebold vom Fensterbrett. Er winkte den Dreien noch zu und ließ sich vom Wind forttreiben.

Die Reise endete direkt an einem Strand am tosenden Meer. Die Wellen brachen sich am flachen Ufer und spülten jedes Mal einige Muscheln mit an Land. Lille Lys war beeindruckt von dem Anblick, der sich ihm hier bot. Mor Mor hatte ihm unzählige Geschichten über das Meer erzählt und ihm Bilder in Büchern gezeigt. Doch in der Realität war es noch viel schöner, als er sich das jemals vorgestellt hatte. Da waren riesige Dünen, auf denen sich das hohe Gras im Wind hin und her wiegte, da waren Schiffe am Horizont zu sehen und das Kreischen der Möwen entzündete ein Kribbeln in Lille Lys Bauch. Es war einfach atemberaubend schön.

Um ihn herum lagen auf dem gefrorenen Sand abertausende Muscheln in den unterschiedlichsten Farben und Formen. Da waren etwas größere und kleine, heile und zerbrochene. In der Sonne funkelten sie wie kleine Diamanten.

Aber irgendetwas stimmte hier nicht. Die Idylle trügte und das spürte der kleine Schneebold auch sofort. Das Kreischen der Möwen geriet in den Hintergrund, stattdessen vernahm Lille Lys ein Stimmgewirr, das wie ein Chor um ihn herum erklang.

„Ihr Name muss wohl ganz offensichtlich *Grim** sein. Ja, *Grim, Grim, Grim.*"

Es waren doch tatsächlich viele tausende Muscheln, die ihre Stimmen erhoben und immer wieder das Gleiche von sich gaben. „Grim, Grim, Grim"

„Entschuldigung", der kleine Schneebold rollte auf eine tadellos weiße Muschel zu, um zu erfahren, was hier gerade passierte. „Was ist das für ein merkwürdiges Gerede, das ihr hier anstimmt?"

Sie betrachtete den kleinen Schneebold ein wenig irritiert und antwortete in arrogantem Ton: „Na, siehst du sie denn nicht?" und richtete ihren Blick auf eine große, graue Muschel ganz in ihrer Nähe.

Lille Lys nickte, denn natürlich sah er sie. Doch verstand er nicht, was die weiße Muschel mit ihrer abschätzigen Art meinte. Diese bemerkte Lille Lys Irritation und fuhr genervt fort: „Dieses DING", dabei betonte sie das Wort so abschätzig, dass Lille Lys ein kleiner Schauer über den Schneeboldrücken fuhr. „Es sieht wirklich scheußlich aus. Furchtbar hässlich halt."

Lille Lys blickte sie mit weit aufgerissenen Augen an, denn ihre Worte klangen so hart und abschätzig, dass es ihn erschreckte. Das Stimmgewirr nahm immer größere Ausmaße an und auch die weiße Muschel war wieder so in ihrem Element, dass Lille Lys ihr kein weiteres Gespräch abringen konnte. Das wollte er allerdings auch gar nicht mehr, denn eine vernünftige Antwort war von ihr wohl auch keinesfalls zu erwarten. Also beschloss der kleine Schneebold, sich einen Weg durch die Muschelmenge, hin zu der Muschel zu bahnen, die einen solchen Tumult zu verursachen schien.

Inmitten der vielen tausend Muscheln wirkte diese wirklich recht groß. Sie hatte keine der typischen Muschelformen, die die anderen aufwiesen. Eher sah sie ein wenig so aus, wie ein grauer Stein. Zugegeben, auf den ersten Blick waren die anderen Muscheln vielleicht ein bisschen ansehnlicher, zumal sie in der Sonne auffällig schön funkelten. Aber das gab ihnen noch lange nicht das Recht, sich so schlecht zu benehmen.

Als Lille Lys die große, graue Muschel erreichte, erkannte er, dass sie an der ganzen Schale zitterte. Aber nicht vor Kälte, denn diese machte Muscheln nicht im Geringsten etwas aus. Sie zitterte, weil sie dem tosenden Gerede hilflos ausgesetzt war.

„Kann ich dir irgendwie helfen?", fragte Lille Lys.

„Bring mich hier weg", flehte sie ihn an und ihr Zittern wurde noch ein wenig stärker.

Der kleine Schneebold rollte ganz nah an sie heran und versuchte, sie über den gefrorenen Sand zu schieben. Es kostete ihn enorm viel Kraft, denn die Muschel hatte ihrer Größe entsprechend ein ordentliches Gewicht. Und neben der körperlichen Anstrengung, die es Lille Lys kostete, strengte auch das Stimmgewirr ihn an. Er versuchte es zu ignorieren, so gut es eben ging, aber das war gar nicht so einfach.

Nach einer gefühlten Ewigkeit hatte Lille Lys es geschafft, die Muschel auf einen Steg zu schieben. Dort waren die Stimmen der anderen Muscheln bald nicht mehr zu hören und das Kreischen der Möwen trat wieder in den Vordergrund. Es war wie Musik in den Ohren für den kleinen Schneebold.

Etwas außer Atem fragte er die Muschel: „Sag mal, was genau war da denn überhaupt los?"

„Naja", begann sie zu erzählen, „Ich bin auf der Suche nach meinem Namen."

„Wieso? Hast du ihn denn verloren?"

„Irgendwie schon…"

Das verstand Lille Lys nicht. Wie konnte man denn seinen Namen verlieren?

Die Muschel schien seine Gedanken erraten zu haben. „Weißt du, ich bin erst vor wenigen Tagen auf die Welt gekommen. Meine Eltern hatten mir einen Namen gegeben, aber sie haben ihn mir gegenüber nur einmal genannt, ehe sie fortgespült worden sind."

Die Muschel wollte weitererzählen, doch Lille Lys unterbrach sie: „Fortgespült? Ja, wohin denn?" Er fand die Tatsache schrecklich, dass Eltern einen verließen. Unweigerlich musste er an den kleinen Spatz denken, der seine Familie bei einem Ausflug verloren hatte und dann fiel ihm ein, dass auch er seine Familie verloren hatte, wenn auch hoffentlich nur vorübergehend. Ein beklemmendes Gefühl breitete sich in ihm aus.

„Ich weiß nicht, wohin", sagte sie leise.

„Aber dann suchst du doch nicht nur deinen Namen, sondern auch deine Familie."

„Ehrlichgesagt glaube ich nicht, dass ich meine Familie jemals wiederfinde. Das Meer ist so groß und nun bin ich hier am Strand gelandet und kann mich alleine nicht mehr fortbewegen…" Einen kurzen Moment hielt sie inne und schluckte schwer. „Nun wüsste ich wenigstens gerne meinen Namen, damit ich überhaupt noch etwas habe."

Jetzt fiel Lille Lys wieder das schreckliche Stimmgewirr der Muscheln ein. *Ihr Name muss wohl ganz offensichtlich Grim sein*, hatten sie gerufen. Er war fassungslos über so ein schlechtes Benehmen, hatte gleichzeitig aber auch ein wenig Mitleid mit ihnen, weil sie scheinbar nicht mehr merkten, was sie da grausames taten. Noch mehr Mitleid hatte er aber mit der grauen Muschel, die wie ein Häufchen Elend vor ihm auf dem Steg lag.

„Und dann haben sie dir einfach den Namen Grim, also *Hässlich* gegeben! Das ist ja wirklich schrecklich."

Traurig nickte sie. „Und sie haben ja auch recht. Sieh mich doch mal an. So grau, so farblos und so buckelig…"

„Jetzt ist aber mal Schluss", unterbrach er sie. „Das darfst du nicht einmal annähernd denken! Und nimm es ihnen nicht übel. Sie sind genauso gestrandet wie du und können sich von alleine nicht mehr fortbewegen. Das frustriert und ängstigt sie und da haben sie ihren Frust einfach an dir ausgelassen."

Der kleine Schneebold streichelte ihr sanft mit seiner kleinen weißen Hand über die harte Schale, um sie zu trösten. Sie wirkte erschöpft und vor lauter Müdigkeit gähnte sie aus vollem Halse.

Und was meint ihr, was in dem Moment geschah? Kaum hatte sich ihr Mund für einen winzigen Moment beim Gähnen weit geöffnet, strahlte etwas aus ihr heraus. Es war wie ein funkelndes Licht, das plötzlich alles erhellte – nur für einen kurzen Moment.

„Wie schön!" entfuhr es Lille Lys. „Mach das bitte noch einmal."

„Was meinst du?" fragte die graue Muschel verwundert.

„Na, ich meine, dass du noch einmal gähnen sollst."

Doch statt zu gähnen, fing sie auf einmal lauthals an zu lachen: „Du bist aber komisch", gluckste sie. „Wieso soll ich denn noch einmal gähnen?" Auch jetzt, wo sie so fröhlich lachte, strahlte sie aus ihrem Inneren. Nun sahen es auch die anderen Muscheln. „Das gibt es doch nicht!" riefen sie. „Seht, wie schön sie leuchtet!"

Und sie hatten Recht. Ihr Leuchten trat in Erscheinung, sobald sie sich ein wenig öffnete und verschwand wieder, wenn sie sich schloss. So etwas hatten sie alle scheinbar bisher noch niemals gesehen und sie waren beschämt über das, was sie noch kurz zuvor über sie gesagt hatten. Nein, diese Muschel war nicht hässlich. Sie war schön. Sie war sogar wunderschön. Nur die Sonne strahlte noch heller als sie.

Und dann fiel es Lille Lys wie Schuppen von den Augen! Er wusste jetzt, wen er hier vor sich hatte. Mor Mor hatte ihm einmal von einer verzauberten Meeresprinzessin erzählt, die mit einem Fluch belegt worden war. Jetzt erzählte der kleine Schneebold die Geschichte der grauen Muschel:

Die Meeresprinzessin, die es einmal vor langer Zeit gegeben hat, war wunderschön. Sie war so schön, dass sie den Namen Smukke* von ihren königlichen Eltern bekam. Doch so schön die Meeresprinzessin auch war, so hässlich war ihre Seele. Sie beleidigte alles und jeden um sich herum und nahm dabei keine Rücksicht auf die Gefühle anderer.

Eines Tages begegnete sie der alten gütigen Meerhexe, die schon viel über die Prinzessin gehört hatte. Und wie die Prinzessin mit jedermann sprach, so sprach sie auch mit der Meerhexe. Sie beleidigte sie und machte sich über ihren kleinen Buckel lustig. „Ach Alte", sagte sie mit hochgezogener Nasenspitze, „Du solltest mit deinem Buckel lieber zu Hause bleiben, wo dich niemand sieht. Das ist wirklich kein schöner Anblick."

Die Alte traute ihren Ohren kaum. Nicht nur, dass die Prinzessin keinerlei Respekt vor ihr hatte. Nein, sie war obendrein so gefühlskalt wie ein Stein.

Zur Strafe verwandelte die Meerhexe die Meeresprinzessin und ihre gesamte Familie in gewöhnliche Austern. Die Prinzessin wollte sich noch bei der Alten entschuldigen, doch es half nichts. Eine dicke graue Muschelschale legte sich um die Prinzessin, die darin verschwand wie eine elfenbeinfarbene Perle.

„Von nun an wirst du, ebenso wie deine gesamte Familie, in dieser Gestalt durch die Meere ziehen. Man wird euch verspotten und beleidigen, wo es nur geht. Viele Kinder und Nachkommen wirst du bekommen und sie alle werden belegt sein mit dem Fluch, den ich euch nun auferlege." Verholen lachte sie und

wandte sich zum Gehen. „Wie kann ich den Fluch durchbrechen?" wollte die Auster wissen.

„Nur diejenigen von euch, deren wahre Schönheit erkannt wird, werden wieder frei sein."

„Diese Geschichte habe ich noch nie gehört", sagte die graue Muschel. „Und was hat sie mit mir zu tun?"

„Nun ja", begann Lille Lys, „kann es vielleicht sein, dass deine Eltern dir den Namen Smukke gegeben haben?"

Eine Erinnerung schien in der grauen Muschel wach zu werden, denn sie war sich sicher, dass dies tatsächlich der Name war, den sie ihr gegenüber benutzt hatten.

„Aber wieso sollten sie mich genauso nennen wie die Meeresprinzessin?"

„Ganz einfach: die Meeresprinzessin wollte, dass alle ihre Kinder und sämtliche Nachkommen den gleichen Namen erhalten, damit sie sich trotz der äußeren Umstände immer daran erinnern würden, woher sie ursprünglich stammen."

Plötzlich wurde das tosende Meer ganz still und die Wellen ruhten auf der glatten Wasseroberfläche. Vor dem Steg tauchte eine alte, bucklige Gestalt auf, die mit einem Satz auf den Steg sprang und sich neben die Muschel und den kleinen Schneebold setzte.

„Du bist ein kluges Kerlchen", sagte sie zu Lille Lys und nickte ihm anerkennend zu. „Du hast tatsächlich die Schönheit unter der hässlichen Schale der Auster entdeckt. Darum werde ich sie nun befreien."

Lille Lys und auch Smukke sahen die Alte mit großen Augen an. Auch die anderen Muscheln starrten gespannt zum Steg hinüber und wollten sehen, was die Alte vorhatte.

Sie nahm einen Zauberstab zur Hand und ließ ihn hoch über sich kreisen. So lange, bis kleine grüne Funken aus ihm heraussprühten. Dann richtete sie den glimmenden Stab auf Smukke und rief: „Vadabing!" Um die graue Muschel, die tatsächlich eine Auster war, legte sich ein dichter grüner Nebel, der sie für einen Moment völlig einhüllte. Die alte Meereshexe pustete einmal kräftig und sofort war der Nebel wieder verschwunden.

Doch wo war die Auster? Lille Lys sah sich vergebens um. Die graue Muschel war verschwunden. Das Einzige, was jetzt noch neben ihm lag, war eine wunderschöne kleine Perle, die im Sonnenlicht leuchtete wie pures Gold.

„Smukke, bist du es?" vergewisserte er sich. Die Perle brauchte selber einen kleinen Augenblick, ehe sie verstand, was gerade geschehen war. Sie fühlte sich auf einmal ganz leicht und frei, ja, bald schwerelos.

„Ja, ich bin es", antwortete sie ihm dann und war immer noch ganz fasziniert von ihrer neuen Erscheinung.

„Wie schön du bist", stellte der kleine Schneebold noch einmal fest.

„Ja!", riefen all die gestrandeten Muscheln, die nun in einen neuen Chor einstimmten. „Smukke, Smukke, wie wunderschön du bist!", sangen sie immer wieder und Smukke wurde vor Freude ganz rot.

Die Alte nahm die Perle in ihre Hand, hob sie hoch und sprach: „Dank dieses aufmerksamen Schneeboldes", sie zeigte auf Lille Lys, „ hast du deine Freiheit wiedererlangt. Doch hüte dich! Sobald du auch nur eine einzige andere Kreatur mit Absicht beleidigst und von oben herab behandelst, wird dich der Fluch deiner Familie wieder einholen und dich zurück in die Schale einer Auster zwingen."

Die Perle hatte nicht vor, irgendjemanden jemals schlecht zu behandeln. Im Gegenteil. Sie hatte einen großen Wunsch an die Meerhexe: „Könntest du bitte all die vielen gestrandeten Muscheln zurück ins Meer befördern?"

Die Alte sah Smukke an und meinte: „Wenn das wirklich dein Wunsch ist, so will ich ihn dir erfüllen." Die Muscheln jubelten und waren Smukke so dankbar, dass sie ihnen verziehen hatte.

Die Meerhexe schwang noch einmal ihren Zauberstab, ließ grüne Funken sprühen und hüllte alle Muscheln mit einem „Vadabing" in dichten grünen Nebel. Nachdem sie gepustet hatte, war der Strand gänzlich von allen Muscheln leergefegt und zurück blieb der schneebedeckte Sand.

Nun wandte sich die Meerhexe an Lille Lys: „Hast du auch noch einen Wunsch?"

Lille Lys musste nicht lange überlegen. „Ja!", verkündete er. „Ich wünsche mir, dass Smukke ihre Familie wiederfindet."

Die Perle strahlte Lille Lys an und hoffte, dass die Meerhexe seinen Wunsch erfüllen würde.

„Das ist ein sehr selbstloser Wunsch, mein Freund. Und nichts würde mir mehr Freude machen, als ihn zu erfüllen."

So hob sie ihren Zauberstab ein drittes Mal in die Luft, bis die grünen Funken sprühten, sprach ein „Vadabing" und hüllte Smukke in grünen Nebel. Anschließend pustete sie wieder kräftig und Smukke war verschwunden. Lille Lys blieb mit der Meerhexe alleine zurück.

„Ich hätte mich gerne noch von ihr verabschiedet", sagte Lille Lys ein wenig traurig, denn plötzlich erschien ihm der leergefegte Strand sehr einsam.

„Auf Wiedersehen", hörte er da auch schon Smukkes Stimme. Sie schwamm an der Wasseroberfläche des Meeres. Neben ihr trieben zwei große Austern. Das mussten wohl ihre Eltern sein. „Ich danke dir für alles", rief die Perle ihm noch zu, bevor sie mit ihrer Familie in die Tiefe hinabglitt.

„Auf Wiedersehen", rief auch Lille Lys und war dankbar, noch einmal ihre zarte Stimme gehört zu haben.

„Mach`s gut, kleiner Schneebold", sagte die Alte und sprang mit einem Satz zurück ins Meer. Die Stille, die die ganze Zeit während ihrer Anwesenheit über dem Wasser lag, löste sich auf und die Wellen tosten in Richtung Strand, als hätte es die Stille nie gegeben.

Lille Lys merkte, wie müde er auf einmal war und bat den Wind, dass er ihn zurück in den Wald wehte, wo er sich unter einer Baumwurzel zum Schlafen legen konnte. Und der Wind hob ihn in die Luft und setzte ihn an einer großen, dicken Eiche ab.

Bevor er sich in den Schnee kuschelte, schaute er neben sich zu seinem Kästchen. Er öffnete es und wartete, bis von irgendwoher sein Geheimnis des heutigen Tages herbeigeflogen kam. Auf dem Puzzleteil standen die Worte: „Hässlich" und „Schön".

7. Dezember

Der heutige Tag begrüßte Lille Lys mit klirrender Kälte und es sah so aus, als würde sich am Himmel ein Sturm zusammenbrauen. *Was er wohl heute erleben würde*, fragte sich der kleine Schneebold und rollte in den dichten weißen Schnee hinaus, der überall um ihn herum lag. Noch einmal blickte Lille Lys zum Himmel empor und betrachtete die dunklen Wolken, die sich immer mehr zusammenzogen. Und dann war es auch schon bald soweit. Ein Sturm kam auf, wirbelte dicke Schneeflocken durch die Lüfte und erfasste auch den kleinen Schneebold mit einer Wucht, dass ihm kurzzeitig schwindelig wurde. Der Wind fegte ihn hinaus aus dem Wald und setzte ihn mitten auf einem einsamen Feldweg ab.

Rings um ihn war nur Schnee und Eis. Auf dem Weg war eine kleine Spur zu erkennen, so, als wäre jemand hier entlanggegangen und hätte den Schnee vor sich hergeschoben. Lille Lys beschloss, der Spur zu folgen und hoffte, auf jemanden zu treffen. Denn so ganz allein fand er es recht unheimlich. Nicht einmal die Stimmen der Möwen, die sonst stets zu hören waren in dieser Gegend, konnte Lille Lys vernehmen.

Dem Weg folgend, richtete Lille Lys seine Blicke immer wieder aufmerksam nach allen Seiten. So rollte er eine ganze Weile auf der Spur dahin. Wer auch immer diesen schmalen Weg so sorgfältig vom Schnee befreit hatte, er war schon eine ganz schön weite Strecke gegangen.

Plötzlich kam ein erneuter Windstoß und wirbelte Lille Lys hoch in die Lüfte. Er schwebte nun direkt über der Spur und erblickte bald ein kleines Geschöpf, das sich langsam und bedacht seinen Weg durch die hohen Schneemassen bahnte. Es war eine Weinbergschnecke, die sich, sobald der Wind ein wenig kräftiger wurde, schnell in ihr Haus zurückzog und dort wartete, bis er wieder nachgelassen hatte. Dann kam sie wieder zum Vorschein und kroch weiter. So entstand eine lange Spur im Schnee, die aussah, als hätte jemand geschüppt.

Noch während Lille Lys so über ihr schwebte, gesellte sich ein Hase zu der Schnecke. Er kam direkt aus seinem Bau gehoppelt, als sie gerade daran vorüberziehen wollte.

„Ja, was bist du denn für ein lustiger Vagabund?"

„Meinst du mich?", fragte die Schnecke.

„Natürlich meine ich dich. Oder siehst du hier sonst noch jemanden?"

Die Schnecke sah sich um. Weit und breit war niemand zu sehen. Also antwortete sie nur knapp „Nein."

„Na, siehst du? Dann meine ich wohl dich." Der Hase plusterte sich auf und suchte noch einmal das Gespräch: „Und, verrätst du mir jetzt, wer du bist?"

„Ich bin Dårligt*." Die Schnecke hegte keinerlei Ambitionen, mit dem Hasen ins Gespräch zu kommen, denn sie spürte, dass er sich über sie lustig machte. Und in dem Moment, als sie ihm ihren Namen verraten hatte, da brach auch schon ein schallendes Gelächter aus seinem Mund heraus. „Das ist ja mal ein passender Name!" gluckste er. „Dårligt bedeutet doch arm, nicht wahr?!"

„Ganz recht", erwiderte sie und schob sich ein kleines Stück weiter am Hasenbau vorbei.

„Ich heiße übrigens Kongerige*", stellte sich der Hase vor und kam aus dem Lachen gar nicht mehr heraus.

Die Schnecke wusste nicht, ob der Hase die Wahrheit sprach, denn Kongerige hieß nichts anderes als *reich*. Vermutlich erlaubte er sich bloß einen schlechten Scherz mit ihr.

„Nun aber mal im Ernst", fuhr der Hase fort. „wohnst du tatsächlich in diesem winzig kleinen Ding?" Er zeigte auf ihr Schneckenhaus, das sie auf dem Rücken trug. „Darin ist ja nicht einmal Platz, um sich umzudrehen. Du solltest dir mal meinen Bau ansehen. Hier drinnen ist es schön warm und ich habe Tunnel und Löcher gegraben, die voll sind mit purem Luxus. Sogar ein Loch mit einem riesigen Swimmingpool habe ich" Der Hase platzte bald vor Stolz, doch die Schnecke beeindruckte das gar nicht.

„Weißt du, Kongerige", sie sah den Hasen eindringlich an. „Ich bin zufrieden mit dem, was ich habe. Mein Haus ermöglicht es mir, stets auf Reisen zu sein, ohne auch nur im Geringsten darüber nachdenken zu müssen, wo ich am Abend einen Schlafplatz finde und vor Feinden schützt es mich ebenfalls. Was brauche ich denn mehr vom Leben?"

Kongerige spitzte seine langen Löffel und rümpfte die Nase bei der Vorstellung, ein solches Schneckenleben zu führen. Nicht nur, dass sie ein so winziges Quartier hatte, nein, sie hatte nicht einmal Vorder- oder Hinter-Pfoten, um sich fortzubewegen. So konnte man doch nicht leben.

Und auf seinen Luxus wollte er ebenfalls auf keinen Fall verzichten. So hatte er schon etliche Hasendamen beeindruckt und manch netten Abend mit ihnen in seinem Bau verbracht. „Wie willst du dich denn mit einem Schneckenmann vergnügen, wenn ihr euch nicht einmal in eurem Haus verabreden und euch befummeln könnt?"

Nun war es Dårligt, die lauthals anfing zu lachen. „Dir fehlt wirklich jegliche Phantasie, oder? Man braucht doch keine Pfoten oder eine Luxusvilla, um die Schönheiten des Lebens zu genießen. Weißt du, wie viele Schnecken es hier auf der Erde gibt? Die hat nicht etwa der Storch gebracht." Mit einem neckisch provozierenden Blick sah sie ihn an und schüttelte lachend ihren Kopf. „Ich muss jetzt weiterziehen", verabschiedete sie sich. „War nett, deine Bekanntschaft zu machen."

„Ja, hat mich auch gefreut", knurrte Kongerige etwas eingeschnappt, denn ihr leichter Sarkasmus war ihm nicht entgangen.

Lille Lys, der noch immer vom Wind in der Luft gehalten wurde, musste ein wenig schmunzeln über die Konversation der Beiden. Er überlegte, ob er sich vorstellen könnte, wie eine Schnecke auf engstem Raum und rein äußerlich betrachtet recht spartanisch und eingeschränkt zu leben, oder ob er lieber ein geräumiges Haus mit lauter Schnickschnack haben wollte. Und er kam zu dem Schluss, dass beide Seiten etwas für sich hatten, aber das er mit genau dem Zuhause glücklich war, was er im Wolkenreich hatte. Feinde, vor denen man sich schützen musste, gab es dort oben nicht und einen Swimmingpool und weiteren Schnickschnack bräuchte er auch nicht.

Die Schnecke war schon eine ganze Strecke weiter gekrochen, als plötzlich ein neuer Sturm aufkam. Lille Lys, der noch immer über dem Hasenbau weilte, wurde unsanft durch die Luft gewirbelt. Der Sturm war so stark, dass dicke Äste und Zweige von den Bäumen abbrachen und mitsamt den Schneemassen, von denen sie bedeckt waren, zu Boden fielen. Auch auf den Hasenbau krachte ein riesiger Ast. Die Wucht, mit der er aufkam war so heftig, dass alles in dem Bau in sich zusammenfiel. Der Hase konnte gerade noch so aus seinem Eingang entkommen, ehe alles unter dichten Schneemassen und Geäst verschüttet wurde.

Ungläubig starrte Kongerige auf die Trümmer seines Zuhauses und stand da wie gelähmt.

Noch wenige Stunden zuvor hatte er so mit all seinem Luxus geprahlt und nun war nichts mehr davon übrig geblieben. All sein Hab und Gut war verschüttet und sicherlich nicht mehr zu retten.

„Was soll ich denn jetzt bloß machen", sagte er zu sich selber und zitterte vor Kälte und Sorgen. In seinem Bau war es schön warm gewesen, doch hier draußen herrschten Minusgrade und auch, wenn er ein dickes Winterfell trug, war ihm klar, dass er ohne einen schützenden Bau kläglich erfrieren würde.

Der kleine Schneebold hatte wohl eine Idee, wie dem armen Hasen geholfen werden könnte, doch konnte er hier oben in der Luft wenig ausrichten. Er musste also warten, bis der Wind ihn zu Boden rieseln ließ.

Und das tat er auch. Aber nicht an dem Hasenbau, wo der Wind ihn die ganze Zeit über schweben hatte lassen, sondern direkt vor der Schnecke, die sich in ihr Haus zurückgezogen hatte. Da es bereits zu dämmern begann, blieb nicht mehr sehr viel Zeit, um dem Hasen zu helfen. Also klopfte Lille Lys an das Schneckenhaus an. „Hallo", rief er. „Ich brauche dringend deine Hilfe."

Da schob sich der Kopf der Schnecke aus dem Haus. „Das klingt ja sehr ernst. Was ist denn passiert?"

Und dann erzählte der kleine Schneebold von dem Unglück, das der Hase soeben erlitten hatte. Die Schnecke hatte wirkliches Mitgefühl mit Kongerige, denn auch wenn sie ihn für ein wenig überheblich hielt, so wollte sie doch keinesfalls, dass er erfror.

„Und wie kann ich da helfen?" wollte sie nun wissen.

„Naja", begann Lille Lys. „Du könntest vielleicht mit mir und ein paar deiner Freunde einen kleinen Teil des Hasenbaus wieder freischieben, damit Kongerige heute Nacht nicht erfrieren muss. Schließlich gelingt es euch Schnecken gut, euch einen Weg durch die Schneemassen zu bahnen. Das habe ich gut bei dir beobachtet.

Dårligt überlegte kurz, denn wie sollte sie so schnell ihre Freunde hierher holen? Doch auch da hatte der kleine Schneebold eine Idee. „Lieber Wind", rief Lille Lys. „Bitte puste doch einmal so kräftig, dass du alle Schnecken hier im Umkreis zum Hasenbau beförderst, damit sie uns helfen können." Natürlich wusste der kleine Schneebold, dass dafür noch einmal ein kräftiger Sturm aufkommen müsste, denn ganz so einfach flogen Schnecken nicht durch die Luft.

Der Wind erhörte die Bitte sofort und braute erneut einen Sturm zusammen. Lille Lys wirbelte direkt in der Luft herum, während die Schnecke sich noch etwas dagegen sträubte und versuchte, am sicheren Boden fest zu haften. Doch bemerkte sie schnell, dass Widerstand zwecklos war und so gab sie jegliche Abwehr auf und ließ sich ebenfalls durch die Luft wirbeln.

„Ohje", murmelte sie. „Mir wird ganz schwindelig." Lille Lys versicherte ihr, dass alles in Ordnung sei und dass sie gleich schon am Ziel wären. Und er hatte Recht. Nur wenige Augenblicke dauerte es, bis der Wind sie vor dem eingestürzten Hasenbau absetzte. Und mit ihnen etwa dreißig weitere Schnecken, die alle nicht wussten, wie ihnen gerade geschehen war.

„So etwas habe ich in meinem ganzen Leben noch nicht erlebt", riefen sie aufgeregt durcheinander und sahen sich verwundert um.

Dårligt, die sich schon wieder ein wenig von ihrem Ausflug erholt hatte, bat um Ruhe und wartete geduldig, bis auch die letzte Schnecke ihre Aufmerksamkeit auf sie gerichtet hatte.

„Freunde", begann sie dann. „Mein Freund hier", sie blickte auf Kongerige, der sie völlig aufgelöst und ungläubig anstarrte. „braucht dringend unsere Hilfe. Er hat gerade bei dem Sturm sein schönes Zuhause verloren. Wir können ihm sicherlich nicht seinen kompletten Luxus wiederaufbauen, aber wir können ihm helfen, zumindest einen Teil des Baus wieder bewohnbar zu machen."

Während Kongerige noch immer wie angewurzelt dastand und vor Kälte bald erstarrt war, sammelten die Schnecken all ihre Kräfte und begannen, den Eingang des Baus von den Schneemassen zu befreien. Sie schoben all die weiße Pracht so geschickt an die Seiten, dass tatsächlich bald ein Teil des Baus wieder nutzbar war. Auch Lille Lys half fleißig mit und war erstaunt, was für eine wunderbare Atmosphäre zwischen den Weichtieren herrschte. Das Lebensgefühl, das diese Geschöpfe verkörperten, war einfach faszinierend. Denn trotz der Einfachheit und der Einschränkung, die sie durch ihre Häuser-Lasten und fehlenden Arme und Beine hatten, wirkten sie glücklich und zufrieden, ja, geradezu frei.

Das bemerkte auch Kongerige, der sein Glück kaum fassen konnte. Als die insgesamt dreiunddreißig Schnecken (Kongerige hatte sie gezählt) fertig waren, baten sie ihn hinein in den Bau und warteten geduldig, bis er sich ein wenig von der Kälte erholt hatte.

„Vielen Dank, ihr Lieben", brachte er irgendwann heraus. „Ohne euch wäre ich heute Nacht sicherlich erfroren bei der Kälte." Dann sah er Dårligt an. „Und bei dir möchte ich mich entschuldigen."

„Wofür?", wollte die Schnecke wissen.

„Dafür, dass ich so hochnäsig war und dich wirklich für arm gehalten habe. Für deinen Namen kannst du nichts. Aber arm bist du bei Weitem nicht. Zwar hast du keine Vorder- oder Hinter-Pfoten, um dich fortzubewegen, ebenso wenig hast du ein großes Luxusdomizil. Aber du hast einen inneren Reichtum, der mehr wert ist, als jegliche irdische Kostbarkeiten, die es in dieser Welt zu besitzen gibt."

Dårligt errötete ein wenig, denn sie freute sich sehr über das Kompliment. „Weißt du, Kongerige", sagte sie, „manchmal wünsche ich mir auch ein wenig äußerlichen Reichtum, aber ich weiß, dass er für ein glückliches Leben nicht wichtig ist."

„Da hast du wohl Recht", nickte Kongerige und wirkte sehr nachdenklich. Dann fiel ihm ein, dass er einen großen Vorrat an saftig grünen Kleeblättern hier im Eingangsbereich gelagert hatte. Er grub sich mit seinen Pfoten durch einen kleinen Schneeberg und zog ein Kleeblatt nach dem anderen daraus hervor. Die Schnecken staunten nicht schlecht, denn bald war es so grün in dem kleinen Raum, dass man meinen konnte, es sei Sommer. Zudem roch es köstlich.

„Ich möchte, dass ihr heute Nacht meine Gäste seid und es euch schmecken lasst."

Das ließen sich die dreiunddreißig Schnecken nicht zweimal sagen. Sogleich begann ein zufriedenes Schmatzen im ganzen Raum. Dem Hasen wurde bei dem Anblick ganz warm im gesamten Körper und ein freudiges Gefühl durchzuckte seine linke Brust. Dass man sich so über ein paar Kleeblätter freuen konnte, war ihm bisher unbegreiflich gewesen. Sein Leben lang hatte er immer von allem mehr als genug gehabt und wusste nicht einmal, was es überhaupt hieß, arm zu sein. Erst jetzt, wo er all seinen Luxus direkt vor seinen Augen verloren hatte, fing er an zu begreifen, was echten Reichtum ausmachte.

„Wollen wir vielleicht Freunde werden?" fragte Kongerige Dårligt. „Ich hätte gerne eine Freundin wie dich." Kongerige musste an all seine Freundschaften denken, die er bisher geführt hatte. Eigentlich waren es wohl eher oberflächliche Bekanntschaften gewesen, die nur an seinem Besitz interessiert waren. Solche Freundschaften, wie er sie hier unter den Schnecken erlebte, waren ihm völlig fremd, doch spürte er, dass sie viel mehr zu bieten hatten, weil sie nicht auf Äußerlichkeiten ausgerichtet waren.

„Gerne", erwiderte Dårligt. „Ich fände es schön, mehr von dir zu erfahren. Und neue Freundschaften erweitern unseren Horizont." Sie zwinkerte ihm zu und biss genüsslich in ein Kleeblatt.

„Bei dir möchte ich mich auch bedanken." Nun wandte sich Kongerige an Lille Lys. „Ohne dich hätte ich wohl keine Hilfe mehr bekommen. Ich weiß zwar nicht, wo du auf einmal hergekommen bist, aber du hast gesehen, dass ich Hilfe brauchte und hast dich ohne Zögern für mich eingesetzt. Vielen Dank dafür!" Ein Lächeln stand auf seinem Gesicht und auch Lille Lys musste unweigerlich lächeln. Es fühlte sich einfach immer wieder gut an, anderen zu helfen. „Das habe ich gerne getan", sagte der kleine Schneebold. „Und ich hoffe, du kannst im Frühling dein verschüttetes Hab und Gut wieder ausbuddeln."

„Das brauche ich nicht mehr", sagte der Hase und strahlte den kleinen Schneebold an.

Die Nacht war noch lang, denn alle hatten sich viel zu erzählen. Und als alle Schnecken bereits eingeschlafen waren, waren Dårligt und Kongerige immer noch in ihre Gespräche vertieft. Dårligt berichtete von ihren vielen Reisen und den Abenteuern, die sie erlebt hatte, während Kongerige von seinem Luxusleben hier erzählte. Es war spannend, zwei so völlig unterschiedliche Lebensweisen kennenzulernen. So spannend, dass auch Lille Lys bis zum Morgengrauen den Geschichten lauschte. Doch irgendwann fielen auch ihm die Augen zu.

Das siebte Geheimnis schwebte herbei und legte sich zu den anderen in das Schatzkästchen. Auf dem heutigen Puzzleteil standen die Worte „Arm" und „Reich".

8. Dezember

Als Lille Lys an diesem Morgen die Augen öffnete, war es schon Taghell. Die meisten Schnecken waren bereits weiter gezogen, nur vier von ihnen stärkten sich noch mit ein paar restlichen Kleeblättern. Auch Dårligt war noch da und wirkte sehr zufrieden. Sie genoss die Gesellschaft Kongeriges, denn es gab so viele Lebenserfahrungen auszutauschen, dass Beide froh waren, sich begegnet zu sein.

Nachdem der kleine Schneebold sich ein wenig frisch gemacht und etwas gegessen hatte, verabschiedete er sich von seinen neu gewonnenen Freunden und rollte aus dem Bau hinaus in die weiße Winterpracht. Noch immer war es recht grau am Himmel, doch die Wolkendecke war schon nicht mehr so dicht wie noch am Vortag. Lille Lys setzte sich in den Schnee und wartete, dass der Wind ihn abholte und weiter wehte.

Lange musste er nicht warten, denn der Wind im hohen Norden bläst sehr regelmäßig und so war es auch an diesem Tag. Über das weite Feld hinweg, flog der kleine Schneebold Richtung Meer. Hier waren die Möwen wieder lautstark zu hören und ein salziger Geruch wehte Lille Lys in die Nase. Er mochte diesen Duft, denn er erzählte ihm von Weite und Freiheit.

Diesmal setzte der Wind ihn nicht am Strand ab, sondern in einem kleinen Hafen, in dem nur ein paar Boote lagen und seicht im Wasser hin und her schaukelten. Auf einem Holzzaun, der den sicheren Hafen vom offenen Meer trennte, erblickte Lille Lys eine kleine, männliche Gestalt, die etwa so groß war, wie er selbst. Der Wind wehte den kleinen Schneebold noch ein wenig näher an ihn heran. So wusste Lille Lys genau, dass er mit genau dieser Gestalt Kontakt aufnehmen sollte. Heute würde er schon sein achtes Geheimnis erfahren und das erfüllte ihn mit einer großen Freude.

Vorsichtig rollte sich Lille Lys voran.

„Darf ich mich neben dich setzen?", fragte der kleine Schneebold die Gestalt, als er direkt daneben stand.

Diese nickte nur und richtete ihren Blick unbeirrt aufs weite Meer. Ohne zunächst ein weiteres Wort zu wechseln, saßen die Beiden einfach nur da und sahen den Wellen zu, wie sie Richtung Strand und Hafen schnellten und sich dort an Steinen und seichtem Sand brachen. Es sah einfach atemberaubend aus.

„Bei uns in Italien sieht es genauso schön aus", brach die Gestalt nach einer Weile das Schweigen. Dabei klang die Stimme ein wenig traurig. „Nur, dass bei uns am Meer noch Palmen stehen. Für die ist es hier wohl etwas zu kalt."

Lille Lys sah die Gestalt nun zum ersten Mal etwas genauer an. Ein Tier war es nicht, auch kein Mensch oder Zwerg. Es handelte sich zweifelsfrei um ein männliches Wesen, das von der Größe her hätte durchaus ein Zwerg sein können.

Doch trug er statt einer Zwergenmütze eine Krone auf dem Kopf und zudem hatte er durchsichtige Flügel auf dem Rücken.

„Darf ich mich vorstellen", fuhr die Gestalt fort. „Ich heiße Vicino* und ich bin ein italienischer Feenkönig. Hier nennt man mich allerdings Afstand*."

„Ein Feenkönig", murmelte der kleine Schneebold. Mor Mor hatte ihm schon einige Geschichten über Feen erzählt. Es waren mystische Wesen mit Zauberkräften und einer magischen Ausstrahlung. Sie lebten meist in tiefen, verzauberten Wäldern, wo die Bäume und alles Gestrüpp aus purem Gold bestanden und im Mondlicht nur so funkelten.

„Ich heiße Lille Lys", sagte Lille Lys und fügte hinzu: „Wie soll ich dich denn nennen? Vicino oder Afstand?"

„Nenn mich Vicino, das fühlt sich irgendwie besser an."

„Was bedeutet dieser Name denn?"

„Er bedeutet *Nah*. Ich bin also *König Nah* - König Vicino"

Lille Lys überlegte kurz. „Und wieso heißt du hier Afstand? Ich meine, Afstand bedeutet doch das genaue Gegenteil davon, nämlich *Fern*."

„Tja, weißt du, mein lieber Lille Lys, auf den italienischen und dänischen Feenreichen liegt ein Bann, der augenscheinlich alles vertauscht und verdreht. Hier im Norden bin ich somit nicht mehr König „Nah", sondern König „Fern". Umgekehrt ist die dänische Königin hier in ihrem Reich Königin Tæt*, also Nah und bei uns in Italien wird sie zu Königin Distanza*, somit Fern."

„Das klingt aber kompliziert", sagte Lille Lys und bemerkte, dass Vicino noch ein wenig trauriger wurde, als er es ohnehin schon zu sein schien.

„Was bedrückt dich denn so?", wollte der kleine Schneebold nun wissen.

Ein Seufzen entfuhr Vicino. „Nun, ich habe hier eine sehr nette Feenkönigin getroffen."

Lille Lys runzelte die Stirn. „Das klingt für mich aber erstmal nach etwas sehr schönem und nichts, weshalb man betrübt sein müsste."

„Ja, das ist es eigentlich auch", stimmte Vicino zu. „aber nicht, wenn durch den Bann alles so verdreht und kompliziert ist."

Wieder lag ein bedächtiges Schweigen in der Luft. Doch nach einer ganzen Weile fragte der Feenkönig „Soll ich Dir meine Geschichte erzählen?"

„Wenn Du das möchtest, dann höre ich Dir gerne zu."

„Vielleicht kannst Du mir dann ja auch einen Rat geben."

Also fing König Vicino an zu erzählen:

Vor einigen Wochen kam ich hier im skandinavischen Dänenreich an. Ich hatte etwas Geschäftliches zu erledigen und mein Aufenthalt sollte nur wenige Tage andauern. Doch dann passierte etwas, mit dem ich niemals gerechnet hatte. Ich begegnete einer Fee, die mich sofort mit ihrem geheimnisvollen Lächeln verzauberte. Zu meiner großen Freude trug sie, wie ich, eine Krone und da wusste ich, dass auch sie aus einem Königshaus stammte. Leider war diese Begegnung nur kurz und wir verloren uns wieder aus dem Blickfeld.

Etwas in mir wollte sie unbedingt noch einmal wiedersehen. Also verlängerte ich meine Zeit hier oben und hoffte, ihr wieder zu begegnen. Und ich hatte Glück. Nur wenige Tage später liefen wir uns tatsächlich wieder über den Weg. Diesmal nahm ich all meinen Mut zusammen, ging auf sie zu und bat sie um eine Verabredung.

„Und dann?" fragte Lille Lys gespannt?

„*Nun ja*", setzte Vicino weiter an. „*Wie schon beim ersten Mal schenkte sie mir ein wirklich unbeschreibliches, bezauberndes Lächeln. Trotzdem befürchtete ich schon fast, sie würde mir einen Korb geben und mich einfach stehen lassen. Doch auch, wenn sie sich im ersten Moment ein wenig zurückhielt, gab ich nicht auf und drückte ihr meine Feen-Funk-Nummer in die Hand und schenkte ihr das charmanteste Lächeln, das ich besaß.*

Es dauerte trotzdem zwei volle Tage, bis ich endlich eine Nachricht von ihr erhielt. Ich war innerlich so glücklich darüber, dass sie sich tatsächlich mit mir verabreden wollte, dass ich unser Wiedersehen kaum erwarten konnte.

Und als es dann endlich soweit war, war es so ganz anders als alle Verabredungen, die ich je mit sämtlichen Feen vorher gehabt hatte. Sie war so völlig anders als ich, schien immer genau das Gegenteil von dem, was mir gefiel, gut zu finden und beeindruckte mich mit ihrer Sichtweise der Dinge. Sie sah scheinbar alles aus einer komplett anderen Perspektive und weckte meine Neugier auf mehr. Während ich beispielsweise begeistert war von den italienischen Freudentänzen in den goldenen Morgenstunden, schwärmte sie von der dänischen Stille unter dem erleuchteten Sternenhimmel. Wenn mir der Sinn nach vegetarischem Nudelauflauf war, wollte sie Fleischbällchen in Soße essen. Sie sprühte einfach vor Fröhlichkeit und Sanftmut und ich spürte sofort, dass wir uns gegenseitig einfach gut taten. Vom Bann der unterschiedlichen Feenreiche war überhaupt nichts zu spüren.

So trafen wir uns immer häufiger und ich genoss jede einzelne Minute mit ihr. Ich konnte ihr alles erzählen was ich wollte und fühlte mich einfach so Wohl in ihrer Gegenwart."

Vicino hielt einen kleinen Moment inne. Nur das Rauschen des Meeres war einen Atemzug lang zu hören. Dann sprach er weiter.

„Doch leider kam es, wie es nun mal kommen musste. So wunderbar und aufregend all die unterschiedlichen Sichtweisen auch für uns waren, irgendwann überrollte uns der Bann ohne Ankündigung mit voller Wucht. Wie ein Fluch breiteten sich plötzlich all die Unterschiede über uns aus und wir verstanden uns einfach überhaupt nicht mehr.

Es war klar für mich, dass ich wieder zurückkehren musste in mein eigenes Reich.

Also brach ich in einer Nacht- und Nebel-Aktion meine Zelte hier im dänischen Feenreich ab und begab mich auf den Heimweg, ohne mich auch nur in irgendeiner Art und Weise von Tæt verabschiedet zu haben. Irgendwie konnte ich es einfach nicht. Aber

genauso wenig konnte ich so zurück in mein italienisches Feen-
reich fliegen. Also kehrte ich um, entschuldigte mich bei ihr für
meinen plötzlichen Aufbruch und wir versuchten, dem Bann zu
trotzen und wieder einen unbekümmerten Umgang miteinander
zu finden.

Lille Lys, der die ganze Zeit aufmerksam zugehört hatte, sah Vicino nun direkt in die dunkelbraunen Augen. „Es hat wohl nicht geklappt?"

Traurig schüttelte Vicino den Kopf. „Dadurch, dass unsere Welten augenscheinlich so verdreht sind, ist es immer wieder alles so kompliziert zwischen uns. Außerdem haben wir Beide unterschiedliche Königreiche zu führen. Reiche, die zweitausend Meilen voneinander entfernt liegen. Und mein Reich verlangt unverzüglich, dass ich zurückkomme. Denn ein Reich ohne angemessene Führung funktioniert nun einmal nicht." Vicino sah Lille Lys an und sagte leise: „Aber weißt du, kleiner Schneebold, ich würde auch gerne hier bleiben und einiges dafür tun, dass Tæt und ich uns wieder so gut verstehen wie am Anfang. Aber ich weiß auch, dass das so nicht funktioniert, denn der Bann lässt sich nicht so einfach durchbrechen."

„Ja, das verstehe ich", nickte der kleine Schneebold. Und ganz plötzlich hatte er einen Gedankenblitz, den er Vicino augenblicklich mitteilte. „Weißt du", begann er, „meine Mor Mor hat mir einmal von einer sehr ähnlichen Geschichte erzählt. Sie sagte, dass es einen Ort gibt, an dem der Bann dieser scheinbaren Verdrehungen und Verwirrungen der unterschiedlichen Feenreiche aufgehoben werden kann."

„Welcher Ort ist das? Und wie komme ich dorthin?"

„Der Ort heißt Herz. Aber wo er liegt und wie man dorthin kommt, das hat mir meine Mor Mor nicht erzählt. Sie hat mir nur gesagt, dass, bevor man diesen Ort aufsuchen kann, man sein eigenes Reich in Ordnung bringen muss."

Einen Moment lang schien es, als wäre Vicino enttäuscht über diese, doch recht spärliche Antwort. Doch dann kehrte ein Strahlen zurück in seine Augen und er verkündete: „Lille Lys, ich danke dir! Ich weiß jetzt genau, was ich tun werde."

„Und was wirst du tun?" Lille Lys war selber ein wenig erstaunt, denn eigentlich hatte er doch gar nicht wirklich helfen können. So dachte er jedenfalls.

„Ich werde jetzt auf der Stelle zurück in mein italienisches Feenreich fliegen und zunächst diverse Reichsämter gründen, die mich auch dann unterstützen und vertreten, wenn ich vielleicht auch mal längere Zeiten nicht persönlich anwesend bin. Ich sorge somit erstmal für Ordnung. Und dann begebe ich mich auf die Suche nach dem Ort Herz."

Nun sah Vicino Lille Lys glücklich und zufrieden an. „Du musst mir einen Gefallen tun, kleiner Schneebold."

„Ja, wenn ich kann, tue ich es gern."

„Du musst zu Tæt gehen und ihr von meinen Plänen berichten. Vielleicht möchte sie auch für Ordnung in ihrem eigenen Reich sorgen und sich dann ebenfalls auf die Suche nach dem Ort Herz machen. Vielleicht…", fügte er leise hinzu, „vielleicht treffen wir uns dort ja wieder."

„Aber wieso gehst du nicht selber zu ihr?"

„Weil ich dann vielleicht nicht den Mut finde, mich wirklich auf den Weg zu begeben. So gibt es keinen Abschied, sondern einfach eine längere Pause zwischen uns. Für mich fühlt sich das richtiger an."

„Ja, das verstehe ich. Dann werde ich mich jetzt auf den Weg zu ihr begeben und wünsche dir alles Gute für dein Königreich und hoffe, dass du und Tæt euch in Herz wiederseht!"

Vicino bedankte sich und zauberte aus dem Nichts einen wunderschönen Blumenstrauß hervor, den er Lille Lys für Tæt mitgab. Dann richtete er seine Flügel und flog voller Tatendrang und Hoffnung Richtung Süden, ohne sich noch einmal umzusehen.

Noch bevor Lille Lys den Wind um Hilfe bitten konnte, war dieser auch schon zur Stelle und erhob den kleinen Schneebold in die Lüfte. Die Reise endete in einem tiefen, verwunschenen Wald, in dem die Feenkönigin Tæt lebte. Genau vor dem riesigen Baumhaus, in dem sie wohnte, setzte der Wind Lille Lys ab und drehte seine Richtung gen Westen.

Mit dem Blumenstrauß in der kleinen Schneeboldhand klopfte Lille Lys an die goldene Tür. Zunächst öffnete niemand, deshalb klopfte er erneut an.

„Ich komme gleich", hörte er nun eine Stimme von innen. Und im nächsten Moment wurde die Tür entriegelt und Tæt stand Lille Lys direkt gegenüber.

„Hallo", sagte er. „Mein Name ist Lille Lys und ich bringe dir eine Botschaft von Afstand." Er benutzte absichtlich diesen Namen, da es sich im offiziellen Königreich so gehörte, den ihm hier gegebenen Namen zu nutzen.

Tæts grüne Augen blickten den kleinen Schneebold neugierig und etwas verwirrt an.

„Sind die etwa für mich?" strahlte sie und blickte dabei auf den wunderschönen Blumenstrauß, den der kleine Schneebold in der Hand hielt.

Lille Lys überreichte ihn ihr. „Ja, die soll ich dir von ihm geben."

„Aber wo ist er denn?"

Der kleine Schneebold wollte nicht unhöflich erscheinen, aber hier draußen an der Haustür wollte er seine Botschaft nicht überbringen. Tæt musste es wohl bemerkt haben, denn schnell sagte sie: „Entschuldige. Wie unhöflich von mir. Komm doch herein." Sie trat einen Schritt zur Seite, ließ den kleinen Schneebold hinein und zusammen gingen sie in ihr königliches Wohnzimmer. Während Lille Lys sich einen Platz am leicht geöffneten Fenster suchte, stellte Tæt die Blumen ins Wasser. „Nun sag, Lille Lys, wo ist Vicino?"

Für einen kurzen Moment zögerte der kleine Schneebold, denn er konnte nicht einschätzen, wie Tæt seine Antwort aufnehmen würde. Da ihm aber nichts anderes übrig blieb, als die Wahrheit zu sagen, tat er es dann auch ohne weitere Umschweife.

„Er ist zurück in sein italienisches Reich geflogen, um dort zunächst eine grundlegende, naja, sagen wir mal, Organisierung vorzunehmen, um sich dann auf die Suche nach dem Ort Herz zu begeben."

„Nach Herz?" Tæt fing urplötzlich lauthals an zu lachen. Es war irgendwie ein sehr glückliches Lachen. „Lille Lys, du wirst es nicht glauben, aber ich habe auch gerade erst gestern Abend davon gehört. Herz ist der Ort, an dem sich einer Sage nach zur Folge, sämtliche Missverständnisse auflösen und allerlei Unterschiede miteinander verbinden."

Lille Lys nickte. „Ja, genau. Meine Mor Mor hat gesagt, dass Herz der Ort ist, an dem jeglicher Bann aufgehoben wird. Dort könnt ihr euch wieder begegnen und eure Unbeschwertheit neu entdecken. In Herz ist einfach alles möglich."

Und nun war es Tæt, die nickte.

„Ja, und deshalb hatte ich mir noch am gestrigen Abend vorgenommen, mich um einige neue Strukturierungen in meinem Feenreich zu kümmern, um anschließend gemeinsam mit Vicino auf die Suche nach Herz zu gehen. Denn es ist wichtig, sein eigenes Reich ein Leben lang weiterzuführen. Das ist nun mal die Aufgabe einer Königin und eines Königs."

„Ja, so ist das wohl. Und es ist doch etwas ganz wunderbares, wenn ihr euch dann irgendwann in Herz wiedertrefft, und jeder von den Erfahrungen und Lebensstilen des anderen profitieren kann." Lille Lys stellte sich das irgendwie sehr aufregend vor.

Tæt vergoss urplötzlich eine winzige, goldene Träne, denn ihr wurde erst jetzt eine bedeutende Tatsache bewusst.

„Was hast du denn?"

„Ach", weinte sie, „ ich wünschte einfach, Vicino und ich wären gemeinsam auf die Suche nach Herz gegangen."

Lille Lys legte eine Hand auf ihre Schulter. „Ihr hättet nicht zusammen auf die Suche gehen können", versuchte er sie zu trösten. „Meine Mor Mor hat gesagt, dass jeder diesen Ort alleine finden muss. Aber ich bin mir sicher, ihr schafft das und werdet euch in Herz wiedersehen."

„Das wäre sehr schön", sprach sie mit einer leicht belegten Stimme. „ Weißt du, Lille Lys, als Vicino und ich uns das erste Mal begegneten, da wusste ich einfach, dass ich ihn gerne näher kennenlernen würde. Und als wir uns tatsächlich ein weiteres Mal über den Weg liefen und er mich um eine Verabredung bat, war ich einfach überglücklich."

„Und trotzdem hast du ihn ganz schön zappeln lassen", zwinkerte der kleine Schneebold ihr nun zu.

Diese Bemerkung schien Tæt überhört zu haben. Ihre Lippen formten sich erneut zu einem Lächeln und sie sagte: „Weißt du, Lille Lys, Vicino ist scheinbar so ganz anders als ich. Er sieht die Welt mit völlig anderen Augen und das faszinierte mich vom ersten Moment an. Jede Minute mit ihm habe ich so sehr genossen. So lange, bis der Bann uns wie eine Lawine überrollte."

„Hmm", nickte Lille Lys verständnisvoll. „Aber ihr konntet nichts dafür, dass es so kam. Für den Bann seid ihr nicht verantwortlich. Und das Gute ist ja, dass ihr nun wisst, was ihr tun könnt."

„Da hast du recht", stimmte Tæt zu. „Natürlich hätte ich es schöner gefunden, Vicino und ich hätten zusammen auf die Suche gehen können. Aber wenn es nur so geht, dann ist es eben so. Und sobald ich hier in meinem Reich alles erledigt habe, was es noch zu erledigen gibt, mache ich mich auf den Weg nach Herz."

„Das klingt nach einem guten Plan."

„Kannst du mir denn vielleicht in etwa sagen, wo Herz liegt?"

„Nein, das kann ich leider nicht. Aber ich bin mir sicher, ihr werdet es beide herausfinden. Ich wünsche es euch jedenfalls sehr. Denn ich habe das Gefühl, dass ihr euch im Grunde ähnlicher seid als ihr denkt und ihr euch noch eine Menge zu sagen und gemeinsam zu erleben habt."

Draußen war es mittlerweile schon wieder dunkel geworden und Tæt bot Lille Lys an, die Nacht in ihrem Königsbaumhaus zu verbringen. Gerne folgte er dieser Einladung und übernachtete in einem goldenen Himmelbett mit Blick auf den Mond. Das Fenster hatte er weit geöffnet, denn die kühle Luft, die von draußen herein strömte, tat ihm gut. Und mit der kühlen Nachtluft kam das nächste Geheimnis hereingeflogen. Als Lille Lys die Worte auf dem Puzzleteil las, nickte er glücklich und zufrieden. „Nah" und „fern", murmelte er noch und schloss seine müden Augen.

9. *Dezember*

„*E*inen wunderschönen guten Morgen", begrüßte Tæt Lille Lys, als er zu ihr in die Küche kam. „Ich hoffe, du hast gut geschlafen."

„Wie ein Stein", erwiderte er. Dann warf er einen Blick nach draußen. Der Schnee fiel in dicken Flocken herab und hinterließ überall eine neue, dicke Schneeschicht.

„Möchtest du auch ein paar Waffeln zum Frühstück haben oder lieber Würstchen mit Speck?"

„Was sind Würstchen mit Speck?"

Tæt war überrascht, dass der kleine Schneebold etwas so Köstliches nicht kannte und holte direkt eine große Pfanne aus dem Schrank.

So gab es an diesem Morgen ein wunderbar deftiges Frühstück, bevor Lille Lys sich wieder verabschieden musste.

„Tschüss, Tæt. Es hat mich sehr gefreut, dich kennenzulernen. Ich wünsche dir alles Gute für die nächste Zeit und glaube ganz fest, dass du den unbekannten Ort Herz finden wirst."

„Ja, das hoffe ich. Vielen Dank für alles. Tschüss. Mach`s gut, kleiner Schneebold."

Lille Lys hatte es sehr genossen, die Nacht in einem so wundervollen, königlichen Baumhaus aus purem Gold zu verbringen. Doch jetzt gerade, in diesem Moment überkam ihn ein ganz merkwürdiges Gefühl. Er musste plötzlich an seine Familie denken und daran, dass er gar nicht wusste, wann er sie endlich wiedersehen würde.

Bevor er allerdings allzu traurig werden konnte, kam der Wind schon herangeweht und nahm den kleinen Schneebold mit an einen einsamen Ort irgendwo zwischen dichten, hohen Sanddünen und Feldern.

Hier, in diesem Nirgendwo setzte der Wind ihn direkt neben einem großen und sehr tiefen Loch ab.

Aus dem Loch kam ein Rufen: „Rigdom*, wo bist du denn nur?! Ich muss dringend wieder aufgefüllt werden!"

Lille Lys beugte sich vorsichtig über das Loch und schaute, ob er darin jemanden entdecken konnte.

„Was siehst du mich denn so intensiv an?" kam es Lille Lys entgegen. Doch so sehr er sich auch bemühte, er konnte nichts und niemanden in dem Loch entdecken. Da war einfach nur eine große Leere.

„Wer bist du denn?", fragte Lille Lys nun in die Leere hinein.

„Ich bin Tomme*. Das siehst du doch."

Ja, er sah tatsächlich nur Leere, also Tomme. Aber das die Leere sprechen konnte, war ihm neu. „Wen rufst du denn dann?" Eigentlich war es keine richtige Frage, denn Lille Lys hatte ja gehört, dass Tomme nach Rigdom rief. Aber er hätte schon zu gerne gewusst, was Rigdom, also Fülle, wohl für eine Erscheinung wäre.

Noch bevor Tomme ihm antworten konnte, hing plötzlich eine dicke, graue Regenwolke über ihnen, die stöhnte: „Tomme, du kannst mich nicht ständig zu dir rufen. Ich bin schon ganz erschöpft vom vielen Regen produzieren. Langsam fühle ich mich wie ein furchtbar ausgewrungener Schwamm."

„Entschuldige", sagte Tomme. „Aber du bist doch die Einzige, die mich auf die Schnelle füllen kann und es fühlt sich einfach nicht gut an, so leer zu sein."

„Na schön", gab Rigdom nach und ließ einen großen Regenguss aus sich herausplatzen. Lille Lys sah begeistert zu, wie das Loch sich mehr und mehr mit Regenwasser füllte. Es dauerte nicht lange, da war es bis obenhin voll und Rigdom schloss ihre Bewässerungsporen, damit nicht unnötig mehr Regen aus ihr herauskam. „Puh", stöhnte sie. „Jetzt brauche ich dringend eine Verschnaufpause. Mach`s gut, Tomme. Und bitte ruf nicht gleich wieder nach mir."

Damit flog sie davon und ließ die zunächst zufriedene Tomme zurück.

„Ach, wie herrlich", freute sie sich und blubberte vergnügt vor sich hin. Leider hielt diese Freude nicht besonders lange an, denn der Wasserpegel sank rapide ab. Nach nur wenigen Stunden war nur noch eine kleine Regenpfütze in dem Loch zu erkennen.

Tomme war aufgewühlt, wütend, traurig und … leer.

„Oh, diese Leere ist furchtbar", schluchzte sie. Was bleibt mir da anderes übrig, als Rigdom wieder zu rufen.

Lille Lys, der Tomme die ganze Zeit über genauestens beobachtet hatte, erkannte das Problem sehr schnell. „Warte", sagte er zu Tomme, die gerade ihre Stimme ansetzte, um Rigdom zu rufen. „Ich habe eine bessere Lösung für dich."

„Und was soll das sein?"

„Ist dir mal aufgefallen, dass es egal ist, wie oft du Rigdom zu dir rufst? Kaum hat sie dich aufgefüllt, bist du auch schon wieder ausgeleert. Das Wasser versickert immerzu in deiner Erdmasse."

„Na, du bist ja ein ganz schlauer", meckerte Tomme. „Und wer soll mich wohl sonst befüllen? Wasser ist das einzige Element, das mir Fülle bringen kann. Wenn auch nur für einen kleinen Zeitraum."

„Aber die arme Rigdom kann doch nicht immer nur dir zur Verfügung stehen. Vielleicht möchte sie auch einmal ganz andere Gebiete bewässern."

Natürlich hatte Tomme auch schon mal darüber nachgedacht, doch es war halt so praktisch, wenn sich jemand permanent zur Verfügung stellte, ohne selber irgendetwas im Gegenzug zu verlangen. Dennoch fühlte sie sich jetzt gerade selber etwas mies. Deshalb fragte sie noch einmal, diesmal etwas freundlicher: „Wer könnte mir denn die Leere auffüllen?"

„Du bestehst doch äußerlich aus Erde, richtig?"

„Ja", sagte Tomme.

„Dann kannst du die Leere auch nur mit Erde befüllen. Sie kann nicht einfach in deinen Tiefen versickern wie Wasser."

„Ahhhh", staunte Tomme nun. „Auf die Idee, mich selber zu füllen, bin ich noch nie gekommen. Meinst du wirklich, dass das geht?"

Davon war Lille Lys absolut überzeugt, denn er wusste, dass man die eigene Leere immer nur selber auffüllen konnte. Niemand anderes konnte einem das abnehmen. Denn egal, wie sehr dies auch jemand versucht, es würde niemals reichen.

„Aber wie soll das denn gehen?" fragte sie nun ganz praktisch.

„Ich werde dir helfen", versicherte der kleine Schneebold und begann, nach einer Art Schüppe zu suchen, die er verwenden konnte. Es dauerte auch nicht lange, da hatte er etwas Passendes gefunden und begann zunächst damit, den Schnee von einem Erdhügel abzutragen. Anschließend schüppte er die Erde vom Hügel hinab in das Loch.

Mit jedem bisschen Erde, das die Leere in Tommes Innerem schloss, wurde sie glücklicher und zufriedener. Und als auch der letzte Rest aufgefüllt war, fühlte sich Tomme wie neu geboren.

„Oh, vielen Dank, du kleines Wunderwesen!"

„Ich bin ein Schneebold", verkündete Lille Lys und lachte.

Er war unheimlich erschöpft von seiner harten Arbeit. Aber die unbändige Freude Tommes war es absolut wert gewesen.

„Pass mal auf", juchzte Tomme. Dann rief sie gespielt ungeduldig: „Rigdom, wo bist du denn nur?! Ich muss dringend wieder aufgefüllt werden!"

Nur wenige Augenblicke später erschien Rigdom völlig ausgelaugt über Tomme und Lille Lys. Jedoch sah sie nur den kleinen Schneebold. Das irritierte sie sehr.

„Tomme, wo bist du denn bloß?"

„Da staunst du, was!" Sie machte eine kurze Pause. „Schau, ich bin jetzt ganz erfüllt von mir selber. Ich brauche dich nicht mehr für meine eigenen Belange."

Nun sah Rigdom genauer hin und erkannte ihre Freundin, die plötzlich ganz verändert war.

„Du siehst toll aus!" sagte sie. „Wie bist du denn nur auf diese wunderbare Idee gekommen?"

„Dieser kleine Schneebold hier hat mir freundlicherweise die Augen geöffnet und mir geholfen"

Rigdom war wirklich sehr begeistert. Sie selber hatte immer schon gewusst, wie man sich selber wieder mit neuer Fülle betankt, doch hätte sie Tomme niemals einen so klugen Rat geben können.

„Jetzt, wo ich dich nicht mehr brauche, kannst du deinen Regen verteilen, wo immer du magst", verkündete Tomme.

„Das klingt schön", fand Rigdom. „Aber es wird mir schon ein bisschen fehlen", gab sie zu.

Nun schaltete sich Lille Lys ein und wandte sich an Rigdom: „Aber du kannst dich ja dazu entscheiden, einfach mal so deinen Regen auf Tomme herab nieseln zu lassen."

„Da hast du Recht!" Sie strahlte über ihr rundes Wolkengesicht und sagte: „Weißt du was, Tomme. Ich werde jetzt einfach mal in den Urlaub fliegen und wenn ich wieder da bin, besuche ich dich und lasse einen ordentlichen Regenguss auf dich hernieder. Was hältst du davon?"

Tomme fand die Idee großartig und freute sich schon jetzt darauf. Dann verabschiedete sich Rigdom von den Beiden und flog gen Süden, wo sie schon immer einmal hin wollte. Auch Lille Lys wollte sich langsam verabschieden, denn ihm war nach der vielen harten Arbeit nach einem schönen, kuscheligen Schneebett irgendwo unter einer Wurzel.

„Auf Wiedersehen, kleiner Schneebold. Und komm mich bei Gelegenheit mal wieder besuchen."

„Das mache ich", versprach Lille Lys und rollte durch das Nirgendwo in der Hoffnung, recht bald auf einen Baum mit großer Wurzel zu stoßen. Der Wind hatte wohl gesehen, dass der kleine Schneebold schon ziemlich müde war, kam herbeigeeilt und brachte Lille Lys zu einer wunderschönen Kastanie. Dort konnte er sich endlich zur Ruhe legen.

Sein Kästchen öffnete sich und ließ das neunte schwarzweiße Puzzleteil hinein. Das heutige, gelüftete Geheimnis hieß „Leere" und „Fülle".

10. Dezember

An diesem Morgen fielen die Schneeflocken wieder dicht und sacht vom Himmel. Der Wind blies dem kleinen Schneebold um die Nase und weckte ihn somit aus seinen Träumen. Wie gerne wäre er noch einen Moment liegengeblieben, doch es half nichts. Er musste aufstehen und mit dem Wind mitfliegen.

Etwas unsanft wirbelte er nur wenige Minuten nach dem Aufstehen durch die Lüfte in einen weiteren Wald. Lille Lys war erstaunt, wie viele Wälder es hier in Skandinavien gab. Und sie alle hatten einen ganz besonderen, aber auch sehr unterschiedlichen Zauber. Hier, in diesem Wald, in dem er nun gelandet war, waren die Bäume so dicht, dass kaum ein Lichtstrahl hindurchschien und doch war es irgendwie außergewöhnlich hell.

Es musste wohl an den vielen winzigen Lichtern liegen, die aus den Bäumen schienen. Mal leuchtete es hell aus einer Wurzel heraus, mal aus einem Baumwipfel oder dem ein oder anderen Loch im Stamm. *Wer hier wohl leben mochte*, fragte sich der kleine Schneebold und rollte sich durch den Schnee hin zu einer erleuchteten Baumwurzel. Durch die Glasfenster konnte er eine Feenfamilie beim Abendessen sehen. Sie schienen ganz aufgeregt zu sein, redeten scheinbar alle durcheinander und schüttelten immer wieder mit den Köpfen.

Lille Lys wollte schauen, wie es in den anderen bewohnten Bäumen aussah und rollte weiter durch die weiße Pracht. Auch in den weiteren Baumhäusern herrschte eine gewisse Aufregung, doch verstand Lille Lys nicht, worüber sie sich alle so angeregt unterhielten. Es erweckte für ihn nur den Anschein, dass sie sich über etwas ärgerten.

Wieso hatte der Wind ihn bloß hierher geweht, wo er doch mit niemandem wirklich zusammengeführt wurde. Alle Türen waren verschlossen, ebenso wie die Fenster und hier draußen in der Kälte war keine einzige Fee oder sonst irgendjemand zu erblicken. Sicher war nur, dass er hier in einem weiteren Feenwald gelandet war. Doch golden glänzte hier nichts. Nicht, wie Lille Lys es aus den Erzählungen seiner Mor Mor kannte oder wie er es bei Tæt im Wald erlebt hatte. Hier war es einfach irgendwie trist und glanzlos.

Und auf einmal hörte der kleine Schneebold ein Geräusch, das mitten in die Stille hereinbrach wie ein unerwartetes Gewitter. Ein Heulen hallte durch den Wald, das Lille Lys durch Mark und Bein fuhr. Es versetzte ihn ein wenig in Angst, denn es klang verzweifelt, wütend und traurig zugleich. Lille Lys sah sich um. Er wollte sich am liebsten in einer Baumwurzel verstecken und erst wieder herauskommen, wenn das Geheul vorbei war. Doch wohin er auch blickte, eine Wurzel oder sonst ein ähnliches Versteck war nirgends zu sehen. Und als ob das nicht schon unheimlich genug gewesen wäre, blies der Wind nun so kräftig, dass er Lille Lys einfach emporhob und einige Meter weiter wehte. Das schreckliche Geheul wurde immer lauter und schien nun bedrohlich nahe zu sein.

Direkt vor den schwarzen Augen eines großen grauen Ungeheuers ließ der Wind den kleinen Schneebold nieder. Etwas in Lille Lys Brust begann so laut und wild zu hämmern, dass er schon dachte, jeden Moment den Verstand zu verlieren. Er war sich sicher, dass jetzt sein letztes Stündlein geschlagen hatte. Mit Angst erfüllten Augen sah er direkt in die schwarzen Augen des Ungeheuers.

„Ahuuuu", heulte das graue Ungetüm. „Hilf mir doch bitte", flehte er den kleinen Schneebold an. Erst jetzt erkannte dieser, dass es sich bei dem Ungeheuer um einen grauen Wolf handelte, der mit seinen Hinterläufen in eine Falle getappt war. Die scharfen Zacken der Metallfalle schnitten ihm ins Fleisch und je mehr der Wolf versuchte, sich von alleine zu befreien, umso größer wurden die Verletzungen an seinen Pfoten.

Lille Lys stand die Angst immer noch ins Gesicht geschrieben, denn wer sagte ihm denn, dass der Wolf ihn nicht mit einem Bissen verschlingen würde, wenn er ihn befreit hatte?

„Ich weiß nicht, wie ich dir helfen kann", sagte er dann erstmal nur vorsichtig.

„Du musst einen dicken Stock nehmen und die Falle damit aufhebeln." Die schwarzen Augen blickten Lille Lys flehend an. „Ich tue dir auch nichts", versprach der Wolf. „Ich würde nie irgendjemandem einfach etwas antun."

Lille Lys sah ihn skeptisch an. Doch ein Gefühl in seinem Bauch sagte ihm, dass der Wolf die Wahrheit sprach.

„Na gut, ich vertraue dir." Dann sah sich der kleine Schneebold nach einem dicken Stock um, mit dem er die Falle öffnen konnte. Es dauerte auch nicht lange, da hatte er ein passendes Werkzeug gefunden.

„Wie heißt du überhaupt?"

„Man nennt mich Stygge Ulv*."

Nun wurde Lille Lys ein wenig blass um die Nase, denn dieser Name bedeutete nichts anderes als *böser Wolf*.

„Jetzt hast du Angst, nicht wahr?" seufzte der Wolf.

„Ein wenig", antwortete Lille Lys ehrlich.

„Das brauchst du aber nicht. Versprochen. Weißt du, man sollte nicht immer alles glauben, was andere einem weismachen wollen. Es ist nicht immer alles so, wie es auf den ersten Blick scheint. Nicht alle Wölfe sind fies und gemein. Weißt du, weshalb sie mir eine Falle gestellt haben?"

Das wusste Lille Lys natürlich nicht, also schüttelte er mit dem Kopf und wartete auf Stygge Ulvs Erklärung.

„Hier im Feenwald lebt eine kleine, wirklich gemeine Fee. Sie kam, so wie ich, vor nicht allzu langer Zeit hierher, zog in einen der ältesten Bäume und machte unter den anderen Feen gute Miene zum bösen Spiel." Der Wolf streckte seine rechte Vorderpfote aus und zeigte auf einen der Bäume, der etwas abseits der anderen bewohnten Feenbäume stand. Von außen sah er völlig morsch und unbewohnbar aus.

„In diesem Baum wohnt sie. Und weil sie allen Feenwaldbewohnern mit einem solchen Liebreiz begegnet und ihnen ihre Hilfe anbietet, nennt man sie hier überall nur *Gode Fe**.

Dabei ist sie alles andere als eine gute Fee. Abends, wenn es zu dämmern beginnt, überzieht die Fee den gesamten Wald mit einem feinen Feenstaub, der alle Bewohner für eine Stunde in einen tiefen Schlaf versetzt. In dieser Stunde fliegt sie von Haus zu Haus und stiehlt dort alles, was ihr gefällt." Der Wolf machte eine kurze Pause. Dann forderte er Lille Lys auf, doch einmal zu dem alten Baum zu rollen und dort durch die trüben Fenster zu sehen.

„In dem Baum sieht es aus wie in einem Palast. Der äußere Schein trügt also gewaltig", stellte Lille Lys fest, nachdem er einen Blick in das Innere geworfen hatte.

„Aber sag, Stygge Ulv, wieso sitzt du dann hier in der Falle? Das verstehe ich nicht."

Ein etwas schiefes Lächeln legte sich auf Stygge Ulvs Schnauze. „Als du mich gesehen hast, was hast du da gedacht?"

Nun schämte sich der kleine Schneebold ein wenig, denn er hatte den Wolf für einen Fiesling gehalten. Schließlich kamen Wölfe in allen Erzählungen und Märchen immer nur in böser Gestalt vor. Lille Lys fiel nicht eine einzige Geschichte ein, in der ein Wolf auch nur ansatzweise als ein nettes Wesen dargestellt wurde.

„Auch du hast mich für einen bösen Wolf gehalten, stimmt`s?" brach Stygge Ulv das unangenehme Schweigen.

„Ja, du hast Recht. Aber ich glaube dir, dass du niemandem etwas zuleide tun würdest."

„Könntest du mich dann jetzt aus dieser Falle befreien? Es schmerzt langsam entsetzlich."

Der kleine Schneebold hebelte nun also mit aller Kraft die Falle auf und Stygge Ulv konnte seine verletzten Hinterläufe vorsichtig und unter Schmerzen hinausziehen.

„Das sieht aber nicht gut aus", stellte Lille Lys fest. „Das muss behandelt werden."

Aber wer sollte dem Wolf schon helfen wollen? Der kleine Schneebold hatte keine Ahnung, wie man solche Wunden versorgte und von den Feen war sicherlich niemand bereit, ihm zu helfen. Es sei denn…

„Weißt du, ob es einen Feenkönig in diesem Wald gibt?" fragte Lille Lys den Wolf.

„Nein. Einen König gibt es hier nicht. Aber so eine Art Feenrat. Er heiß Råd* und wohnt in dem vierten Baum, von hier aus gesehen, auf der linken Seite.

„Dann werde ich jetzt zu ihm gehen." Entschlossen setzte Lille Lys zum Rollen an. Doch dann kam ihm noch eine wichtige Frage in den Sinn: „Woher wusstest du, was die kleine Fee hier so treibt? Wieso hast du nie geschlafen, wenn sich der Staub verteilte?"

„Der Staub wirkt nur bei Feen. Tiere und andere Gestalten sind vor diesem Zauber geschützt."

Diese Information genügte dem kleinen Schneebold und so machte er sich auf zu Råd, dem Oberhaupt der Feen dieses

Waldes. In seiner Brust hämmerte es wieder ganz gewaltig. So, wie es nun schon öfter der Fall gewesen war. Lille Lys wusste zwar nicht, was dieses Hämmern zu bedeuten hatte, doch ließ er sich davon nicht von seinem Plan abbringen. Mutig klopfte er an die Tür und wartete, bis ihm jemand öffnete.

„Hallo", sagte Lille Lys, als ihm ein kleiner Feenjunge gegenüber stand. „Ich bin Lille Lys und ich möchte gerne mit Råd sprechen."

Der Feenjunge wandte sich kurz ab und rief: „Papa, da möchte dich jemand sprechen."

Und nur wenige Augenblicke später stand ein recht stattlicher Feenmann in der Tür und sah den kleinen Schneebold fragend an. „Was kann ich für dich tun?"

„Ich heiße Lille Lys und ich weiß, wer euch bereits seit einigen Wochen euer Hab und Gut stiehlt."

Der Feenmann hob eine Augenbraue und sagte: „Ja, das wissen wir auch. Es ist Stygge Ulv. Wir haben ihm bereits eine Falle gestellt und hoffen, ihn bald zu fangen."

„Nein, nein", widersprach Lille Lys nun energisch. „Es ist nicht Stygge Ulv, der euch so etwas Gemeines antut."

„Na, da bin ich aber gespannt." Der Feenmann bat Lille Lys hinein und ging mit ihm in sein Arbeitszimmer, wo sie ungestört waren. Und nun erzählte Lille Lys von der kleinen Fee, die alle als Gode Fe kannten, die ihrem Namen aber alles andere als Ehre machte.

„Das kann ich nicht glauben", sagte Råd schließlich. Gode Fe ist so freundlich, hilfsbereit und bezaubernd. Das kann ich mir beim besten Willen nicht vorstellen."

„Wenn ich dir beweisen kann, dass alle eure Habseligkeiten in ihrem Besitz sind, erfüllst du mir dann einen Wunsch?"

„Wenn es wirklich so sein sollte, so erfülle ich dir jeden Wunsch, den du hast", versprach der Feenmann.

„Dann komm mit mir mit."

Und so standen sie nur kurze Zeit später vor dem alten, abgelegenen Baumhaus der guten Fee. Råd schaute durch die trüben Fenster und konnte kaum glauben, was er dort sah. Tatsächlich entdeckte er einen seiner Lieblingskronleuchter und auch Schmuck von seiner Frau lag auf einem der Schränke, den einer seiner Nachbarn vermisste.

„Wie konnte uns das nicht auffallen?" fragte sich das Feenoberhaupt bestürzt. „Niemals wären wir auf die Idee gekommen, dass Gode Fe hinter all dem steckt." Er schüttelte immer wieder ungläubig den Kopf. „Wie gehen wir denn jetzt damit um?"

Lille Lys überlegte eine ganze Weile. Dann sagte er: „Ich denke, du solltest mit Gode Fe sprechen. Es wird sicherlich einen Grund haben, weshalb sie euch immer wieder bestiehlt."

Råd fand diese Idee wirklich gut. Doch wollte er die gute Fee mit seinem Gespräch überraschen. Er wusste, dass er den Feenstaub-Zauber für sich außer Kraft setzen konnte und das hatte er auch vor. Sobald die Dämmerung hereinbrach und Gode Fe in sein Haus einbrach, würde er sie auf frischer Tat ertappen.

„Aber woher willst du wissen, dass sie ausgerechnet heute in euer Haus einbricht?"

„Ach, kleiner Schneebold, das ist ganz einfach. Gode Fe trinkt an diesem Tag der Woche immer einen Tee mit meiner Frau bei uns. Ich werde dann einfach ein paar meiner gut gehüteten Schätze auf der Küchenanrichte so drapieren, dass sie sie auf jeden Fall sieht. Dann ist es keine Frage mehr, welches Haus sie sich heute als erstes Einbruchziel vornimmt."

Lille Lys leuchtete diese Überlegung ein und er war schon sehr gespannt auf den Moment, in dem Gode Fe auf frischer Tat ertappt würde. Doch nun fiel ihm wieder der arme Wolf ein, der mit seinen verwundeten Hinterläufen noch immer im kalten Schnee lag. „Darf ich dich jetzt um die Erfüllung meines Wunsches bitten?"

„Aber natürlich. Versprochen ist versprochen. Was wünschst du dir denn?"

Jetzt erzählte Lille Lys auch noch, wer ihm überhaupt erst verraten hatte, dass Gode Fe hinter all den Gemeinheiten steckte.

„Stygge Ulv? Ist das dein Ernst?" Auf diesen Gedanken wäre Råd sicherlich niemals gekommen. „Und wir haben ihn beschimpft, verjagt und eine gemeine Falle gestellt."

„Ja, genau das ist es ja. Stygge Ulv ist in die Falle getreten und hat sich so schlimm verletzt, dass er sterben wird, wenn ihm nicht geholfen wird.

„Bring mich zu ihm", bat Råd und nahm ein kleines Fläschchen mit einer grünen Flüssigkeit vom Regal im Arbeitszimmer.

Der Wolf lag stöhnend auf der Seite und krümmte sich vor Schmerzen. Zudem zitterte er vor Kälte und auch sein Magen knurrte, da er seit Stunden nichts zu Fressen bekommen hatte.

„Stygge Ulv, es tut mir so leid", sagte Råd. Dann öffnete er das kleine Fläschchen und hielt es dem Wolf an die Schnauze. „Hier, trink das. Danach wird es dir besser gehen."

Der Wolf trank das Fläschchen mit einem Zug leer und fühlte sich sofort besser. Es war unglaublich, denn die Wunden des Wolfes schlossen sich wie von Zauberhand und er konnte sich augenblicklich wieder mühelos bewegen. So, als wäre nichts passiert.

„Ich danke dir", sagte das Feenoberhaupt nun zum Wolf. „Ohne dich hätten wir wohl noch viele böse Überraschungen erlebt. Du bist ab jetzt hier bei uns im Feenwald herzlich willkommen und darfst bleiben, solange du willst."

Dann verabschiedeten sich die Beiden vorerst voneinander, denn Råd musste nun alles für den heutigen Abend vorbereiten.

Es war etwa halb Sieben abends, als die kleine Fee ihren Zauberstaub über das Dorf pustete. Alle Feen fielen augenblicklich in einen tiefen Schlaf. Alle, bis auf Råd. Er saß in seinem gemütlichen Wohnzimmersessel und wartete auf Gode Fe. Neben ihm saß Lille Lys, der sehr aufgeregt war und kaum gleichmäßig atmen konnte.

Plötzlich hörten sie, wie die Haustür leise geöffnet wurde. Gode Fe schwebte direkt auf die Küchenanrichte zu, auf der Råds Schätze lagen.

„Hmhmhm", räusperte sich nun Råd und erschrocken fuhr die kleine Fee herum.

„Wie, was, wiesoooo?" stammelte Gode Fe und errötete in ihrem kleinen Feengesicht so purpurrot, dass man hätte meinen können, sie würde gleich anfangen, vor Hitze zu brennen.

„Ich denke, du schuldest mir, bzw. uns allen eine Erklärung."

Mit einem schuldbewussten Nicken ließ Gode Fe sich in einen der Sessel nieder und nickte.

„Nun" forderte Råd sie noch einmal auf.

„Also… es ist so… Als ich vor nicht allzu langer Zeit hierherkam, da hatte ich nichts außer den Kleidern, die ich am Leib trug. Alles, was ich jemals besessen hatte, ist von einem großen Waldbrand vernichtet worden."

„Wie kam es dazu?" wollte Lille Lys wissen.

„Irgendwelche Menschen meinten, sie müssten mit Feuer spielen. Das Ganze lief außer Kontrolle. Sie wollten die Flammen noch löschen, doch bei der Sommerhitze breitete sich das Feuer so rasend schnell aus, dass es Stunden lang dauerte, um den Brand unter Kontrolle zu bekommen. Leider war unser gesamtes Feendorf damit ausgelöscht worden. Es gab nur wenige Überlebende. Zu denen zähle ich. Aber wie schon gesagt, ich habe alles verloren. Alles, was ich jemals an Besitz hatte." Traurig senkte sie ihren Blick.

„Aber das ist doch kein Grund, uns zu bestehlen." Råd war sichtlich empört.

„Nein. Du hast Recht. Ich weiß nicht, was da in mich gefahren ist. Ihr wart alle so freundlich zu mir und habt mich so herzlich aufgenommen. Ich wollte euch nichts wegnehmen. Wirklich. Aber ich konnte einfach nicht anders. Da war ein Gefühl in mir, so ein Zwang, wieder Besitz haben zu müssen, gegen das ich nicht ankam. So holte ich mir Nacht für Nacht die schönsten Gegenstände, die ich finden konnte. Und ihr wart trotz allem immer noch freundlich zu mir."

„Hätten wir gewusst, was für ein falsches Spiel du mit uns spielst, wären wir das sicherlich nicht gewesen", sagte Råd nun sehr ärgerlich. „Wir haben den armen Wolf verdächtigt und haben ihm eine Falle gestellt. In diese ist er auch hineingeraten und hat sich arg verletzt."

Nun wurde die Fee ganz blass. Denn das hatte sie bestimmt nicht gewollt. „Oh nein", schluchzte sie. „Es tut mir alles so unendlich leid! Ich möchte es so gerne wieder gut machen!"

Råd sah die Fee sehr eindringlich an, denn er war sich nicht sicher, ob er ihr vertrauen könnte. Er wandte sich an Lille Lys: „Was denkst du?"

„Ich denke, dass jeder eine zweite Chance verdient hat. Der Schock ihres Branderlebnisses sitzt ihr sicherlich noch sehr in den Gliedern und muss erstmal verarbeitet werden." Er sah Gode Fe nun direkt an: „Die Sachen, die du gestohlen hast, musst du alle wieder zurückbringen. Da gibt es auch keine Ausnahme. Es sind alles Dinge, die dir nicht gehören und die für andere eine ganz eigene Bedeutung haben."

Råd führte weiter aus: „Ich bin mir sicher, wenn du allen von deinem Schicksal erzählst, wird jeder hier bereit sein, dir etwas von seinem Besitz abzugeben. Denn natürlich sollst auch du es schön haben hier bei uns."

Gode Fe war gerührt und immer noch zutiefst beschämt über ihr Verhalten. Sie wollte wirklich alles wiedergut machen. „Ich könnte eure Hilfe gebrauchen", sagte sie. „Es bleibt noch etwas Zeit übrig, bis der Zauber seine Wirkung verliert. In dieser Zeit könnten wir all die Besitztümer zurück an ihre ursprünglichen Plätze bringen. Und morgen werde ich mich dann bei allen Waldbewohnern persönlich entschuldigen."

Und so machten sich die Drei an die Arbeit. Auch der Wolf, den sie um Hilfe baten, packte mit an und so waren sie gerade fertig mit allem, als alle Feen wieder aus ihrem Tiefschlaf erwachten.

Alle waren ganz aufgeregt, denn sie stellten auf Anhieb fest, dass ihr Hab und Gut wieder da war und konnten ihr Glück kaum fassen.

Råd verabschiedete sich für diesen Tag von Gode Fe, Lille Lys und Stygge Ulv und schwebte erleichtert nach Hause. Gode Fe entschuldigte sich aufrichtig bei Stygge Ulv und bedankte sich bei Lille Lys für seine weise Vorgehensart. „Andere hätten mich sicherlich achtkantig rausgeworfen." Sie schenkte ihm ein Lächeln und bot ihm an, die Nacht in ihrem Baumhaus zu verbringen. „Wie du weißt, kann ich dir nichts bieten, aber zumindest ist es trocken und geschützt."

Und so verbrachte der kleine Schneebold diese Nacht in dem alten Baumhaus in Gesellschaft der kleinen Fee. Er war auch wirklich sehr müde, denn der Tag war lang und aufregend für ihn gewesen. *Was wohl heute für ein Geheimnis angeweht käme?* fragte er sich. Und schon in dem Moment kam das nächste schwarz-weiße Puzzleteil hereingeschwebt. Auf ihm standen die Worte „Gut" und „Böse". Bevor Lille Lys die Augen schloss, musste er noch einmal an den Satz denken, den der Wolf gesagt hatte: „Es ist nicht immer so, wie es auf den ersten Blick scheint." Wie Recht er doch damit hatte.

11. Dezember

Eine klirrende Kälte weckte Lille Lys an diesem 11. Dezember-Morgen. Er hatte wunderbar geschlafen und freute sich auf sein nächstes Abenteuer.

Im Haus von Gode Fe war noch alles still. Kurz überlegte der kleine Schneebold, ob er warten sollte, bis die Fee aufgewacht war, um sich von ihr zu verabschieden. Doch etwas in seinem Inneren sagte ihm, dass er hinausgehen und sich vom Wind weiterwehen lassen sollte. Also hinterließ er Gode Fe eine kurze Nachricht da, die wie folgt lautete:

„Liebe Gode Fe, ich bin sehr froh, dass du deine Fehler eingesehen hast und all die Dinge, die dir nicht gehörten, wieder zurück gebracht hast. Deine Entscheidung, dich hier im Wald bei allen zu entschuldigen, finde ich sehr mutig und ich bin mir sicher, dass dein Mut belohnt und dir eine zweite Chance geschenkt wird. Leider muss ich bereits wieder aufbrechen und ein neues Abenteuer willkommen heißen. Ich hoffe, wir sehen uns irgendwann wieder! Alles Liebe! Lille Lys."

Den Brief legte der kleine Schneebold auf Gode Fes Kopfkissen, damit sie ihn auch sofort sehen würde, wenn sie die Augen aufschlug. Dann rollte er zur Tür hinaus und wartete auf seinen Freund, den Wind. Dieser kam und brachte klirrende Kälte mit sich. Es war so kalt, dass man meinen konnte, die Luft würde jeden Moment gefrieren. Lille Lys machte das nichts aus, er liebte die Kälte, erwachte quasi erst so richtig zum puren Leben durch sie, weil alles in ihm vor Freude zu pulsieren begann.

Der Wind hob ihn in die schwere Winterluft empor und ließ ihn einige Kilometer weiter Richtung Norden wehen. Als er den kleinen Schneebold wieder absetzte, bebte die Erde unter ihm und ein lautes Schnauben war zu hören. Lille Lys Augen weiteten sich und er war starr vor Schreck.

Was war denn das nun wieder?! Noch einmal bebte es. Vor Lille Lys stand ein großer Elch, der immer und immer wieder mit seinen Hufen auf die Erde donnerte, dass alles, was kleiner war als er, sich lieber in Sicherheit brachte. Auch der kleine Schneebold rollte schnell ein paar Fuß weit zurück.

Auf einem dünnen Ast direkt vor dem Elch sah Lille Lys eine kleine Spinne, die vor lauter Angst nicht zu wissen schien, wo sie sich bloß in Sicherheit vor diesem großen, starken Tier bringen sollte. Und gerade als sie noch panisch zu Überlegen schien, was sie denn nun tun sollte, hatte der Elch sie auch schon entdeckt.

„Mach lieber, dass du wegkommst, du mickriges Geschöpf", schnaubte er. „Ich bin heute so schrecklich mürrisch, dass ich dich kleines schwaches Wesen glatt zertreten könnte! Das ist für mich ein leichtes, denn so stark wie ich ist fast keiner!"

Doch die Spinne rührte sich keinen Millimeter, so verschreckt war sie.

Lille Lys verspürte auch furchtbare Panik in sich aufsteigen, denn er wusste sehr genau, dass der Elch auch so viel stärker war als er selbst. Mit einem Huftritt könnte dieser ihn dem Erdboden gleichmachen. Doch konnte er einfach nicht zulassen, dass dieses große Tier der armen kleinen Spinne, die sehr schwach und gebrechlich wirkte, etwas zuleide tat. Also nahm der kleine Schneebold all seinen Mut zusammen und rief dem Elch entgegen: „Du, was fällt dir ein, einem Geschöpf, was augenscheinlich so viel schwächer ist als du, zu drohen?"

Nun machte der Elch große Augen und blickte Lille Lys halb amüsiert, halb wütend an: „Was geht es dich an?"

„Es ist nicht recht, wenn jemand so Starkes wie du, seine Wut an einem Schwächeren auslässt." In Lille Lys Brust hämmerte es vor Aufregung und Angst ganz gewaltig, doch wusste er, dass er mutig sein musste. Ein inneres Gefühl sagte ihm einfach, dass das jetzt seine Aufgabe war.

Der Elch brüllte nun: „Du hast recht! Ich bin stark, deshalb nennen mich auch alle, die mich kennen, Kraftig*. Und ich habe Gefallen daran, meine Stärke zu zeigen!"

„Indem du anderen Schaden zufügst?" Nun wurde Lille Lys ein wenig wütend, denn so viel Eitelkeit war ihm bisher noch nicht über den Weg gelaufen.

„Was ist schon dabei, wenn es ein paar schwache Nichtsnutze weniger auf dieser Welt gibt. Nur die Stärksten haben eine Chance."

Lille Lys sah dem Elch eindringlich in die Augen und erkannte darin plötzlich etwas, das seine Wut von einem auf den nächsten Moment weichen ließ und einem gänzlich anderen Gefühl einen Platz einräumte. Der kleine Schneebold empfand auf einmal großes Mitleid mit dem Elch, denn er wusste, dass diese Worte, die er da gesprochen hatte, Worte waren, die auf einer puren Floskel beruhten. Wer weiß, was der Elch bereits alles erlebt hatte, das ihn dazu veranlasste, einen so starken Schutzpanzer anzulegen. Einen Moment lang überlegte Lille Lys, wie er nun das Gespräch fortsetzen könnte. Denn er wollte verhindern, dass der Schutzpanzer des Elchs noch dicker würde und ihn zu Dingen veranlassen könnte, die er irgendwann später vielleicht doch einmal bereuen würde. Schließlich fragte er sehr zaghaft: „Sag, Kraftig, was macht dich gerade so mürrisch?"

„Willst du das wirklich wissen?" Der Elch schien überrascht.

„Natürlich. Sonst würde ich nicht danach fragen."

Kurz herrschte Stille. Dann sprach Kraftig ganz langsam die Worte aus:

„Ich bin seit langer Zeit befallen."

Da Kraftig nicht weitersprach, hakte Lille Lys ein wenig nach. „Wovon bist du befallen?"

„Von kleinen, schwachen Wesen, die mich den ganzen Tag lang beißen und sich einen Spaß daraus machen, dass mich der Juckreiz, den sie verursachen, bald umbringt."

Der kleine Schneebold wusste sofort, von was für Wesen der Elch da sprach. „Verstehe. Du meinst Flöhe."

„Kann sein, dass sie so heißen. Ist auch egal. Sie machen mich schrecklich mürrisch, denn egal, wie stark ich auch bin, gegen diese schwachen Biester kann ich nichts ausrichten."

„Das ist aber noch lange kein Grund, andere für etwas zu bestrafen, für das sie nicht im Geringsten etwas können."

„Kann schon sein", gab Kraftig leise zu. Seine Stimme war dunkel und kräftig. Und in diesem Moment ganz sanft und voller Traurigkeit. „Aber wenn ich meine Stärke nicht zeige, nehmen andere mich doch nicht mehr ernst."

„Das glaubst du wirklich?" Es war mehr eine traurige Feststellung als eine Frage gewesen.

„Niemand soll merken, wie mich diese schwachen Biester langsam zu Fall bringen. Mein Vater hat mir beigebracht, immer ein Kämpfer zu sein. Er sagte stets, dass nur ein starker Elch ein Elch ist, zu dem alle auf sehen. Und nur ein kräftiger Elch bekommt einmal eine gute Gefährtin. Einen schwachen Elch möchte niemand als Beschützer für die Familie an seiner Seite haben." Kraftig senkte seinen Blick. Mehr und mehr verlor er seine Anspannung, die noch bis vor wenigen Minuten so greifbar war, dass sie alles um ihn herum in Angst und Schrecken versetzt hatte. Der dicke Schutzpanzer begann langsam zu bröckeln. Vermutlich das erste Mal überhaupt, seitdem er ihn angelegt hatte. Lille Lys schien einen Bereich im Inneren des Elchs erreicht zu haben, der es müde war, immer nur Stark sein zu müssen.

„Ich bin mir sicher, diese kleine Spinne hier", Lille Lys zeigte auf die, immer noch vor Angst erstarrte Spinne auf dem kleinen Ast. „kann dir eine große Hilfe sein. Sie besitzt nämlich auch eine Stärke in sich, von der du ganz offensichtlich noch nichts weißt."

Sowohl Kraftig als auch die Spinne sahen den kleinen Schneebold fragend an.

„Wie heißt du?" fragte Lille Lys die Spinne.

„I-i-ich b-b-in S-s-v-v-aaa-g", stotterte sie.

"Hallo Svag*. Ich heiße Lille Lys." Der kleine Schneebold rollte direkt neben die Spinne und sah sie aufmunternd an. „Ich bin mir sicher, du brauchst keine Angst haben vor Kraftig. Ich bin mir sogar sicher, ihr würdet euch beide gut verstehen."

„Wie meinst du das?" wollte Kraftig nun wissen.

„Ganz einfach", strahlte der kleine Schneebold. „Svag kann dir helfen, deine ungebetenen Floh-Gäste zu vertreiben. Und du könntest sie im Gegenzug vor ihren Feinden beschützen."

„Und wie sollte so eine kleine schwache Spinne die schrecklichen Biester vertreiben, wenn nicht mal ich, der ich so stark bin, es schaffe?"

Nun erhellte sich auch das kleine feine Spinnengesicht, denn Svag hatte sehr wohl verstanden, wie Kraftig zu helfen war. Doch wollte sie es selbst noch nicht äußern, denn der Elch machte ihr immer noch große Angst.

„Weißt du, was Spinnen gerne fressen?"

Kraftig überlegte kurz, bevor er Lille Lys zur Antwort gab, dass er keine Ahnung davon habe.

„Sag es ihm", ermunterte Lille Lys Svag.

„Wir fressen mit Vorliebe kleines Getier. Dazu gehören natürlich auch Flöhe."

„Wirklich?" Kraftig blickte sie erstaunt an.

„Ja, so ist es. Wenn du es mir gestattest, spinne ich viele kleine Netzte auf deinem Fell, in die die Flöhe unweigerlich springen. Diese Netze wirst du nicht spüren, sie sind fast unsichtbar und wiegen nicht einmal so viel wie eine Feder."

„Genau!" rief Lille Lys freudig aufgeregt. „Die Flöhe verfangen sich in den Netzen und können sich keinen Millimeter mehr bewegen. Und während Svag dich von deiner Last befreit, bietest du ihr angemessenen Schutz."

„Das klingt toll", gab Kraftig zu. Dann fügte er mit einem herzhaften Lachen, dass auch Svag und Lille Lys ansteckte, hinzu: „Das ist ganz schön stark!"

Und so kletterte die kleine Spinne hinauf auf Kraftigs Rücken und begann sogleich, ihre prächtigen Netze zu spinnen, die schon bald voll sein sollten mit den Flöhen, die Kraftig so lange Zeit geplagt hatten.

„Ich danke dir, Lille Lys", sagte Kraftig, als der kleine Schneebold aufbrechen wollte, sich ein Nachtlager zu suchen. „Ich habe heute viel gelernt dank dir. Es ist gut, eine Stärke zu besitzen und sie angemessen zu nutzen. Aber gleichzeitig darf man auch eine schwache Seite in sich haben und die Stärke anderer in Anspruch nehmen, wenn sie sie einem anbieten. Ich werde gut auf Svag aufpassen."

„Ich möchte dir auch danken, kleiner Schneebold", ertönte Svags Stimme. „Ohne dich wäre ich jetzt ein kleines Häufchen Mus, das nichts mehr von der Welt gesehen hätte. Nun habe ich einen warmen Platz, mehr als genug Nahrung und einen neuen Freund. Vielen Dank dafür!"

Lille Lys war gerührt. „Ich danke euch ebenfalls. Denn ich bin mir sicher, dass ich mein heutiges Abenteuer bestanden habe und es nicht mehr allzu lange dauert, bis ich das Weihnachtsrätsel gelöst habe und meine Familie wiedersehe."

„Was denn für ein Weihnachtsrätsel?" fragte Kraftig. „Das musst du uns unbedingt erzählen."

Also ließen sie sich gemütlich an Ort und Stelle nieder und Lille Lys begann von seinem Heimatort, von Mor Mors Geschichten und dem Abenteuer zu erzählen, auf das er sich hier eingelassen hatte.

Währenddessen schwebte das elfte Puzzleteil, welches natürlich auch wieder schwarz und weiß war, in das unsichtbare Schatzkästchen. Darauf standen die Worte „Stark" und „Schwach".

12. Dezember

Dicke graue Wolken hingen an diesem Tag am Dezemberhimmel und kündeten bereits neue Schneefälle an. Lille Lys fand es herrlich, denn er liebte die weiße Pracht sehr.

Nachdem er sich an diesem Morgen von Kraftig und Svag verabschiedet hatte, hob der Wind ihn in die Lüfte und brachte ihn in eine Gegend, in der es außer Wald, Feld und einer riesigen Wanderdüne nichts gab. Alles war leer und still. Nur der Wind rauschte durch die beeindruckende Landschaft.

Und dann sah Lille Lys jemanden wie aus dem Nichts unter sich auftauchen. Mitten in der einsamen Gegend stapfte ein junger Mann etwas orientierungslos umher. Der Wind wehte nun so gleichmäßig, dass der kleine Schneebold beständig an der Seite dieses jungen Mannes durch die Lüfte schwebte.

„Ach, wenn ich doch nur wüsste, wo ich langgehen muss", murmelte der Mann immer wieder vor sich her. Dabei blickte er ständig zu allen Seiten, um nach einer Orientierungshilfe Ausschau zu halten. Doch so sehr er auch suchte, weit und breit gab es kein Schild, keine Karte, kein Gar nichts. Und dann stand sie plötzlich da: eine sehr betagte, buckelige Frau, gehüllt in alte Gewänder. Ihr Gesicht war von Falten gezeichnet, ihre Nase war riesig und so gebogen wie eine schief gewachsene Karotte. Ihre Augen waren grau und trübe, doch lag etwas in ihrem Blick, was ihr trotz allem eine gewisse Lebendigkeit verlieh.

Als der junge Mann sie an seiner linken Seite erblickte, erschrak er zutiefst, denn er hatte sie einfach nicht kommen sehen und ihr Anblick war ihm unheimlich. Es war, als wäre sie tatsächlich aus dem Nichts aufgetaucht.

„Kann ich dir behilflich sein, junger Mann?" Ihre Stimme war rau und doch auch irgendwie quietschig.

„Ich muss dringend nach Gamle Skagen. Da gibt es eine kleine Apotheke, aus der ich umgehend ein Medikament für meine Frau besorgen muss. Sie wird sonst sterben."

„Da kann ich dir wohl weiterhelfen", sagte die Alte. „Du musst dich immer links halten und dem Meeresrauschen entgegengehen."

„Erzähl doch nicht so einen Blödsinn, Sandhed*", ertönte da plötzlich eine warme, weiche Stimme zur Rechten des Mannes. Nun war dieser völlig irritiert, denn er fragte sich, wo diese wunderschöne junge Frau auf einmal hergekommen war. Sie war wirklich von einer beeindruckenden Schönheit, ihre Haut schimmerte zart wie Seide, ihre Lippen waren so sinnlich und rosig und ihre langen blonden Haare wehten sacht unter ihrem feinen winterlichen Kapuzenmantel hervor. Ihre Augen waren so blau wie ein zugefrorener See, doch lag auch irgendwie etwas Unheimliches darin.

„Hör nicht auf die Alte", wandte sie sich dem jungen Mann nun zu. „Du musst natürlich nach rechts gehen, da, wo das Meeresrauschen immer geringer wird. Schließlich willst du doch in die Stadt. Und in der Stadt gibt es bekanntlich kein Wasser."

Das leuchtete dem Mann ein. Er bedankte sich und schlug den Weg nach rechts ein.

Nachdem er wieder eine ganze Weile alleine vor sich hin gewandert war, stand er vor einer großen Waldlichtung. Ein Weg führte nach rechts über eine zerbrochene Brücke, ein anderer links durch Gestrüpp und Geäst. Der junge Mann war sich sichtlich unsicher, welchen Weg er nun einschlagen sollte.

Und wie es der Zufall wohl so wollte, tauchte zu seiner Linken wieder die Alte auf. Dem Mann wurde immer unheimlicher zumute, weil sie schon wieder da war. Doch war er auch dankbar, dass er nun mit seiner Entscheidung nicht mehr alleine dastand. „Wohin muss ich nun gehen?" fragte er sie. Dabei sah er ihr mitten ins Gesicht und er hatte den Eindruck, sie wäre seit ihrer letzten Begegnung um einige Jahre gealtert.

„Du musst nach links gehen. Hinter all dem Gestrüpp und Geäst liegt ein kleiner Trampelpfad, der dich direkt nach Gamle Skagen bringen wird. Allerdings dauert dieser Weg nun länger, da du meinen letzten Hinweis ignoriert und den falschen Weg für dich gewählt hast."

Der junge Mann schluckte schwer, denn er wollte doch so schnell wie möglich wieder mit dem Medikament zurück bei seiner Frau sein.

„Hör bloß nicht auf sie", hörte der Mann wieder die junge Frau sagen, die nun wieder zu seiner Rechten stand. Ebenso wie der junge Mann, war auch Lille Lys verwundert, woher sie so schnell aufgetaucht war. Irgendetwas ging hier nicht mit rechten Dingen zu, doch konnte der kleine Schneebold noch nicht sagen, was das hier für ein merkwürdiges Spiel war.

„Über die gespaltene Brücke kannst du ohne Mühe hinüber springen. Auf der anderen Seite dauert es nur noch ein kleines Weilchen, bis du die Apotheke erreichst."

Mit ihren eisblauen Augen sah sie ihn so liebreizend an, dass er keinen Zweifel an ihren Worten hegte. Zudem erschien sie ihm noch viel schöner als zuvor.

Also bedankte er sich bei beiden und folgte dem Hinweis der schönen jungen Frau und sprang über die gespaltene Brücke auf die andere Seite.

Nun setzte er seinen Weg weiterhin alleine fort. Lille Lys schwebte noch immer hinter ihm her.

So vergingen einige Stunden und der junge Mann war schon völlig entkräftet von dem vielen Laufen, der Kälte und dem Hunger, der sich immer mehr in ihm ausbreitete. Er blickte sich einmal um, um vielleicht irgendwo Stadtlichter zu entdecken. Doch das einzige, was er sehen konnte, waren viele, mit Schnee bedeckte Sanddünen. Sie umringten ihn, soweit seine Blicke reichten. Panik stieg in ihm auf, denn es dämmerte bereits und in der Dunkelheit würde er bald nicht mal mehr die eigene Hand vor den Augen sehen. „Oh nein", stammelte er immer wieder. „Meine arme Frau wird sterben, wenn ich nicht wieder rechtzeitig bei ihr bin."

Und genau in diesem Moment tauchte an seiner rechten Seite wieder die schöne junge Frau auf. Trotz der Dämmerung meinte der junge Mann zu erkennen, dass sie an Schönheit noch dazugewonnen hatte. Sie war so wundervoll weiblich, dass ihm trotz Kälte innerlich ganz warm wurde. Sanft legte sie ihre Hand auf seine Schulter, sah ihn mit einem Lächeln an und sagte: „Hab keine Angst. Du hast es gleich geschafft. Schlage nur noch einmal einen Schlenker nach rechts ein, dann bist du schon da."

Er wurde ein wenig ruhiger und lächelte zurück. Sie sah, dass er ihr vertraute und fügte noch hinzu: „Siehst du dahinten das kleine Licht? Das ist schon Gamle Skagen."

Lille Lys reckte und streckte sich, um das Licht zu sehen, doch da war nichts, einfach rein gar nichts. Nur Düne um Düne. Der junge Mann nickte jedoch wie benebelt mit dem Kopf. Es schien, als würde er tatsächlich ein Licht sehen. Doch der kleine Schneebold war sich sicher, der junge Mann müsse langsam seinen Verstand verloren haben.

Zu seiner Linken stand plötzlich wieder die Alte. Ihre Falten waren mittlerweile so tief in ihrer Haut, dass ihre gesamte Gestalt zum Fürchten aussah. Ganz gebrechlich stützte sie sich auf einen Stock und die grauen Haare lugten wirr unter ihrem Kopftuch hervor.

„Junger Mann, höre bloß nicht auf Falskhed*." Dabei zeigte sie auf die schöne junge Frau, die ihr direkt gegenüberstand. „Es gibt nur einen Weg, den du jetzt einschlagen solltest, wenn deine Frau ihr Medikament noch rechtzeitig erhalten soll. Du musst dich links halten, denn sonst wirst du hier in dieser riesigen Wanderdüne verlorengehen."

Lille Lys begann langsam zu begreifen, was, oder eher wen er hier vor sich hatte. Es war die Spiegel-Hexe Spejl*, die arglose Wanderer auf die Probe stellte, indem sie sich in zwei Persönlichkeiten spaltete.

Die alte Frau mit dem Namen Sandhed, was nichts geringeres bedeutete als „Wahrheit", war ihre ursprüngliche Erscheinung. Die junge Frau Falskhed, also „Lüge" repräsentierte ihr Spiegelbild. Und je mehr so ein ahnungsloser Wanderer dem Spiegel, also der Lüge folgte, umso älter und gebrechlicher wurde die Hexe. Nur hatte sie selber nicht verstanden, dass sie damit nicht ausschließlich anderen Menschen schadete, sondern dass sie ihr wahres Wesen dadurch zerstörte. Es gab nur eine einzige Möglichkeit, wie dem Wanderer und auch Spejl geholfen werden konnte. Also sammelte Lille Lys seine Gedanken kurz zusammen, ehe ihn der Wind vor dem jungen Mann im Schnee absetzte und er ihm direkt in die Augen sah.

„Hallo. Ich bin Lille Lys. Und ich weiß, dass du gerade nichts lieber tun möchtest, als der wunderschönen jungen Frau Glauben zu schenken und wieder den rechten Weg einzuschlagen. Doch möchte ich, dass du einen kleinen Moment inne hältst und mir folgende Fragen beantwortest."

„Ich habe keine Zeit für Fragen", entgegnete der junge Mann. „Ich habe es sehr eilig. Meine Frau liegt im Sterben und braucht dringend ihr Medikament."

„Ja, das weiß ich", sagte Lille Lys ganz ruhig. „Doch irrst du nun schon seit Stunden hier umher, ohne auch nur in die Nähe von Gamle Skagen gekommen zu sein."

Nun wurde der junge Mann unruhig. „Woher willst du das wissen?"

„Ich war schon einmal in dieser Gegend. Und es gibt hier weit und breit keinen belebten Ort. Du hast gedacht, dass eine so wunderschöne junge Frau nicht imstande wäre, dir eine Lüge aufzutischen. Doch leider hast du dich getäuscht."

„Was fällt dir ein?!" ertönte da die Stimme der jungen Frau. „Wie kannst du es wagen, so etwas zu behaupten? Sieh mich an! Wie könnte eine solche wunderbare Erscheinung so hinterlistig sein?"

„Du warst sicherlich nicht immer so", sagte der kleine Schneebold. „Es gab eine Zeit, da warst du Eins mit dieser alten Frau. Doch gefiel es dir nicht, dass sie immer älter wurde, während du mit jeder kleinen Falte und mit jedem grauen Haar hadertest. Also musstest du dich von ihr abspalten, um bloß nicht mehr mit ihr in Verbindung gebracht zu werden."

Lille Lys war erstaunt über seine eigenen Worte. Er wusste selbst nicht, woher sie kamen, doch sie sprudelten nur so aus ihm heraus. Er wandte sich an die Alte: „Und du hast nicht bemerkt, wie fremd du dir selber immer mehr wurdest. Mit jeder Lüge, die ein argloser Wanderer glaubte, schwand deine wahre Identität immer mehr. Und obwohl du eine Hexe bist, hast du keinerlei Ahnung, wie du jemals wieder zu Kräften kommen sollst. Du dachtest, wenn endlich mal ein Wandersmann käme, der dir in deiner natürlichen Gestalt Glauben schenken würde, dann kämen damit auch automatisch deine Kräfte wieder zu dir zurück. Doch nie kam es so, wie du es dir erhofft hattest. Und so verkümmerst du immer mehr."

Die Worte, die der kleine Schneebold da sprach, trafen die Alte bis ins Mark. Sie wusste, dass er Recht hatte, doch fehlte ihr mittlerweile tatsächlich die Kraft, etwas an ihren Umständen zu verändern.

Nun begann sie bitterlich zu weinen. „Du kleines Wunderwesen", sie sah dabei Lille Lys flehend an. „Kannst du mir nicht helfen?"

Der Wanderer stand da wie betäubt und betrachtete einfach das Schauspiel, das sich ihm hier jetzt bot. Es war, als würden gerade Zeit und Raum stillstehen. Etwas in ihm sagte ihm klar und deutlich, dass alles gut würde und seine Frau das Medikament rechtzeitig bekommen würde, auch, wenn er gerade nicht wüsste, wie es so kommen sollte.

„Du kannst dir nur selber helfen", war Lille Lys Antwort. „Eigentlich ist es ganz einfach."

„Dann sag mir doch bitte, was ich tun kann?"

Lille Lys lächelte. „Sieh dir die junge Frau an, die dir gerade gegenüber steht."

Und das tat sie. Klar und deutlich stand sie vor ihr und überstrahlte die Alte mit ihrer Schönheit. Anfangs war der Anblick so schmerzlich für sie, dass sie sich immer wieder abwandte. Doch Lille Lys ermunterte sie, ihrem Blick standzuhalten. „Sieh dir diese wunderschöne Frau an. Du glaubst, sie ist ein eigenständiges Wesen, das getrennt von dir ist. Doch das ist nur eine Illusion. Sie ist DU. DU bist so wunderschön!"

„Nein, das kann nicht sein." Die Alte schüttelte immer wieder mit dem Kopf. „Es gab mal eine Zeit, da sah ich so aus wie sie. Schön, zart, mit wundervollem langen Haar und einfach unglaublich jung."

„Ja", sagte Lille Lys. „Und du bist es noch. Deine äußere Erscheinung hat sich vielleicht verändert, doch dein Wesenskern ist immer noch strahlend schön und jung. Das ist die Wahrheit. Die Lüge hast du dir selbst aufgetischt. Es ist die Lüge, dass dieses Wesen außerhalb von dir existiert."

Der Verstand der alten Hexe konnte alldem noch nicht ganz folgen, doch tief in ihrem Inneren wusste sie, dass der kleine Schneebold die Wahrheit sprach. Und nun wusste sie auch, wie sie sich selbst helfen konnte. Sie streckte ihre beiden alten runzeligen Hände aus und berührte damit die zarten Hände der jungen Frau. Dabei blickte sie ihr tief in die eisblauen Augen, bis ihre Blicke miteinander verschmolzen. Ein dichter Nebel legte sich auf die beiden Frauen und es roch für einen Moment nach Frühling, Sommer und Herbst, ehe der winterliche Duft von Schnee zurückkehrte. Der Nebel verschwand und vor den Augen des jungen Mannes und Lille Lys standen nun statt einer furchtbar alten, hässlichen und einer wunderschönen jungen Frau eine ältere Frau, deren Haut vom Wetter gegerbt und deren Körper vor körperlicher Anstrengungen ein wenig gebückt war. Doch ihre Augen funkelten wie zwei blaue Perlen und ihr Lächeln wirkte jugendlich und erfrischend schön.

Der kleine Schneebold war beeindruckt von dem Ereignis, welches sich gerade ereignet hatte. Und auch der junge Mann rieb sich immer wieder die Augen und war sich sicher, er hätte all das gerade geträumt.

Die Alte sah Lille Lys tief in die Augen. „Ich danke dir von ganzem Herzen, kleines Wunderwesen. Viele Jahre habe ich falsche Spiele gespielt, weil ich mich selber nicht mehr erkannt habe und ich einfach nur von anderen wahrgenommen werden wollte. Ich hatte meine Hoffnung schon aufgegeben, jemals wieder eine glückliche Hexe sein zu können. Und dann kamst du daher." Sie lächelte und wirkte einfach wunderbar zufrieden.

„Ich bin kein Wunderwesen. Ich bin ein Schneebold und hier auf die Erde gerieselt gekommen, um das große Weihnachtsrätsel zu entschlüsseln."

„Ah!" Nun ging der Alten wohl ein Licht auf. „Ich bin mir sicher, du bist auf einem guten Weg, kleiner Schneebold."

Etwas Schöneres hätte sie ihm nicht sagen können, denn Lille Lys hoffte sehr, dass es stimmte. Und dann würde er auch endlich seine Familie wieder in die Arme schließen können.

„Entschuldigung", sprach da der Wanderer. „Ich bin ganz verwirrt. Ich wollte doch nur nach Gamle Skagen, um dort in der Apotheke ein Medikament für meine Frau zu holen…"

„Geh nach Hause, guter Mann", sagte die Alte. „Deiner Frau geht es gut. Ich habe bereits für sie gesorgt."

Der Mann stellte keine Fragen. Er wusste, dass sie die Wahrheit gesprochen hatte. „Ich danke dir vielmals", sagte er immer wieder. Doch dann fiel ihm ein, dass er gar nicht wusste, in welche Richtung er gehen musste. Die Alte wies ihm den Weg und er ging schnellen Schrittes nach Hause. Lille Lys verabschiedete sich von der Alten und bat den Wind, ihn in die Lüfte zu erheben, sodass er den jungen Mann noch begleiten konnte.

Es dauerte nur eine gute dreiviertel Stunde, bis sie an sein Haus kamen. Die Frau stand bereits strahlend in der Tür und erwartete ihren Mann. Sie konnte noch gar nicht glauben, dass es ihr auf einmal wieder so gut ging, aber sie betrachtete es als ein wunderbares Wunder.

Lille Lys war furchtbar müde nach diesem Tag. Der Wind ließ ihn auf einen Baumwipfel nieder, wo er es sich gemütlich machte. So ein verrücktes Abenteuer hatte er bislang noch nicht erlebt. Er holte sein Schatzkistchen hervor und wartete auf das zwölfte Teilchen, das sich darin niederlassen sollte. Darauf standen die Worte „Wahrheit" und „Lüge".

13. Dezember

Ein paar zaghafte Sonnenstrahlen weckten Lille Lys an diesem 13. Dezembertag. Er schaute vom Baumwipfel, auf dem er die Nacht verbracht hatte, hinunter und sah ringsumher winzige Eiskristalle in der Sonne tanzen. Es war ein herrlicher Morgen und Lille Lys wartete gespannt auf seinen Freund den Wind, damit er ihn zu einem neuen Geheimnis führen würde.

Als es soweit war, wurde der kleine Schneebold in eine Art Tierpark geweht. Auf dem Eingangsschild stand in großen Buchstaben „Farm Fun". Scheinbar war es also mehr ein Bauernhof als ein Tierpark. Lille Lys entdeckte ein paar Ziegen und Schafe, graue Esel, einige Gänse und die ein oder andere Katze. Doch der Wind setzte ihn in keines dieser Gehege ab, sondern auf einer kleinen Koppel, auf der einige Pferde standen. Eines davon war ziemlich groß und äußerst beeindruckend. Es war ganz dunkelbraun und sein Fell glänzte wie frisch poliert.

Lille Lys landete direkt vor ihm auf dem Zaun. Und im selben Moment kam ein großer Van mit einem Anhänger herangefahren, der unmittelbar neben dem kleinen Schneebold und dem Pferd zum Stehen kam. Ein Mann stieg aus und öffnete zunächst das Gatter zur Koppel, ehe er anschließend ebenfalls den Anhänger öffnete, in dessen Inneren sich ein kleines Pony befand. Sein Fell war wunderschön: hellbraun mit schwarzen und weißen Flecken.

Vorsichtig zog der Mann es an einem Seil rückwärts hinaus und führte es auf die Koppel, wo er ihm das Seil abnahm und es seinem Schicksal überließ. Nach einem aufmunternden Klaps auf das Gesäß des Tieres, verließ der Mann die Koppel, setzte sich in seinen Van und fuhr weiter Richtung Hof.

Da stand es nun, das kleine Pony. Gegen die anderen Pferde war es wirklich sehr klein, besonders wenn man sich das beeindruckend große Pferd ansah, das nun unmittelbar neben ihm stand.

„Wer bist du denn? Und was willst du hier?" fragte es den Neuankömmling auch sofort in abschätzigem Ton.

Das kleine Pony sah den großen Hengst an und antwortete mit leicht zittriger Stimme: „Ich bin Lille*. Ich soll als Reittier hier eingesetzt werden."

Der Hengst wieherte laut: „Wer soll denn auf so einem kleinen Ding reiten wollen! Sieh mich an", er stellte sich in eine sehr gerade Position, sodass er noch um einiges größer wirkte. „Ich bin Stor*. Wenn die Menschen hierher kommen, dann sind sie jedes Mal begeistert von mir und wollen nur auf mir Platz nehmen."

Nun kamen ein paar andere Pferde hinzu. „Ach, gib doch nicht so schrecklich an", sagte eines von ihnen. Dann wandte es sich an Lille: „Nimm ihn nicht allzu ernst. Nur weil er besonders groß ist, meint er, ihm gehört die ganze Welt."

„Sei still du vorlaute Stute", ermahnte Stor sie. „Du weißt, dass der Bauer viel Geld allein durch mich verdient."

Und es schien zu stimmen, denn sofort verstummte die Stute und trabte ohne ein weiteres Wort davon. Auch die restlichen Pferde galoppierten auf die andere Seite der Koppel. Nur Lille stand noch da wie angewurzelt.

Ein paar Besucher betraten den Hof und schauten sich die unterschiedlichen Tiere an, die es dort gab. Es waren einige Erwachsene und auch etliche Kinder, die nach und nach an allen Gehegen und Ställen vorbeizogen. Als die ersten Besucher die Koppel erreichten, kam der Mann von vorhin, der wohl der Bauer dieses Hofes war, dazu und besprach etwas mit den Erwachsenen.

Stor sagte mit erhabener Brust zu Lille: „Pass genau auf. Jetzt wirst du sehen, dass sie nur gekommen sind, um auf mir ein paar Runden zu reiten. Sie lieben mich, weil ich so schön groß bin und so elegant glänze."

Lille Lys schüttelte ein wenig mit dem Kopf, als er Stor so reden hörte. Es war wirklich nicht nett, jemand neues so abschätzig zu behandeln und sich so gemein aufzuführen.

Der Bauer führte nun eine kleine Gruppe Besucher auf die Koppel und kam geradewegs mit ihnen auf Stor und Lille zu. Stor stellte sich in Pose und war bereit für seinen großen Auftritt. Doch die Besucher ließen ihn einfach links liegen und rankten sich stattdessen alle um Lille.

„Dies ist unser wunderschöner Neuzugang", erklärte der Bauer und streichelte dem Pony sanft über das Fell.

„Oh, ist der süß", hörte Lille Lys die Leute sagen. Besonders die Kinder konnten sich gar nicht von dem Pony trennen. „Darf ich auf ihm reiten?" fragten sie.

Der Bauer war sich nicht sicher, ob dies schon so eine gute Idee war, wo Lille doch gerade erst angekommen war und sich erstmal an alles gewöhnen musste. Also bot der Bauer stattdessen an, dass jeder von ihnen eine Runde auf Stor reiten könne. Doch die Besucher gaben nicht nach und so setzte einer nach dem anderen auf Lille auf. Und der fand es anfangs ganz wunderbar, denn gerade die Kinder juchzten vor Freude, wenn er mit ihnen langsam über die Koppel trabte. Mit einem etwas überheblich klingenden Ton sagte er irgendwann zu Stor: „Na, wer ist jetzt der Liebling der Besucher?!"

Stor war wütend und traurig zugleich. Er fühlte sich regelrecht überflüssig, gar abgestempelt und stand nun mit hängendem Kopf abseits der Masse.

„Kein besonders schönes Gefühl, stimmt`s?" sprach Lille Lys ihn nun an, denn er tat ihm schon ein wenig leid. Zumal die anderen Pferde sich alle sichtlich lustig über ihn machten.

„Kann man so sagen", antwortete er leise und mit zerknirschter Stimme. „Aber ich habe es wohl nicht besser verdient."

„Ach, so würde ich das nicht sagen. Aber besonders nett warst du wirklich nicht gerade zu Lille. Ich bin übrigens Lille Lys."

„Freut mich. Ich bin Stor."

Ein kurzes Schweigen entstand und sowohl Lille Lys als auch Stor schauten zu dem neuen Pony, das mitten auf der Koppel trabte und vor lauter Besuchern kaum noch eine

Verschnaufpause hatte. Mittlerweile sah es aber auch keineswegs mehr glücklich aus. Vor lauter hin und her Gerenne und ständigem auf- und absteigen der Leute, wirkte es schon furchtbar erschöpft. Der Bauer schien dies jedoch überhaupt nicht zu bemerken. Er warf nur immer wieder einen hocherfreuten Blick in seine Brieftasche, die mit jedem neuen Reiter an Volumen gewann.

„Ich denke, Lille könnte ein wenig Hilfe gebrauchen", stellte Lille Lys fest und sah Stor dabei auffordernd an.

„Von mir will er bestimmt keine Hilfe, so gemein, wie ich ihn behandelt habe."

„Jeder macht mal einen Fehler. Aber schau dir das kleine Pony an. Es hat einfach keine Kraft mehr und der nächste Besucher, der schon auf einen Ausritt wartet, ist ganz schön groß und kräftig. Unter der Last bricht Lille sicherlich bald zusammen."

Das sah Stor ein, denn der nächste Reiter war ein ausgewachsener, stämmiger Mann, der nicht aussah, als wüsste er, wie man anständig auf einem Paarhufer saß.

Also setzte sich Stor langsam in Bewegung und trabte auf den, vor Anstrengung schnaubenden Lille zu.

„Hey Lille", rief er dem Pony zu. „Kann ich dir vielleicht helfen?" Und bevor er eine Antwort bekam, fügte er noch schnell hinzu: „Es tut mir sehr leid, wie ich dich heute begrüßt habe. Manchmal bin ich nicht nur ein großer Hengst, sondern auch noch ein großer Idiot." Er lächelte Lille an und erhielt auch tatsächlich ein Lächeln zurück. „Ist schon vergessen. Ich wäre sehr dankbar, wenn du mir helfen würdest."

Als der Gast von Lilles Rücken stieg, machte sich schon der kräftige Mann bereit, aufzusitzen. Doch Stor rief Lille zu: „Lauf. Lauf einfach immer weiter und bleib nicht stehen, dann geben sie es bald auf."

Und Stor hatte Recht. Natürlich wollte der Mann gerne auf dem Pony reiten, doch nachdem dieses immer wieder davon lief, stieg er schließlich auf den Rücken des Hengstes.

Nach dem Ritt waren keine weiteren Besucher mehr zu sehen und der Bauer schloss das Gatter hinter sich zu. Mittlerweile setzte auch tatsächlich schon wieder die Dämmerung ein. Stor und Lille galoppierten zu Lille Lys.

„Darf ich vorstellen", sagte Stor zu Lille und zeigte auf den kleinen Schneebold. „Das ist Lille Lys. Er hat mich ermuntert, dir meine Hilfe anzubieten."

„Hallo", begrüßte ihn Lille. „Dann danke ich dir vielmals dafür. Wäre Stor nicht gekommen, wäre ich jetzt vermutlich vollends am Boden. Ich weiß gar nicht, wie ich noch einmal einen solchen Tag überstehen soll."

„Ja, das ist manchmal wirklich kein Zuckerschlecken", stellte Stor fest. „Von Groß über klein, dick und dünn ist wirklich alles dabei, was da so auf dem eigenen Rücken Platz nehmen will."

„Ich hätte da schon eine Idee", sagte Lille Lys.

„Und die wäre?" Stor und Lille sahen Lille Lys gespannt an und mussten ein wenig darüber lachen, dass beiden gerade zeitgleich dieselbe Frage über die Lippen kam.

„Ihr könntet euch doch gut aufteilen. Immer wenn Kinder zum Reiten herkommen, ist Lille ein sehr guter Ansprech-

142

partner. Und die Erwachsenen sind eine wunderbare Aufgabe für dich, Stor. So ist niemand von euch beiden über - oder unterfordert."

„Das ist ja eine großartige Idee", fand Stor und Lille pflichtete ihm sofort bei.

Während sie so in ihren Überlegungen versunken waren, kamen auch die anderen Pferde herangetrabt.

„Na Stor", die Stute richtete ihren Blick fest auf den Hengst. „Bist wohl nicht mehr der Mittelpunkt der Welt."

„Du kannst es nicht lassen, meine Hübsche, ne?!"

Nun hafteten ihre Blicke gegenseitig aufeinander und ein Lächeln umspielte ihre Nüstern. „Aber genau für dein vorlautes Mundwerk liebe ich dich", flüsterte Stor, trabte auf die Stute zu und schmiegte sich eng an sie.

Dann stellte er allen den Neuankömmling vor und er wurde warmherzig von allen aufgenommen.

Lille Lys war recht froh, dass sein heutiges Abenteuer so unspektakulär verlaufen war, denn der vorige Tag steckte ihm noch ganz schön in den Gliedern.

Und als hätte der Wind geahnt, wie müde der kleine Schneebold war, hob er ihn in die Lüfte und wollte ihn gerade in einen geschützten Wald bringen, als Lille sagte: „Lille Lys, ich danke dir, dass du so umsichtig warst und gesehen hast, dass ich Hilfe brauchte."

„Das habe ich gerne getan. Tschüss, Lille. Hab eine gute Zeit hier!"

„Ich möchte mich auch noch einmal bei dir bedanken", sagte Stor. „Manchmal ist es gut, wenn jemand da ist, der einem hilft, über seinen eigenen Schatten zu springen. Und ich freue mich, einen neuen Partner hier an meiner Seite zu haben." Dabei sah er Lille an und zwinkerte ihm freudestrahlend zu. Dann sah er noch einmal zu dem kleinen Schneebold. „Mach´s gut, Lille Lys."

„Auf Wiedersehen, ihr Lieben!" sagte Lille Lys und flog mit dem Wind in den nahegelegenen Wald, um sich dort zur Ruhe zu legen.

Und während er schlief, kam das dreizehnte Puzzleteil herbei geschwebt, auf dem die Worte „Groß" und „Klein" standen.

14. Dezember

*A*m heutigen Tag kam der Wind erst in den Mittagsstunden herangeweht. Lille Lys begrüßte ihn freudig und machte sich bereit für seinen neuen Ausflug. Der Wind hob ihn in die Lüfte, wehte ihn hinaus aus dem Wald, hinweg über zugeschneite Wiesen und Felder, bis sie schließlich mitten in einer großen Stadt angelangt waren. Der Wind blies nun ein wenig schwächer und beförderte Lille Lys direkt an ein hohes, geöffnetes Fenster eines beeindruckenden und äußerst weihnachtlich geschmückten Hauses. Es war aber nicht so ein Haus, in dem man wohnte, stellte Lille Lys bei genauerer Betrachtung fest. Über dem Eingang, der aus zwei riesigen Flügeltüren bestand, prangte in großen Buchstaben: THEATER.

Ein Theater kannte Lille Lys, denn dort, wo er mit seiner Familie lebte, gab es so etwas auch. Allerdings sah es doch ganz anders aus. Hier, in diesem Theater sah Lille Lys direkt in einen großen Saal, der mit roten Sesseln ausgestattet, und mit festlich, Gold glänzenden Wandgemälden bestückt war. Bei sich oben im Wolkenreich war alles viel kleiner, die Sessel waren aus weißer Watte und der komplette Saal glänzte so, als wäre er aus Zuckerguss.

In diesem Saal konnte Lille Lys eine Gruppe unterschiedlicher Musiker sehen und so, wie er es beurteilen konnte, sah diese Musikergruppe aus, wie ein großes Orchester.

Etwas an dem Anblick irritierte Lille Lys, doch wusste er zunächst nicht genau, was es wohl war. Er rollte ein Stückchen näher an die Fensterinnenseite heran, um sich einen besseren Überblick zu verschaffen. Und nun wurde ihm klar, was ihn so irritiert hatte.

Die Musiker des Orchesters gestikulierten wild herum, wirkten aufgeregt und äußerst verärgert.

Was mag dort bloß passiert sein, dass sie so außer sich sind, fragte sich Lille Lys. Er konnte anfangs nur ein paar vereinzelte Sätze einfangen, die so ähnlich waren wie „Der hat doch noch nie so schlecht gespielt" oder „Hat deine Frau dir heute-morgen Weichspüler in deinen Kaffee gekippt?" ...

Doch mit der Zeit wurde für Lille Lys immer offensichtlicher, dass die Männer, es waren ausschließlich Männer, sich über ein Musikstück stritten. Der Dirigent versuchte nun, sein Orchester wieder unter Kontrolle zu bekommen.

„Silencio!" rief er ein wenig nervös in den Raum hinein. „Bitte, meine Herrschaften. Wir versuchen es einfach noch einmal." Dabei zog er ein weißes Stofftaschentuch aus seiner Brusttasche und tupfte sich die schweißnasse Stirn. „Wir haben noch eine Stunde", stellte er bei einem Blick auf seine Uhr fest. „In einer Stunde kommen die Gäste und alles muss vollkommen sein."

Er zückte seinen Dirigentenstab, klopfte damit drei Mal an seinen Notenständer und gab den Spieleinsatz an.

„Oh nein", hörte Lille Lys eine Stimme. „Er hat es glatt schon wieder getan." Lille Lys sah sich um, denn er wollte wissen, wer da gesprochen hatte. Als er niemanden entdecken konnte, fragte er vorsichtig in die Luft hinein: „Wer spricht denn da? Und wer hat was schon wieder getan?"

„Na, ich", sagte die Gestaltlose Stimme. „Perfektion*. Kennst du mich denn nicht?"

„Nein, ich glaube nicht", antwortete Lille Lys. „Wo bist du denn?"

„Du kannst mich nicht sehen. Ich bin die Melodie", sprach sie und klang dabei wunderbar erhaben. „Doch dieser Dirigentenstock Fejl* baut lauter Fehler in meine Melodie." In genau diesem Moment erklangen tatsächlich grausame Töne aus dem Orchester. Die Harfe gab einen verzerrten Ton von sich, die Flöten quietschten nur so und die Violinen setzten mitten im Stück abrupt aus.

Es war so schrill, dass Lille Lys sich für einen Moment die Ohren zuhalten musste. Der Dirigent wurde langsam immer blasser, denn er verstand überhaupt nicht, was denn gerade schieflief. Er unterbrach das komplette Orchester und bat noch einmal um äußerste Konzentration.

„Jetzt sieh genau hin", hörte Lille Lys die Perfektion zu ihm sagen, also richtete er seinen Blick nur auf den Dirigentenstock.

„Das gibt es doch nicht", entfuhr es ihm sichtlich aufgebracht. Der Dirigent hielt den Stock in seiner rechten Hand und tippte, wie schon eben zuvor, drei Mal mit dem Stock gegen den Notenständer. Dabei schnappte sich der Dirigentenstock fast unbemerkt eine kleine Note aus dem Notenblatt und brachte so die Melodie Perfektion in immer größere Schieflage. Denn so verrückt es klingt, sobald eine Note vom Blatt des Dirigenten verschwunden war, so verschwanden sie ebenfalls wie von Zauberhand auf allen Notenblättern der Musiker. Perfektion begann leise vor sich hin zu schluchzen, denn sie konnte nichts gegen den hinterlistigen, vollkommen in schwarz gehüllten Fejl ausrichten.

Lille Lys überlegte einen kleinen Moment, dann hatte er eine Idee, wie er Perfektion helfen könnte. Allerdings war diese Sache, die er sich da ausgedacht hatte, nicht ganz so ungefährlich für ihn. Er würde in den großen Saal hineinrollen müssen, um direkt zu Fejl zu gelangen. Das Risiko, das dabei für Lille Lys entstand, lag dabei klar auf der Hand. Wäre es zu warm in dem Raum, oder würde ihn irgendjemand in die Hände nehmen, würde er schmelzen und zurück in sein Wolkenreich kehren müssen. Und das wollte er unter keinen Umständen.

Trotzdem sah er es als seine Pflicht an, Perfektion zu helfen, denn die Vollkommenheit, die sie verkörperte, bestand nun einmal aus perfekt aneinandergereihten Noten.

Lille Lys bewegte sich einige Male ruckartig vor und zurück, um den nötigen Schwung zu bekommen. Beim dritten Anlauf hatte er es dann endlich geschafft, flog durch das Fenster hinein und landete tatsächlich genau vor den Füßen des Dirigenten. Dieser war, ebenso wie der Rest des Orchesters, so in Aufregung, dass er Lille Lys gar nicht bemerkte. Fejl, der seinen Namen absolut zu recht trug, denn er baute wirklich mit großem Spaß allerlei Fehler überall ein, sah sich das Spektakel um ihn herum genüsslich an und grinste schadenfroh. Das machte Lille Lys so ärgerlich, dass er sogleich zu dem Stock emporrief: „Hey, du!" Der Stock schien ihn nicht gehört zu haben, also versuchte Lille Lys es noch ein weiteres Mal. Diesmal war es dann auch so laut, dass der Dirigentenstock in Lille Lys Richtung sah. „Hast du was gesagt?", er warf Lille Lys einen eiskalten Blick zu. „Du kleiner Wattebausch?"

Dann drehte er sich wieder zum Orchester hin und ließ seiner Schadenfreude weiter freien Lauf. Doch so schnell gab Lille Lys nicht auf.

„Ich habe genau gesehen, was du hier für ein ungerechtes Spiel treibst", rief er. „Das wirst du noch bitter bereuen, wenn du deine Fehler nicht rückgängig machst."

Der Stock sah Lille Lys mit weit aufgerissenen Augen an und ließ ein grimmiges Lachen ertönen. „Willst du mir etwa drohen?" erkundigte er sich gespielt verängstigt. „Was willst du schon gegen mich ausrichten?" Er hob eine Augenbraue hoch, machte sich Kerzengerade und verzog seinen Mund zu einem schiefen Grinsen.

„Ich?" erwiderte Lille Lys ganz unschuldig und zog das Wort so lang, dass der Stock seine Aufmerksamkeit diesmal nicht sofort wieder abwandte. Lille Lys fuhr fort: „Ich will gar nichts ausrichten. Aber du würdest dich wundern, was passiert, wenn Perfektion so schrill bleiben müsste."

„Na, da bin ich aber gespannt", entgegnete der Dirigentenstock.

„Hast du denn noch nichts von der Geschichte des Kopflosen Dirigentenstocks gehört?"

Der Stock überlegte einen Moment doch ihm fiel keinerlei Geschichte ein. Und das konnte es auch nicht, denn Lille

Lys hatte sie sich gerade erst ausgedacht. Aber das konnte der Dirigentenstock natürlich nicht wissen.

„Erzähl doch mal", forderte der Stock ihn auf und wirkte noch immer sehr überlegen. Da sponn Lille Lys seine Geschichte fort:

„Diese Geschichte hat sich vor gar nicht allzu langer Zeit hier in der Gegend abgespielt. Der Dirigent hatte auch ein Orchester zu führen, so wie dein Dirigent hier", und er blickte auf den nervös gestikulierenden Mann im schwarzen Anzug, der den Dirigentenstock immer noch fest in seiner rechten Hand hielt. „Irgendwie war ihm kurz vor der Uraufführung sein eigentlicher Dirigentenstock verloren gegangen, doch wie der Zufall es wollte, fand er im hintersten Eckchen des Theaters noch einen Stock. Allerdings war diesem bereits der Kopf abhandengekommen. Er konnte also nicht mehr sehen, welche Noten er dirigieren sollte. Der Dirigent ahnte das natürlich nicht und als die Aufführung begann, nahm das Schicksal seinen Lauf. Der arme kopflose Dirigentenstock dirigierte so wüst, dass den Zuschauern ganz schlecht wurde und sie empört den Konzertsaal verließen."

„Na und", warf der Dirigentenstock nun ein. „Ich verstehe nicht, worauf du hinaus willst."

„Das ist doch ganz offensichtlich", sagte Lille Lys mit einem wichtigen Gesichtsausdruck dabei. „Natürlich wollten alle Zuschauer ihr Geld zurückbekommen. Die Kritiken in den Zeitungen waren so verheerend, dass der Dirigent fristlos entlassen wurde und auch sonst nirgendwo mehr eine neue Stelle bekam."

„Ich verstehe es immer noch nicht", drängelte der Stock nun etwas unbeherrscht.

„Das liegt doch nun wirklich auf der Hand", entgegnete Lille Lys. „Der Dirigent packte all seine Sachen, auch den Dirigentenstock, den er kurz vor der Aufführung verloren hatte, verließ das Theater und ging wie ein gebeutelter Mann in seine kleine Hütte. Dort zündete er ein hübsches Feuer im Kamin an und verbrannte sowohl den kopflosen, als auch seinen treuen Dirigentenstock."

Der Dirigentenstock war auf einmal ganz blass um die hölzerne Nase geworden und sah Lilly Lys erschrocken an. „Oh nein", rief er. „Aber die Stöcke konnten doch gar nichts dafür, dass das alles so schief gelaufen ist. Den verlorenen Stock hatte der Dirigent doch einfach nur verlegt und der kopflose Stock hatte es einfach nicht mehr besser gekonnt."

„Ja", sagte Lille Lys. „Die beiden konnten wirklich nichts dafür. In deinem Fall sähe das aber ganz anders aus, denn du hast diese Fehler absichtlich eingebaut."

Der Dirigentenstock wirkte jetzt doch ziemlich panisch, denn die Vorstellung, in einem Feuer zu verbrennen, fand er ganz und gar nicht besonders reizvoll.

„Ich möchte es gerne wieder gut machen", hörte Lille Lys ihn leise sagen. Dabei sah er Lille Lys fest in die Augen und bat: „Du müsstest mir aber dabei helfen. Ich kann es nicht alleine schaffen."

„Wie soll ich dir denn dabei helfen können?" fragte Lille Lys ein wenig verwundert.

„Du könntest die Noten wieder einsammeln und ich dirigiere dir genau, wohin sie auf dem Notenblatt gehören." Perfektion, die die ganze Unterhaltung aufmerksam verfolgt hatte, meldete sich nun auch zu Wort: „Ich weiß, wo die Noten sich in ihrer Not versteckt haben." Sie navigierte Lille Lys durch den Saal und so konnte er eine Note nach der anderen wieder einsammeln. Er war erstaunt, dass nur insgesamt vier Noten vom Blatt verschwunden waren, denn der Schaden, den dies angerichtet hatte, klang erheblich verheerender.

Gerade, als der Dirigent wieder nervös auf seine Uhr sah und feststellte, dass nur noch wenige Minuten bis zur Aufführung blieben, setzte Lilly Lys die letzte Note auf das Blatt.

„Also, meine Herren", ertönte die merklich nervös klingende Stimme des Dirigenten. „Wir versuchen es ein letztes Mal." Der Schweiß rann ihm jetzt über das ganze Gesicht und er war blass wie eine weiße Wand. Er erhob Fejl, tippte ihn drei Mal an seinen Notenständer und gab den Einsatz vor.

Das Orchester begann zu spielen und Lille Lys hielt erstaunt den Atem an. So wundervolle Klänge hatte er selten gehört in seinem Leben. So vollkommen und harmonisch. Er sah den Dirigenten an, der sich sichtlich entspannte und mit Freude durch das komplette Musikstück hindurchführte. Dann sah er zu Fejl, der seine Lektion wohl gelernt hatte und nie wieder absichtlich Fehler irgendwo einbauen würde Wenn sich ein Fehler mal aus Versehen einschlich, so war es der Lauf der Dinge, doch absichtlich etwas Vollkommenes zu zerstören, war einfach nicht in Ordnung und blieb niemals ohne Folgen.

Und Perfektion? Sie bedachte Lille Lys mit einem herzlichen Lachen, das tief aus ihrer Melodie-Seele kam.

Lille Lys bemerkte, dass es nun an der Zeit für ihn war, sich wieder nach draußen zu begeben, denn er spürte, wie seine oberste Schneeschicht langsam etwas wässrig wurde. Er begann offensichtlich, ein klein wenig zu schmelzen und bevor noch größerer Schaden entstand, bat er den Wind, ihn irgendwie aus diesem Theatersaal heraus zu pusten.

Diese Bitte erfüllte der Wind ihm gerne und Lille Lys hatte wirklich Glück. Denn nur einen Moment, nachdem der Wind ihn aus dem Fenster geweht hatte, schloss es jemand von innen zu, damit die kalte Luft den Saal nicht noch unnötig auskühlte.

Der Wind blies Lill Lys bis zum Waldrand, wo der kleine Schneebold sich einen gemütlichen Platz unter einer Baumwurzel suchte und bald müde, aber glücklich einschlief. Vom Himmel segelte derweil das vierzehnte Puzzlestück, auf dem die Worte „Vollkommen" und „Fehler" standen.

15. Dezember

Die Sonne war noch nicht ganz aufgegangen, da kam der Wind an diesem Tag schon in die hinterste Ecke der Baumwurzel geweht, unter der Lille Lys die Nacht verbracht hatte. Ganz verschlafen rieb er sich die Augen. Zu gerne hätte er noch ein Weilchen weiter geschlafen, doch er wusste, wenn der Wind ihn holen wollte, so tat er es auch. Also rollte er hinaus in den dicken Schnee und machte sich bereit für seinen nächsten Ausflug.

Weit kam er allerdings nicht. Direkt sieben Bäume weiter landete er vor einer alten Tanne, die sich im Wind eindrucksvoll hin und her bewegte. Am Fuße ihres Stammes sah Lille Lys ein paar Lichtstrahlen aus ihrem Inneren scheinen. Er rollte ein wenig näher und blieb vor einem kleinen Fenster stehen. Eigentlich wollte er gar nicht hindurch sehen, denn er wollte nicht neugierig erscheinen. Doch hatte er das Gefühl, dass ihn hinter der Scheibe ein neues Geheimnis erwartete.

Sein Blick fiel auf ein kleines Bett aus Holz, in dem ein Zwerg lag, der bereits sehr alt zu sein schien und einen langen grauen Bart trug. Neben dem Bett saß ein junges Zwergenmädchen, das so aussah, als könnte sie die Enkelin des Zwerges sein. Sie hielt eine Schale mit Suppe in der Hand und versuchte, den alten Zwerg damit zu füttern. Dieser schüttelte jedoch mit dem Kopf und signalisierte ihr damit klar, dass er die Suppe nicht essen wolle. Er wandte seinen Blick zum Fenster und entdeckte Lille Lys, der ihm ungewollt direkt in die trüben Augen sah. Dem kleinen Schneebold war es sehr unangenehm, dass er quasi beim Spionieren ertappt worden war und errötete leicht. Schon wollte er sich zum Gehen wenden, doch der Alte lächelte ihm entgegen und winkte ihn herein.

Nun schaute auch das Zwergenmädchen zum Fenster und blickte den kleinen Schneebold mit erstaunten Augen an. Der alte Zwerg sagte etwas zu ihr, doch konnte Lille Lys durch das geschlossene Fenster nichts verstehen.

Im nächsten Augenblick sprang das Zwergenmädchen von ihrem Sessel auf, um nur wenige Sekunden später die Tür aufzumachen und Lille Lys hineinzubitten.

„Guten Morgen", begrüßte sie den kleinen Schneebold. „Komm doch zu uns herein. Mein Großvater hat dich draußen erblickt und würde sich sehr über deinen Besuch freuen."

Lille Lys zögerte einen Moment, denn zum einen kannte er die Beiden schließlich nicht und wollte nicht stören, zum anderen hatte er Bedenken, es könne zu warm in der guten Stube für ihn sein.

„Keine Angst", sagte das Zwergenmädchen, als könne sie seine Gedanken erraten. „Bei uns ist es schön kühl. Denn wir sind richtige Winterzwerge, die eisige Temperaturen gerne mögen. Lediglich die Kerzen geben ein wenig Wärme ab." Mit freundlichen, warmen, aber irgendwie auch traurigen Augen sah sie Lille Lys an. „Und mein Großvater, das musst du wissen, liebt Besuch."

Der kleine Schneebold spürte, dass er hier wohl wirklich willkommen war und betrat die liebevoll eingerichtete Stube der Beiden.

Doch obwohl alles so gemütlich und freundlich wirkte, spürte Lille Lys ein merkwürdiges Ziehen in seiner Brust, das er einfach nicht einordnen konnte. Das Zwergenmädchen zeigte auf einen weiteren Sessel, der am Fußende des Bettes stand und bot ihm dort den Platz an.

„Hallo, mein Freund", hörte er den alten Zwerg sagen. „Ich habe schon auf dein Kommen gewartet." Seine Stimme war rau und sehr leise, so, als ob ihn das Sprechen große Anstrengung kostete.

„Du hast auf mich gewartet?" Ungläubig starrte Lille Lys ihn an. „Aber du kennst mich doch gar nicht."

„Du bist doch der kleine Schneebold Lille Lys, richtig?"

„Ja", gab der kleine Schneebold zu. „Aber…"

Weiter kam er nicht, denn da sprach der Alte schon weiter: „Ich kenne deine Großmutter gut. Sie hat gesagt, dass du uns besuchen würdest. So, wie deine Eltern und deine Geschwister es auch schon getan haben." Ein Lächeln legte sich auf sein, von Falten durchfurchtes Gesicht. Noch einmal setzte er zum Sprechen an, doch statt Worten kam nur ein furchtbares Husten über seine Lippen.

Sofort war seine Enkelin zur Stelle und hielt ihm eine Tasse frischen Wurzeltee an den Mund.

„Du musst entschuldigen", wandte sie sich Lille Lys zu. „Mein Opa ist schon recht schwach." Liebevoll strich sie ihm mit der freien Hand über die Stirn. „Eigentlich wäre seine Zeit schon längst gekommen, aber er wollte dich unbedingt noch sehen, bevor es soweit ist."

Irgendwie verstand der kleine Schneebold überhaupt nichts von dem, was hier vor sich ging. Woher konnte denn der alte Zwerg wissen, dass er kommen würde, wo er es selber nicht einmal gewusst hatte. Welche Zeit war gekommen und woher kannte er Mor Mor?

„Du hast sicherlich viele Fragen", sagte der Zwerg. „Was hältst du von einer schönen Tasse heißer Schokolade und dazu ein paar Staubzuckerkekse und dann erzähle ich dir, wie ich deine Großmutter kennengelernt habe?"

„Ihr kennt Staubzuckerkekse?" Lille Lys stand die Begeisterung förmlich ins Gesicht geschrieben.

„Natürlich", sagte das Zwergenmädchen. „Deine Großmutter hat meiner Oma vor vielen Jahren das Rezept gegeben und seit sie nicht mehr hier ist, backe ich sie jeden Winter."

Mit diesen Worten wandte sie sich ab und ging in die kleine Kochnische und bereitete einen Teller mit Staubzuckerkeksen und zwei Tassen heiße Schokolade mit Sahnehaube zu.

Als sie zurückkam, stellte sie alles auf einen kleinen Holztisch, setzte sich in ihren Sessel und sah ihren Großvater an. „Fühlst du dich gut genug, die Geschichte zu erzählen?" Dabei hielt sie die rechte Hand ihres Großvaters in ihren Händen und schenkte ihm, wie eben zuvor, ein warmes Lächeln.

„Natürlich", erwiderte er. Dabei sah er zunächst seine Enkelin an und dann Lille Lys. „Deine Großmutter kam vor vielen, vielen Jahren an diesen Ort. Damals war ich noch ein junger Zwergenmann. Ich lebte gemeinsam mit meiner Familie hier und hatte alles, was ein Zwergenmann so zum Leben brauchte: ein Dach über dem Kopf, etwas zu essen, jede Menge Freunde und eine gute Arbeit. Doch eines fehlte mir zu meinem Glück: eine Zwergenfrau. Weit und breit gab es aber in den skandinavischen Wäldern kein Mädchen, das mir so sehr gefallen hätte, dass ich sie zur Frau hätte nehmen wollen.

Eines späten Abends stand ich vor unserem Baumhaus und schaute in den tiefblauen Nachthimmel und war fasziniert von den vielen tausend Sternen, die mir da entgegenfunkelten. Und unter all den tausenden und abertausenden Sternen entdeckte ich einen, der so hell strahlte und mich auf magische Weise faszinierte, dass ich mir seine Position genauestens einprägte und ihn von da an jede Nacht ansah, sobald sich die Dunkelheit über die Wälder legte."

Der Großvater räusperte sich und ein Strahlen funkelte in seinen alten müden Augen. „Dieser eine Stern wurde mein Lichtblick in der Nacht und meine Vorfreude am Tag.

Meine Familie hielt mich schon für völlig verrückt, weil ich stundenlang einfach nur dasaß und in den Himmel zu diesem einen Stern sah. >Man könnte meinen, du hättest dich verliebt< sagten sie immer. Und sie hatten Recht. Da war ein Kribbeln in meinem Bauch, das ich niemals zuvor so vehement gespürt hatte. Da war eine Sehnsucht tief in mir, die von Tag zu Tag stärker wurde. Ich hatte mich tatsächlich in einen Stern verliebt."

„Das klingt schön", sagte Lille Lys. „Wie ging es denn weiter? Und was hat meine Großmutter mit der Geschichte zu tun?"

„Weißt du, kleiner Schneebold, nachdem ich viele glückliche Nächte unter meinem hellen Stern verbracht hatte, wurde ich mit der Zeit irgendwie immer trauriger, denn meine Sehnsucht wurde immer größer, weil der Stern unerreichbar schien. Schließlich lebten wir in zwei unterschiedlichen Welten und jeder um mich herum hielt es für unmöglich und undenkbar, dass ein Zwerg und ein Stern jemals zusammenkommen könnten.

Ich bemerkte, dass, je trauriger ich wurde, der Stern an Strahlkraft verlor. Also versuchte ich, wieder fröhlich zu sein, doch es gelang mir nicht. Meine Sehnsucht war einfach zu groß. Irgendwann war ich so furchtbar traurig, dass ich meinen wunderschönen Stern gar nicht mehr am Nachthimmel entdecken konnte."

Der Zwerg hielt einen Moment inne, nahm einen Schluck von seinem Wurzeltee und sah mit einem sehnsüchtigen Blick aus dem Fenster. „In meiner Verzweiflung richtete ich in einer dunklen Nacht meinen Blick in den Himmel und wartete auf ein Zeichen. Ich wusste selber nicht einmal, auf was für ein Zeichen ich da überhaupt wartete, aber ich wartete."

„Und", Lille Lys sah ihn gespannt an. „Hast du ein Zeichen bekommen?"

Wieder war da ein warmes Funkeln in den Augen des alten Zwerges. „Oh ja, Lille Lys, mein Warten war nicht vergebens, denn plötzlich zog eine Sternschnuppe am Firmament vorbei und flüsterte mir zu >Wünsch dir etwas, Farvel*. Wünsche es dir jetzt!< Das tat ich dann auch auf der Stelle. Denn es gab nur einen Wunsch, den ich hatte: ich wollte mit meinem Stern zusammen sein – für immer. Ganz egal, was andere davon hielten."

„Ach Großvater", schluchzte das Zwergenmädchen leise. „Erzähl weiter. Die Geschichte ist so wunderschön."

Mit rauer, leiser Stimme fuhr der Großvater fort: „Gleich nachdem ich meinen Wunsch geäußert hatte, wurde es klirrend kalt um mich herum und es fing ganz furchtbar stark an zu schneien. Unter den Schneeflocken war eine dabei, die so viel größer war als alle anderen, weshalb sie mir schon von weitem auffiel.

„War das meine Mor Mor?", wollte Lille Lys nun wissen.

„Ja, kleiner Schneebold. Es war tatsächlich deine Großmutter, die da vom Himmel gerieselt kam."

„Aber wir sind gar keine Schneeflocken", stellte der kleine Schneebold richtig.

„Das hat deine Großmutter auch gesagt, als wir uns kennenlernten." Ein verschmitztes Lächeln trat nun auf sein altes Gesicht. Dann erzählte er weiter.

„Sie kam nicht alleine auf mich zugerieselt. An ihrer Schneeboldhand hielt sie eine zarte Hülle, die die Form eines Sterns hatte. Und obwohl jeglicher Glanz aus ihr gewichen war, erkannte ich sie sofort wieder. Es war mein Stern, der so viele Nächte lang über mir geleuchtet und in den ich mich so unsterblich verliebt hatte.

>Du bist es wirklich< stammelte ich und berührte die Sternenhülle ganz vorsichtig mit meinen Fingern.

>Ja< hauchte sie mir entgegen. >Ich musste einfach zu dir kommen, denn ich konnte deinen traurigen Anblick nicht mehr ertragen. Es hat mich selber so traurig gemacht, dass wir so weit voneinander entfernt waren. <

Dann sahen wir uns einfach eine lange Zeit an und versanken gegenseitig in unseren Blicken. Schließlich brach ich das Schweigen und sagte >Ich bin übrigens Farvel<. Sie lächelte mich an und sagte nur: >Ich weiß. Und ich bin Begynder*<.

Wie ein Blitz fuhr es plötzlich heftig durch meinen Körper, denn auf einmal wurde mir klar, dass wir keine gemeinsame Zukunft haben könnten. In meinem Kopf hallten immer wieder nur die Worte Abschied und Anfang, denn das waren die Bedeutungen unserer Namen.

>Ja, Abschied und Anfang< bestätigte der Stern und riss mich damit aus meinen Gedanken, die ich scheinbar laut geäußert hatte."

Meine Freude, den Stern direkt vor mir zu haben, verschwand gänzlich und ich sah nur noch die Tatsache vor mir, dass ein Zwerg und ein Stern niemals zusammen sein könnten. Anfang und Abschied passten einfach nicht zusammen, waren nicht miteinander zu vereinen. Also sah ich dem Stern fest in die Augen und sagte >Du solltest jetzt wieder zurück an den Nachthimmel fliegen. Ich muss jetzt zu-

rück ins Haus< Mit diesen Worten wandte ich mich tatsächlich ab und stapfte durch den hohen Schnee zu unserem Baumhaus.

>Dann hast du dir eben nicht gewünscht, für immer mit dem Stern zusammen zu sein, egal, was andere davon halten? < hörte ich die Stimme deiner Mor Mor zu mir sagen.

>Woher weißt du, was ich mir gewünscht habe? <

>Nun, die Sternschnuppe hat mich gebeten, Begynder heile zu dir zu bringen und dafür zu sorgen, dass der Übergang möglichst reibungslos verläuft. <

In mir herrschte auf einmal nur noch Chaos. Man sollte sich immer gut überlegen, was man sich wünscht, denn manchmal erfüllt es sich dann so schnell, dass es einen glatt überfordert."

Für einen kurzen Moment wurde es still in dem kleinen Zwergenstübchen. Der Großvater zog seine Bettdecke ein wenig höher und ein Frösteln durchzuckte ihn.

„Dann hast du dir gar nicht gewünscht, dass ihr zusammen sein könnt?" fragte Lille Lys vorsichtig.

„Oh doch, das habe ich. Niemals in meinem Leben habe ich mir etwas so sehr gewünscht wie das! Aber mein Verstand wollte nicht wahrhaben, dass Wünsche tatsächlich in Erfüllung gehen können, wenn man nur ganz fest daran glaubt. Also sagte ich deiner Großmutter, dass sie Begynder wieder zurück begleiten soll. Dass das mit uns Beiden niemals etwas werden würde.

Begynder, die sich die ganze Zeit über nicht einmal mehr gerührt hatte, sank plötzlich in sich zusammen. Etwas in mir geriet völlig in Panik und mich überkam eine schreckliche Angst. Ich hatte Angst, meinen liebsten Stern, meine wunderbare Begynder für immer verloren zu haben, denn sie lag da im Schnee wie tot."

Der Alte schluchzte leise auf, als die Erinnerung in ihm aufstieg. „Sofort lief ich hin zu ihr, berührte sie und hoffte, sie würde ein Lebenszeichen von sich geben. Aber da war nichts. Ihre Augen waren geschlossen und keine Regung war zu erkennen.

Tränen überströmten mein Gesicht, denn ich wusste, dass sie den weiten Weg extra nur für mich auf sich genommen hatte und ich hatte sie aus Angst einfach wieder weg schicken wollen.

>*Schau her*<, sagte deine Mor Mor plötzlich zu mir. In ihrer einen Hand hielt sie ein winzig kleines Licht, das aussah, wie ein goldenes Samenkorn. In der anderen Hand hatte sie einen Stock, mit dem sie nun im Schnee eine Zwergenfrau einzeichnete.

>*Du hast jetzt die Wahl: möchtest du wirklich, dass ich Begynder zurück in den Sternenhimmel bringe oder möchtest du, dass dein Wunsch in Erfüllung geht und du für immer mit ihr zusammen sein kannst?* <

Ich beugte mich, immer noch weinend, über die leblose Sternenhülle und schluchzte: >*Es tut mir so leid, meine liebste Begynder! Wie konnte ich nur so hart und gemein sein? Ich möchte mit dir zusammen sein. Du, der Anfang, und ich, der Abschied. Irgendwie wird es schon gehen.* < Während meine Tränen auf die Sternenhülle fielen, hob sich das winzig kleine Licht aus der Hand deiner Großmutter empor und schwebte sanft auf die gezeichnete Zwergenfrau im Schnee herab. Mir kam es vor wie ein merkwürdiger Traum und ich schloss für einen Moment meine Augen, um einen klaren Gedanken fassen zu können. In diesem Augenblick bemerkte ich, wie jemand seine Hand auf meine Schulter legte. Ein wenig erschrocken drehte ich mich um, denn ich hatte niemanden kommen gehört.

Und dann stand sie einfach da, wie aus dem Nichts: eine Zwergenfrau, so wunderschön, wie ich niemals hatte eine Schönere gesehen. Sie war so jung, so anmutig und bezaubernd, dass ich völlig vergaß, weshalb ich gerade noch so abgrundtief traurig gewesen war. Als sie mir dann auch noch ein Lächeln schenkte, bei dem alles in mir vor Verlangen dahinschmolz, verebbten auch meine letzten Tränen. Denn plötzlich wusste ich: SIE ist ES! Ich erkannte es an ihrem strahlenden Lächeln."

„Wer denn?" Lille Lys kam gerade nicht mehr mit.

„Na, meine Begynder!" antwortete er und seine raue Stimme bekam auf einmal einen ganz weichen Klang.

„Es war wie ein großes Wunder! Das leuchtende kleine Samenkorn war meine wahrhafte Begynder. Der Stern war lediglich eine Hülle, in die sie hineingeboren wurde. Für mich hat sie ihre Form aufgegeben, damit wir zusammen sein konnten."

„Dann war sie gar kein Stern mehr?"

„Nein und Ja, kleiner Schneebold. Begynder legte ihre Sternenhülle für eine gewisse Zeit ab und schlüpfte in die

Hülle einer Zwergenfrau, um hier auf der Erde mit mir gemeinsam ein wunderbares Leben zu führen."

„Aber wo ist sie denn dann jetzt?" fragte sich Lille Lys, denn es war offensichtlich, dass sie nicht mehr hier war.

Bevor er eine Antwort bekam, hörte er, dass das Zwergenmädchen leise weinte. Ihr Großvater bedachte sie mit einem liebevollen Blick und wischte ihre Tränen mit seinen Fingern fort.

„Eines Tages bekam Begynder furchtbares Heimweh. Sie vermisste ihre Sternenfamilie und beschloss, zurückzukehren."

„Dann war es nicht für immer", stellte der kleine Schneebold ein wenig betrübt fest.

„Oh, doch!" antwortete der Großvater. „Es ist für immer. Heute Nacht werde ich sie wiedersehen – meine Begynder." Sein altes Gesicht sah auf einmal so jugendlich und strahlend aus, dass es Lille Lys ganz warm im ganzen Körper wurde. Doch gleichzeitig fühlte er auch eine Art Schmerz in sich, denn er begann zu begreifen, was der Alte mit seinen Worten auszudrücken versuchte.

„Ich konnte damals noch nicht mit meiner geliebten Frau gehen, denn ich hatte erst noch einiges hier auf der Erde zu erledigen." Nun blickte er seine Enkelin an und sagte: „Liebes, geh doch bitte noch einmal in die Küche und hole noch ein paar von den Staubzuckerkeksen."

Sie wollte schon widersprechen, denn auf dem Teller lag noch genügend von dem Gebäck. Doch sie bemerkte, dass ihr Großvater keinen Widerspruch duldete und ging in die Küche, um noch ein paar von den Keksen zu holen.

Der Großvater beugte sich zu dem kleinen Schneebold vor: „Ich möchte dich um einen Gefallen bitten. Naja, eigentlich sind es zwei. Du weißt, was ich gerade versucht habe, dir zu sagen, stimmt`s?" Und Lille Lys nickte.

„Du musst heute Nacht gut auf meine Enkelin aufpassen. Das ist eine meiner Bitten. Es ist immer ein wenig traurig, wenn man seine Hülle eintauscht gegen eine andere. Aber es ist auch gleichzeitig immer etwas Schönes, denn ein Abschied bringt auch immer einen Anfang mit sich. Es ist wie ein Kreislauf, wo das eine das andere unweigerlich mit sich zieht. Darum passen Begynder und ich nämlich doch wirklich ganz wunderbar zusammen. Und nach langen 24 Jahren und 8 Tagen ist es endlich Zeit, wieder an ihrer Seite zu sein."

„Und was ist deine zweite Bitte?" wollte Lille Lys nun wissen.

„Ich möchte, dass du heute Nacht einen Stern in den Schnee zeichnest. So, wie deine Großmutter damals eine Zwergenfrau in den Schnee gezeichnet hat. Würdest du das für mich tun?"

„Das würde ich sehr gerne für dich tun", versprach der kleine Schneebold.

Als der Großvater seine Enkelin zurückkommen hörte, flüsterte er schnell noch: „Versprich mir, dass du sie in dieser Nacht nicht alleine lässt." Und Lille Lys versprach auch das.

Der Tag neigte sich immer mehr seinem Ende zu. Die Drei waren die ganze Zeit beisammen, schwelgten in Erinnerungen und Lille Lys berichtete von all den Abenteuern, die er bisher schon auf seiner Erdenreise erlebt hatte.

Je später es wurde, desto schwächer wurde der alte Großvater. Das Sprechen fiel ihm immer schwerer und sein Körper wirkte fahl und verbraucht.

Natürlich bemerkte das auch das Zwergenmädchen und die Traurigkeit stand ihr mitten ins Gesicht geschrieben. Immer wieder strich sie liebevoll über die Wange ihres Großvaters und warf einen Blick nach draußen, um zu sehen, ob es noch heller Tag war.

Aber so wie es an jedem Tag war, so verwandelte sich auch dieser Tag irgendwann in eine Nacht. Dunkelheit legte sich über die Wälder und am Himmel erschienen die ersten Sterne.

Lille Lys, der ebenfalls bemerkte, wie schwach der alte Zwerg mittlerweile war, sagte leise zu dem Zwergenmädchen: „Ich glaube, es ist gleich soweit."

Statt einer Antwort nickte sie nur stumm und bemühte sich sichtlich, ihre Tränen vor ihrem Großvater zurückzuhalten.

„Komm mit mir nach draußen", bat Lille Lys sie und rollte Richtung Tür. Doch das Zwergenmädchen wollte ihren Großvater nicht alleine lassen.

„Na schön", sagte der kleine Schneebold. „Dann warte kurz hier, bis ich wieder komme. Er öffnete die Tür und verschwand in der Dunkelheit.

Nur wenig später kam er wieder herein. Es lag eine bedrückte Stimmung im Raum und alles war ganz still. Lille Lys rollte hin zu dem Holzbett, nahm die rechte Hand des Großvaters und die linke Hand des Zwergenmädchens und legte sie sanft ineinander. So konnten sie noch einmal ihre Verbindung zueinander spüren.

Der alte Zwerg war mittlerweile völlig kraftlos und sein Atem ging nur noch flach und unregelmäßig.

Tränen sammelten sich in den Augen des Zwergenmädchens und diesmal konnte sie sie nicht zurückhalten. Denn natürlich wusste sie, dass ihr geliebter Großvater nun im Sterben lag.

„Du musst nicht traurig sein", versuchte Lille Lys sie ein wenig zu trösten. „Du weißt doch, dass dein Großvater nur seine Hülle wechselt."

„Ja, das weiß ich", schluchzte sie leise. „Und ich freue mich für ihn. Wirklich. Aber dann ist er nicht mehr hier. Mit wem soll ich denn reden, wenn ich nach Hause komme? Wer soll mich trösten, wenn ich traurig bin und wer soll sich um mich kümmern, wenn ich vielleicht mal krank bin?"

„Ich bin mir sicher, dass es immer jemanden geben wird, der sich um dich kümmert. Und zu ihm sprechen kannst du doch auch immer noch. Schließlich wird er als Stern hoch oben über dich wachen. Ebenso wie deine Großmutter."

Das Zwergenmädchen wusste, dass Lille Lys Recht hatte. Doch würde sich von nun an alles anders anfühlen. Daran würde sie sich erst einmal gewöhnen müssen.

Plötzlich schwebte ein kleines Licht über dem alten Zwerg, das aussah, wie ein goldenes Samenkorn. Lille Lys und auch das Zwergenmädchen wussten, was das bedeutete. Farvel war gestorben und hatte seine alte Hülle hinter sich gelassen, um nun in eine Neue zu schlüpfen.

Das kleine Licht schwebte Richtung Tür und wartete, bis das Zwergenmädchen und der kleine Schneebold ihm öffneten. Kaum war die Tür einen Spalt breit auf, huschte das Licht raus in die Dunkelheit, wo es sich auf den gezeichneten Stern niederließ.

„Bist du soweit?" ertönte eine sanfte Stimme, die direkt aus der Dunkelheit zu kommen schien. Lille Lys blickte hoch in den Nachthimmel und staunte bei dem Anblick, der sich ihm dort bot. Auch das Zwergenmädchen sah hinauf und konnte kaum glauben, was sie dort sah. Der ganze Himmel war übersät mit Sternen. Dicht an dicht funkelten sie wie reinste Diamanten. Einer von ihnen leuchtete so hell, dass er tatsächlich alles überstrahlte. Er bahnte sich einen Weg direkt herunter zur Erde und schwebte augenblicklich auf das Zwergenmädchen und Lille Lys zu.

„Großmutter, bist du es?", wollte das Zwergenmädchen wissen.

„Ja, mein Liebes, ich bin es. Ich bin gekommen, um deinen Großvater zu holen." Bei diesem Satz begann sie noch viel heller zu strahlen.

Und dann stand er plötzlich einfach da, wie aus dem Nichts: ein wunderschöner Stern, der ebenso hell strahlte wie der Stern, der gerade vom Himmel herab geschwebt war.

Für einen Moment war alles ganz still und es war, als hätte die Welt in diesem Augenblick den Atem angehalten. Dieser Moment gehörte nur ihnen Beiden: Farvel und Begynder!

„Das ich dich endlich wiederhabe", flüsterte sie ihrem Sternenmann zu.

„Und wie ich dich erst vermisst habe", hauchte er ihr zu und gab ihr einen zauberhaften Kuss, der das ganze Universum erhellte.

Das Zwergenmädchen war so gerührt von diesem Anblick, dass es seine Traurigkeit vollkommen vergessen hatte. Sie freute sich so sehr über das Glück, das die Beiden nun wieder miteinander teilten, dass ihre Tränen längst getrocknet waren.

Farvel und Begynder schwebten nun auf ihre Enkelin zu, um sie noch ein letztes Mal zu umarmen.

„Du wirst niemals alleine sein, mein Liebling", sprach Farvel zu ihr. „Wir werden jede Nacht über dich wachen und freuen uns, wenn du ab und an zu uns in den Nachthimmel hinauf blickst."

Beide hauchten ihr noch einen liebvollen Kuss zu. Dann flogen sie Zacke an Zacke hoch in den Sternenhimmel, von wo aus sie so hell strahlten, dass das Zwergenmädchen sie immer gut sehen können würde.

Kein bisschen Traurigkeit lag mehr in der Luft. Das Zwergenmädchen winkte ihren beiden Großeltern noch einmal zu und lud Lille Lys dann ein, noch ein wenig Zeit mit ihr zu verbringen. Schließlich mussten sie ja noch die Staubzuckerkekse aufessen.

Lille Lys nahm die Einladung gerne an und so saßen die Beiden noch einige Stunden gemeinsam in dem Stübchen und freuten sich darüber, dass Farvel und Begynder nun wieder zusammen waren.

„Die Beiden gehören wirklich zusammen", stellte Lille Lys glücklich fest. „Für immer."

„Für immer", wiederholte das Zwergenmädchen und schloss erschöpft von den Ereignissen des Tages die Augen.

Auch Lille Lys fielen die Augen zu und er schlief friedlich in dem gemütlichen Sessel ein.

Durch das leicht geöffnete Fenster wehte das fünfzehnte Geheimnis hinein und verschwand in dem goldenen Kästchen, das über Lille Lys Kopf schwebte. Auf dem Puzzleteil standen die Worte: „Abschied" und „Anfang".

Wie hätte es auch anders sein sollen ;-)

16. Dezember

Nachdem Lille Lys erst sehr spät in der Nacht zu Bett gehen konnte, ließ der Wind ihn an diesem Tag so lange schlafen, bis er seine Augen von alleine öffnete. Am Himmel hingen dicke weiße Wolken, die die Sonne nur ab und zu mal hindurchließen.

Bevor er aufstand, richtete er seinen Blick noch einmal gen Himmel, wo Afstand nun seinen Platz neben Begynder gefunden hatte. Doch natürlich konnte er die Beiden bei Tage nicht sehen, denn da schliefen die Sterne nun einmal und hatten ihr Licht ausgeknipst.

„Heute Abend werde ich euch wieder zuwinken", sagte Lille Lys und lächelte in die Wolken hinein. Mit dieser besonderen Stimmung, die er seit der letzten Nacht in sich trug, stand er auf und wartete gespannt auf den Wind.

Als dieser kam, hob er den kleinen Schneebold sanft in die Luft und trug ihn auf eine zugeschneite Wiese. Auf dieser entdeckte er zwei Schafe, die sich ganz offensichtlich stritten. Das eine Schaf war so weiß wie der Schnee, wohingegen das andere durch und durch schwarz war.

Als der Wind Lille Lys noch ein wenig näher an die beiden heranwehte, konnte er auch hören, um was es in etwa bei dem Streit ging.

„Nur weil du denkst, dass nur ganz gewöhnlich aussehende Schafe das Recht haben, zu diesem Ort zu gehen, heißt das noch lange nicht, dass es stimmt. Und ich habe gehört, dass dort jeder willkommen ist", blökte das schwarze Schaf.

„Dieser Ort ist etwas ganz besonderes. Und ich habe gehört, dass dort nur die schönsten, besten und normalsten, also weißen Schafe hinkommen dürfen." Das weiße Schaf machte eine kurze Pause, ehe es noch in schnippischem Ton äußerte: „Wer möchte schon so ein schwarzes Schaf willkommen heißen, das doch eh nichts als Pech bringt."

Das schwarze Schaf blickte niedergeschlagen zu Boden und blieb auf der Stelle stehen. „Wenn du das wirklich so meinst, dann geh halt alleine weiter. Vielleicht hast du ja Recht und sie lassen mich nicht einmal die Ortsschwelle übertreten. Dann hätte ich den ganzen Weg völlig umsonst auf mich genommen."

Nun sah es dem weißen Schaf direkt in die Augen. „Mach`s gut, Lys*."

Hatte das schwarze Schaf gerade *Lys* gesagt? fragte sich der kleine Schneebold ein wenig fassungslos. Wie konnte jemand nur so einen wunderschönen Namen haben wie er selbst und dabei so gemein sein?

Lille Lys überlegte, ob er schon in die Situation eingreifen sollte. Doch wollte er sich auch nicht einfach einmischen. Schließlich hatte er nicht alles gehört, was die beiden an Streitigkeiten miteinander austrugen.

Das weiße Schaf Lys trabte erhobenen Hauptes weiter und ließ das schwarze Schaf ohne ein einziges Wort zurück. Der kleine Schneebold war schier sprachlos.

Der Wind wehte Lille Lys hinter Lys her. Weiter und immer weiter, bis es sich in einem finsteren Wald so sehr verirrt hatte, dass es in blanke Panik geriet. Es schaute sich immer wieder um, doch war außer zugeschneiten Bäumen und Sträuchern nichts zu sehen. Zu alledem waren einige unangenehme Geräusche zu hören, die dem Schaf unübersehbar Angst machten.

„Hallo!" rief es leise. „Ist hier jemand, der mich hören kann?"

Niemand antwortete. Auch Lille Lys sagte noch keinen einzigen Ton. Den Weg hätte er ihm auch nicht erklären können, da er ihn selber gar nicht kannte.

Noch einmal rief Lys: „Hallo!" Diesmal war es aber kein leises Rufen mehr, sondern eher ein lautes Schreien. „Hört mich denn keiner?"

„Hallo", hörte sich Lille Lys nun selber sagen. Das weiße Schaf sah ihn verzweifelt an.

„Ich habe mich verirrt und bin so furchtbar allein", sagte es.

„Aber das wolltest du doch", entfuhr es Lille Lys und im selben Moment tat ihm sein vorlauter Kommentar leid.

„Ja, das stimmt", nickte Lys nun etwas verschämt. „Aber woher weißt du das?"

„Ich kam eben zufällig mit dem Wind herbeigehweht und habe einen Teil des Streits mitbekommen, den du mit dem schwarzen Schaf hattest.“

Wieder nickte Lys. „Das war Mørke*.“

Lille Lys kleinen Körper durchzuckte plötzlich eine Art Blitz. Er wusste selbst nicht wieso, aber etwas an diesem Namen irritierte ihn. Es war wie eine bitter-süße Erinnerung an etwas oder jemanden, aber ohne sich dabei wirklich an etwas erinnern zu können. Lys riss ihn auch sogleich wieder aus seinen Gedanken, indem er fortfuhr.

„Mørke und ich haben ständig Streit. Sie kam erst vor kurzer Zeit in unsere Herde. Alle schimpfen über sie und meiden sie, weil sie einfach nicht zu uns passt. Und…“ er stammelte vor sich hin, bis er schließlich ziemlich unüberzeugt hinzufügte: „Und ich mag sie auch nicht.“

Natürlich merkte Lille Lys sofort, dass es eine Lüge war. Lys mochte Mørke offensichtlich schon sehr gerne, doch aus irgendeinem Grund wollte er es einfach nicht zugeben. Und diesen Grund versuchte der kleine Schneebold nun herauszufinden.

„Wieso magst du sie nicht?“

„Weil…, weil, na weil…“

„Ja?!“

„Na, weil sie eben niemand mag. Sie ist ganz anders als wir. Das sieht doch auch jeder. Oder hast du etwa schon mal ein schwarzes Schaf gesehen?“

Der kleine Schneebold musste ein wenig schmunzeln. „Ich habe bis heute noch nie ein echtes Schaf gesehen. Kein Schwarzes. Aber auch kein Weißes."

Völlig ungläubig starrte Lys ihn jetzt an. Doch als der kleine Schneebold erzählte, wo er herkam und dass er Schafe nur aus Erzählungen seiner Großmutter kannte, wurde Lys Blick wieder etwas entspannter. „Ich habe ja gehört", begann Lille Lys, „dass schwarze Schafe schon auch etwas Besonderes sind, denn sie sind viel seltener auf Schafwiesen zu sehen, als Weiße. Und damit die Herde eines Schäfers einen gewissen Lichtblick bekommt, kauft er, wenn es sich einmal anbietet, gerne auch mal ein schwarzes Schaf dazu. Das gibt dann manchmal ganz hübsch gefleckte Lämmer."

„Von dieser Seite habe ich es noch nie betrachtet", staunte Lys. „Weißt du, eigentlich mochte ich Mørke vom ersten Tag an, als sie zu uns kam. Wir haben uns auch ein paar Mal getroffen und sind gemeinsam über die Wiese gezogen. Als meine Freunde dann allerdings anfingen, immer nur Schlechtes über sie zu erzählen und sich kaum noch mit mir treffen wollten, habe ich mich nicht mehr mit Mørke verabredet. Ich bin ihr aus dem Weg gegangen und habe so getan, als wäre sie mir egal."

„Dir war es vor deinen Freunden unangenehm, dass du sie gerne hast", stellte Lille Lys fest.

„Ja", sagte Lys. „Aber eigentlich war ich mir auch nicht so sicher. Ich dachte, vielleicht darf ein weißes Schaf auch nur andere weiße Schafe gern haben. Meine Gedanken waren wie eine Achterbahn.

Und dann, vor ein paar Tagen, da hörte ich, wie der Schäfer seinem Freund etwas von einem geheimen Ort namens *Herz* erzählte. Er meinte, es gäbe keinen schöneren Platz auf der ganzen Welt, um in Ruhe über etwas nachzudenken, als diesen Ort. Also beschloss ich, mich dorthin auf den Weg zu begeben, denn ich wollte wirklich einmal in aller Ruhe über alles nachdenken. Über meine Freunde, über Mørke und auch über mich."

Herz. Herz war unter anderem der Ort, an dem sich alle Missverständnisse auflösten, wie Lille Lys bereits wusste. Aber es war auch ein Ort, an dem man Ruhe und Frieden fand, wenn man einmal Zeit brauchte, um seine Gedanken zu klären. Lille Lys hatte das Gefühl, dass dieser Ort wohl wirklich etwas ganz Besonderes sein musste.

„Und dann hast du dich einfach auf den Weg gemacht?" wollte Lille Lys nun wissen.

„Wie gesagt, nach einigem Überlegen hatte ich tatsächlich den Entschluss gefasst, loszuziehen, um Herz zu suchen. Ich wusste nicht genau, in welche Richtung ich gehen muss. Der Schäfer hatte nur gesagt, dass er am rechten Fleck wäre. Zwar verstand ich das nicht so ganz, aber ich wusste, wo Rechts war und in diese Richtung ging ich dann auch."

„Und wieso war Mørke anfangs mit dabei?"

„Sie hatte mitbekommen, dass ich mich von der Herde entfernte und war mir gefolgt und wollte wissen, wohin ich unterwegs sei. Als ich es ihr erzählt hatte, hielt sie es für eine gute Idee, auch mitzukommen. Nachdenken täte ihr auch ganz gut, hatte sie gesagt."

Lille Lys nickte, denn langsam verstand er wohl, wie der Streit zustande gekommen war. „Du wolltest aber lieber alleine sein, weil es sich alleine besser nachdenken lässt, stimmt`s?"

Lys nickte. „Mørke wollte es einfach nicht verstehen. Daraufhin wurde unser Streit immer schlimmer und ich habe am Ende Dinge gesagt, die ich gar nicht so gemeint habe."

Lys blickte beschämt zu Boden. „Und jetzt habe ich sie einfach irgendwo zurückgelassen. Vielleicht haben wir uns nun beide verirrt. Vielleicht sehen wir uns niemals wieder!"

Die Angst, die Lys nun ins Gesicht geschrieben stand, war so greifbar, dass dem kleinen Schneebold ganz komisch zumute wurde.

„Ich habe eine Idee", sagte Lille Lys nach einer kleinen Weile. „Mein Freund, der Wind, weiß ganz bestimmt, wo Mørke gerade ist. Er kann uns sicherlich zu ihr bringen."

„Denkst du das wirklich?"

„Es wäre einen Versuch wert."

Lys überlegte einen Moment. „Meinst du, wenn wir sie finden, dass ich sie doch mitnehmen sollte nach Herz?"

„So viel ich gehört habe, muss jeder selbst diesen Ort finden", sagte Lille Lys. „Aber vielleicht geht ihr trotzdem erstmal gemeinsam auf die Suche, wenn du Mørke gefunden hast. Herz ist bestimmt ein größerer Ort, an dem es verschiedene Plätze gibt, um getrennt voneinander nachzudenken. Und wenn ihr dann irgendwann genug nachgedacht habt, könnt ihr euch ja vielleicht auch wieder gemeinsam auf den Rückweg zu eurer Herde machen."

Lys hielt diesen Vorschlag für durchaus klug und war damit einverstanden. „Dann lass uns jetzt Mørke finden. Ich hoffe, sie spricht überhaupt noch mit mir."

Wie Lille Lys es vorausgesehen hatte, drehte der Wind seine Richtung und führte die Beiden zu Mørke, die zitternd vor Kälte und Angst noch an genau der Stelle stand, an der Lys sie hatte stehen gelassen.

„Oh, Mørke", rief Lys schon von weitem. „Es tut mir so schrecklich leid, dass ich so ungerecht zu dir war." Und so schnell er traben konnte, lief er zu ihr hin.

Mørkes Blick war jetzt voller Erleichterung und sie trabte ihm langsam entgegen. „Mir tut es auch furchtbar leid!" schniefte sie. „Ich hätte deine Entscheidung respektieren sollen. Aber ich hatte so Angst, dass du vielleicht nicht wieder zurückkämst und das hätte ich schrecklich gefunden."

Da standen sie – schwarz und weiß miteinander vereint. Lille Lys hätte sich in diesem Moment kein schöneres Bild vorstellen können. Und wieder hatte er dieses merkwürdige Gefühl in sich. Etwas an dieser ganzen Begegnung kam ihm so bekannt vor, doch so sehr er auch überlegte, was genau es war, er kam einfach nicht darauf. Er fühlte nur eine wohlige Wärme und eine merkwürdige Art der Sehnsucht in sich.

„Danke dir", riss ihn Lys aus seinen Gedanken. „Wie heißt du überhaupt?"

„Ich heiße Lille Lys."

„Das ist ja lustig", gluckste Lys. Dann wandte er sich an Mørke. „Mørke, darf ich vorstellen? Das ist mein Freund Lille Lys. Er hat mir geholfen, als ich mich verlaufen und dich verloren hatte."

„Hallo Lille Lys", blökte sie dem kleinen Schneebold leise entgegen. „Dann bedanke ich mich auch vielmals bei dir! Ohne dich wäre ich hier wohl einsam und verlassen stehen geblieben."

„Gerne geschehen. Was habt ihr denn nun vor?"

„Ich denke", begann Lys, „wir werden jetzt gemeinsam auf die Suche nach Herz gehen und es so machen, wie du es vorgeschlagen hast. In Herz sucht sich jeder erstmal sein eigenes kleines Plätzchen und dann denken wir über alles nach, was uns so beschäftigt."

„Ja", stimmte Mørke zu. „In Herz findet jeder eine passende Lösung, habe ich mal gehört."

So verabschiedeten sich die Drei voneinander und Lille Lys hoffte sehr, dass die Beiden in Herz ankämen.

Während die Schafe ihren Weg nach rechts einschlugen, wehte der Wind Lille Lys wieder Richtung Norden, wo er sich einen neuen Schlafplatz für die Nacht unter einem großen zugeschneiten Strauch suchte.

Er nahm sein Schatzkästchen in die Hand und zählte die Puzzleteile, die er bereits darin gesammelt hatte. Am Ende waren es fünfzehn Teile von all den Tagen zuvor, ehe nun auch noch das sechzehnte Geheimnis heranwehte. Der kleine Schneebold warf einen Blick darauf und las die beiden Worte „Schwarz" und „Weiß".

Dann legte er es zu den anderen Teilen, schloss seine Augen und freute sich schon auf den darauffolgenden Tag.

17. Dezember

Am Tag des 17. Dezembers hingen dicke graue Wolken am Himmel, die sich ganz offensichtlich vorgenommen hatten, keinen einzigen Sonnenstrahl hindurch zu lassen. Selbst der Wind hatte es heute schwer, Lille Lys durch diesen dichten Wolkenbrei hindurch zu pusten. So ging es nur sehr langsam voran und der kleine Schneebold fragte sich, wohin seine heutige Reise wohl gehen würde.

Am Ende landete er wiedermal in einem Wald, einem sehr düsteren Wald, in dem kaum Leben vorherrschte. Da war einfach nur Stille. Überall nur Stille. Und mittendrin ließ der Wind ihn herab in den Schnee rieseln.

Wo sollte er denn jetzt bloß hin rollen? Egal, welche Richtung er auch wählen würde, überall waren nur düstere Bäume und Stille. Nach einer Weile des Überlegens rollte Lille Lys dann einfach drauflos, egal wohin.

Er rollte eine gefühlte Ewigkeit einfach vor sich hin, in der Hoffnung, nur irgendetwas zu hören. Einen Vogel vielleicht oder ein Eichhörnchen. Sogar ein Wolf wäre ihm lieb gewesen. Aber so sehr er auch in die Stille hineinhorchte, er hörte nichts.

Ein wenig ratlos blieb der kleine Schneebold irgendwann stehen. Eine Pause würde ihm wohl auch gut tun.

„Ich bin verloren! Bitte hilf mir doch!"

Hatte da gerade jemand gesprochen? Lille Lys sah sich um. Wo kam es her?

„Hier unten", hörte der kleine Schneebold die Stimme nun sagen. Er richtete seinen Blick jetzt tatsächlich automatisch nach unten auf die dichten Schneemassen. Die Stimme sprach weiter: „Ja, genau hier unter dem Schneehügel liege ich. Bitte hilf mir heraus!"

Lille Lys begann, die weiße Pracht mit seinen kleinen Schneeboldhänden beiseite zu schieben und stieß kurze Zeit später auf ein wunderschönes Amulett. Es war Goldfarben mit einem eingefassten Rubinstein an der Unterseite. Aber etwas fiel Lille Lys sofort auf bei seinem Anblick. Es war nur ein halbes Amulett. Die andere Hälfte fehlte gänzlich.

„Danke schön", sagte das halbe Amulett, als es vom Schnee befreit war. „Ich bin Tabt*."

„Ich bin Lille Lys." Er sah Tabt an und fragte dann: „Tabt heißt *verloren*, oder?"

„Ja, so ist es. Ich bin verloren."

Lille Lys stellte sich in diesem Moment vor, wie wohl die andere Hälfte Tabts aussah. Bestimmt war sie auch so wunderbar Goldfarben. Vielleicht hatte sie auch einen eingefassten Rubin. Oder vielleicht einen Smaragd, einen Opal oder einen Saphir.

„Wie bist du verloren gegangen?"

„Das ist eine längere Geschichte. Möchtest du sie hören?"

„Ja, bitte."

Also begann Tabt zu erzählen:

„*Es war vor langer Zeit, als eine große Zauberin hier im skandinavischen Dänenreich lebte. Sie trug mich und meine andere Hälfte immer bei sich, denn durch uns hatte sie überhaupt erst die Fähigkeit, zu zaubern. Bei allen Dänen, die sie kannten, war sie sehr beliebt, denn sie nutzte unsere magischen Fähigkeiten, um den Menschen Gutes zu tun. Etwas anderes hätten wir auch gar nicht zugelassen. So zauberte sie Jahrein, Jahraus, Jahrein, Jahraus… Und eines Tages war sie alt und gebrechlich geworden und sie wusste, dass sie bald sterben würde. Also ging sie mit uns in diesen tiefen, finsteren Wald, in der Hoffnung, hier einen Zauberer zu finden, dem sie uns weitergeben konnte. Denn sie wusste, dass es Zauberer nur in solch finsteren Wäldern zu finden gab. Dort, wo sie sich von der Welt zurückziehen konnten, um ihre Zauberkräfte zu erneuern. Sie selbst stammte aus einem Wald nicht weit von hier. Dort polierte sie uns bald täglich, damit wir glänzten und strahlten. Wir waren ihr größter Schmuck und es war ihr äußerst wichtig, dass wir in gute Hände kamen.*

Sie irrte viele Tage und viele Nächte mit uns umher. So lange, bis sie einfach zu müde war und sich hier auf einen Stein setzte. Eigentlich wollte sie nur eine kurze Pause einlegen und ihre Suche dann fortsetzen. Doch der Tod hatte andere Pläne mit ihr gehabt. Er nahm sie einfach mit sich und wir blieben auf dem Waldboden zurück, wo uns Blätter und Geäst sanft zudeckten.

Auch Schnee fiel einige Male, bis endlich, eines schönen Tages tatsächlich ein Zauberer auftauchte. Beide hofften wir sehr, dass er uns sehen und mitnehmen würde, denn wir vermissten es, unsere Fähigkeiten einem Zauberer zur Verfügung zu stellen. Ohne einen Zauberer oder eine Zauberin wirken unsere Kräfte nun einmal nicht.

Als der Zauberer immer näher kam, waren wir ganz aufgeregt, schließlich hatten wir eine lange Zeit einfach nur herumgelegen."

Tabt hielt kurz inne. Er schluckte und atmete einmal tief ein.

„Plötzlich fiel sein Blick tatsächlich auf uns. Er streckte seine große Hand nach uns aus und hob uns auf. Doch während er uns emporhob, passierte etwas, was ich niemals erwartet hatte. In der Zeit, in der wir hier im Wald gelegen hatten, müssen wir wohl porös geworden sein. Ich bemerkte, dass ich den Halt verlor, dass ich nicht mehr mit meiner anderen Hälfte verbunden war. Und während der Zauberer meine Liebste gefunden und mitgenommen hatte, hatte er mich einfach verloren. Er hatte es nicht einmal bemerkt."

„Das ist ja schrecklich", sagte Lille Lys.

„Es kam noch schrecklicher. Irgendwann musste der Zauberer wohl doch bemerkt haben, dass ihm eine Hälfte des Amuletts verloren gegangen war. Er kam also noch einmal zurück und suchte nach mir. Er suchte und suchte. Aber er fand mich einfach nicht. Irgendwann gab er es auf und ward für immer verschwunden. Seitdem liege ich hier. Einfach verloren."

„Denkst du, der Zauberer wohnt noch hier in diesem Wald?"

„Ich weiß es nicht. Vielleicht hat ihn mittlerweile auch schon der Tod ereilt. Das kann man nie wissen."

Da hatte Tabt wohl Recht, doch wenn es vielleicht noch eine kleine Hoffnung gab, dass er noch lebte – auch noch hier im Wald- dann mussten sie es einfach herausfinden.

„Wie groß, denkst du, ist dieser Wald?" fragte Lille Lys nun.

„Auch das weiß ich nicht. Vielleicht ist er riesig, vielleicht aber auch nur ganz klein. Mir kam es damals so vor, als wäre die Zauberin immer wieder im Kreis gegangen, ohne es zu bemerken."

„Na, dann komm", sagte der kleine Schneebold nun, umfasste Tabt mit seinen beiden kleinen Händen und rollte sich mit ihm durch den dichten Schnee. Es war wirklich äußerst anstrengend, denn das Amulett wog einiges und war sehr schwer zu handhaben. Doch aufgeben wollte Lille Lys nicht. Nein, er wollte Tabt helfen. Die andere Hälfte vermisste ihn bestimmt auch schrecklich und der Zauberer könnte mit nur einer Hälfte des Amuletts auch nicht zaubern. So viel war mal klar.

Es war schon dunkel, als in der Ferne ein winziges Licht auftauchte. „Das könnte ein Haus sein", stellte der kleine Schneebold fest. „Da rollen wir jetzt hin."

Und tatsächlich war es auch ein Haus. Einsam und allein stand es dort mitten im finsteren Wald.

Mit letzter Kraft langten sie vor der Eingangstür an.

„Bitte klopf an", bat Tabt Lille Lys. Doch dieser war gerade viel zu schwach, um auch nur noch einen einzigen Finger heben zu können.

Es half nichts. Tabt musste nun noch ein klein wenig Geduld haben. So lange, bis Lille Lys wieder ein klein wenig zu Kräften gekommen war.

Dann endlich rollte er ganz nah zur Tür und hämmerte mit beiden Fäusten dagegen. Doch nichts rührte sich. Also versuchte er es noch einmal. Auch diesmal blieb alles still. So still, wie es im gesamten Wald schon seit Stunden war.

„Bitte versuch es noch einmal."

Und natürlich tat der kleine Schneebold Tabt den Gefallen. Er klopfte und hämmerte, so laut und fest er nur konnte.

Endlich öffnete sich die Tür einen Spalt breit. Ein junger Mann stand auf der anderen Schwelle und spähte hinaus in die dunkle Nacht. Da er seinen Blick natürlicherweise erstmal in seiner Augenhöhe umherschweifen ließ, sah er nichts und niemanden. Doch als er endlich zu Boden blickte, entdeckte er etwas Funkelndes. Er bückte sich und griff mit seiner großen Hand nach Tabt.

Lille Lys entdeckte die Kette um seinen Hals und konnte kaum fassen, als er sah, dass dort die andere Amuletthälfte hing. Aber sie war nicht Goldfarben, wie er sie sich vorgestellt hatte. Diese Hälfte war das komplette Gegenteil Es bestand aus purpurnem Rubin mit einer kleinen goldenen Perle am oberen Ende.

„Fundet*!" rief Tabt sogleich voller Freude und kristallklare Tränen liefen aus seinem Rubinsteinauge.

„Tabt!" rief nun die andere Hälfte. „Das du noch lebst!"

Es war wundervoll, mitanzusehen, wie sehr die beiden sich über ihr Wiedersehen freuten.

Doch schon im nächsten Moment schloss der junge Mann dir Tür von innen zu und Lille Lys blieb alleine im Schnee zurück.

So hatte sich der kleine Schneebold das aber nicht vorgestellt. Er bat den Wind, ihn auf das Fensterbrett zu setzen, von wo aus er das Geschehen im Haus noch ein wenig beobachten konnte. Glücklicherweise war es hier im Wald ja so still, dass Lille Lys jedes einzelne Wort mitbekam, das drinnen gesprochen wurde.

Der junge Mann setzte sich in einen Sessel direkt am Fenster. Ihm gegenüber saß eine schöne junge Frau, der er jetzt Tabt reichte. „Schau mal, Liebes. Wie durch ein Wunder lag dieses halbe Amulett vor unserer Haustür. Es sieht doch so aus, als ob es genau zu meiner Amuletthälfte passen würde." Er öffnete den Kettenverschluss und nahm das Schmuckstück ab. Die junge Frau reichte Tabt zurück und der junge Mann hielt beide Hälften zusammen.

Was dann passierte, ist kaum in Worte zu fassen. Die beiden Hälften verbanden sich sogleich miteinander und strahlten so hell, dass es das ganze Haus erstrahlte. Nein, nicht nur das Haus. Der ganze Wald erstrahlte in einem Glanz, den wohl noch niemals irgendjemand zuvor gesehen hatte. Für einen Moment war es wirklich so, als würden sich Sonne und Mond miteinander vereinen.

Als der junge Mann die beiden Hälften wieder auseinander nehmen wollte, musste er feststellen, dass sie so gänzlich miteinander verschmolzen waren, dass sie sich sicherlich nie wieder trennen ließen.

Lille Lys hörte Fundet nun sagen: „Ach Tabt, niemals wieder wirst du verloren gehen." Und ihr Rubinkleid leuchtete vor Glückseligkeit. „Weißt du, nachdem ich damals gefunden wurde, war ich unfähig, auch nur ein kleines bisschen zu leuchten. Der Mann, der mich mitgenommen hatte, polierte mich Tagein, tagaus, doch nichts half. Er wusste wohl, dass er ein Zauberer war, doch ohne dich fehlte ihm einfach die Kraft, etwas Gutes für die Menschen zu tun."

„Wo ist er denn jetzt?" fragte sich Tabt.

„Er ist vor langer Zeit gestorben. Dies hier", sie deutete auf den jungen Mann, „ist sein Enkel. Er ist auch ein Zauberer, nur weiß er es noch nicht. Wir werden es ihm erst noch zeigen müssen." Sie machte eine kleine Pause, sah Tabt dann eindringlich an und fragte: „Wie bist du eigentlich hierhergekommen nach so langer Zeit?"

Und dann erzählte Tabt von Lille Lys.

Als er ihn auf der Fensterbank entdeckte, lächelte er ihm freundlich zu und rief: „Dankeschön, mein Freund! Das werde ich dir nie vergessen!"

Lille Lys wurde vor Verlegenheit ein klein wenig rot um die Nase. Auch Fundet, was so viel heißt wie *Gefunden*, bedankte sich bei dem kleinen Schneebold dafür, dass er ihren Liebsten zu ihr zurückgebracht hatte.

Wie gerne hätte Lille Lys noch gewusst, wie es mit den Beiden weiterginge, doch war er so müde und erschöpft, dass ihm einfach die Augen zufielen. Und er wusste, dass er am nächsten Tag wieder ein weiteres Abenteuer vor sich hatte und Tabt und Fundet somit verlassen müsste.

Auf dem nächsten schwarz-weißen Puzzleteil, das sich in das Kästchen legte, während Lille Lys bereits in tiefen Träumen weilte, stand „Verloren" und „Gefunden".

Damit war auch ein weiteres Geheimnis gelüftet.

18. *Dezember*

Ein paar kleine Wolken standen an diesem Tag hoch am Himmel und gaben der Sonne tatsächlich die Chance, ein paar ihrer Strahlen hinunter zur Erde zu schicken. Der viele Schnee, der in den letzten Tagen gefallen war, glitzerte in ihrem Licht und zauberte ein märchenhaftes Bild in die Landschaft.

Lille Lys hatte nun bereits siebzehn Geheimnisse herausgefunden und war gespannt, wie viele es noch für ihn zu entdecken gäbe, ehe er das größte Geheimnis von allen entdecken würde. Trotz der wunderschönen Landschaft, die ihn an diesem Morgen umgab, fühlte er sich ein wenig traurig und etwas in seiner Brust schien sich zusammenzuziehen. Es war ein wirklich merkwürdiges Gefühl.

Doch er wusste, wenn die Zeit gekommen war, dass er alle Geheimnisse herausgefunden hatte, dann würde er endlich seine Familie wiedersehen. Und diese Vorfreude vertrieb seine trüben Gedanken so schnell, wie sie zuvor gekommen waren.

Der Wind kam alsbald und trug den kleinen Schneebold hin zum Meer. Die Wellen gingen nur seicht hin und her und in der Luft lag ein fein-salziger Geruch. Außer Strand und Meer konnte Lille Lys weit und breit nichts sehen.

Oder vielleicht doch? Er war sich nicht sicher. Da in der Ferne schien ein Haus zu stehen. Doch irgendwie sah es merkwürdig aus.

Je näher der Wind ihn dorthin brachte, desto mehr konnte Lille Lys es erkennen. Und als er genau vor dem Gebäude ankam und der Wind ihn in den Schnee herabsinken ließ, erschauderte der kleine Schneebold bei dem Anblick.

Tatsächlich war es ein Haus, zumindest das, was davon übrig geblieben war, ließ erahnen, dass es sich um ein Haus handelte. Das Dach war komplett eingestürzt, Wände waren ebenfalls in sich zusammengebrochen, überall waren Rußspuren erkennbar und die Fensterscheiben waren allesamt zersprungen.

Das Bild, das sich Lille Lys hier bot inmitten der, schon bald romantischen Idylle am Meer, schnürte ihm die Kehle zu. Er konnte sich bildhaft vorstellen, was für ein wundervolles kleines Häuschen dies einmal gewesen sein musste. Und nun war da nur noch ein Häufchen Schutt und Asche übrig geblieben.

„Ach, welch Schmerz!" ertönte eine dumpfe Stimme. Sie schien direkt aus dem Inneren der Ruine zu kommen. „Siehst du, wie schlimm es um mich steht?"

Lille Lys bekam ein wenig Angst, denn diese schmerzvollen Geräusche, die er da zu hören bekam, gingen ihm durch Mark und Bein. Er wollte fliehen, wollte einfach nur wegrollen, doch er war wie angewurzelt.

Die Stimme stöhnte weiter: „So haben sie mich alle angesehen. So wie du. Dann haben sie mit dem Kopf geschüttelt und sind einfach wieder gegangen und ließen mich allein in meinem Schmerz zurück."

„Wo bist du denn?" fragte Lille Lys ganz leise. Seine Stimme zitterte dabei merklich und er konnte kaum atmen vor Anspannung.

„Na, du schaust mich doch direkt an."

Konnte das wirklich sein? Der kleine Schneebold richtete seinen Blick seit einer gefühlten Ewigkeit nur auf dieses vollkommen verwüstete Haus. „Kannst du sprechen?" fragte er dann und ließ seinen Blick fest auf der Ruine haften.

„Na, das hörst du doch wohl", entgegnete das Haus schwerfällig. Ein Balken, der noch lose an einem Giebel hing, krachte mit voller Wucht herunter und ein weiteres Stöhnen war zu hören.

„Ich bin Sår*. Ich stehe schon lange hier. Habe viele Sonnen- Auf- und Untergänge gesehen. Doch so lange schon bin ich nur noch ein altes, kaputtes Wrack…"

Die Stimme brach ab. Es war ein wirklich erschreckend trauriges Bild.

Sår, das hieß „Wunde", das wusste Lille Lys wohl. Und es hätte vermutlich keinen passenderen Namen gegeben.

„Ich würde dir so gerne helfen", flüsterte der kleine Schneebold. „Doch ich weiß nicht, wie."

Sår hätte gerne geantwortet, doch urplötzlich kam eine starke Windböe auf und wirbelte Lille Lys durch die Lüfte. Weg von der Ruine, weg von der Idylle am Meer. Alles ging so schnell, dass der kleine Schneebold gar nicht wusste, wie ihm geschah. Und als die Windböe vorbei war, fand er sich vor einem winzig kleinen Häuschen wieder, das inmitten eines verlassenen Dorfes stand. Aus dem Häuschen drang Musik an Lille Lys Ohr. Es waren himmlische Klänge, die den kleinen Schneebold ganz bedächtig werden ließen.

Hier musste wohl jemand ganz besonderes wohnen, dachte er. Denn ein Gefühl der absoluten Ruhe und Entspannung umhüllten ihn.

Ein Windhauch blies die Tür auf und erlaubte dem kleinen Schneebold, einen Blick ins Innere werfen zu können. Niemals zuvor hatte er ein bezaubernderes Häuschen gesehen. Es war hell und freundlich und Lille Lys hatte den Eindruck, dass ein ganz besonderer Zauber hierin verborgen war.

„Willkommen!" sang ihm jemand entgegen. „Tritt nur herein. Ich freue mich über jeden Gast."

Vor dem kleinen Schneebold tauchte eine Art Lichtpunkt auf. Er schwebte direkt auf ihn zu. Dabei schien sich sein Strahlen noch um ein vielfaches zu verstärken. Lille Lys war wie verzaubert. Er fühlte sich einfach nur wohl und wäre am liebsten sofort für immer hier eingezogen.

Doch dann fiel ihm seine Begegnung mit Sår wieder ein und er wurde ganz wehmütig.

„Aber was hast du denn?" fragte der Lichtpunkt.

„Ach, ich musste gerade an jemanden denken."

Der Lichtpunkt bat Lille Lys, in seine Wohnstube einzutreten und dort Platz zu nehmen. Denn er wollte genau wissen, an wen der kleine Schneebold gedacht hatte. „Ich bin übrigens Healing*", stellte sich der Lichtpunkt vor.

Eigentlich hätte Lille Lys fast von alleine auf ihren Namen kommen können. Denn in all den Tagen, die er mittlerweile auf der Erde weilte, war ihm eines schon sehr deutlich aufgefallen. Alle Begegnungen, die er an einem Tag hatte, waren stets gegensätzlich. Da waren bereits Furcht und Mut gewesen, stark und schwach, Schwarz und Weiß und noch viele andere. Da war es nur natürlich, dass ihm heute außer Sår, der Wunde, nun auch noch Healing, die Heilung begegnete.

Lille Lys begann, Healing von Sår zu erzählen. Diese sah ihn aufmerksam an und begann wieder hell zu strahlen. „Das ist doch gar kein Problem!" rief sie hocherfreut. „Ich kann Sår auf jeden Fall helfen. Es wäre mir sogar ein sehr großes Vergnügen. Weißt du, hier in diesem Häuschen ist es wirklich wundervoll. Doch ist es auf Dauer ein wenig zu klein. Ich erwarte nämlich Nachwuchs, musst du wissen. Und für eine Familie ist hier wirklich viel zu wenig Platz."

Das sah Lille Lys ein. Das Häuschen war so winzig, dass es ihm ein bisschen wie ein Schuhkarton mit Fenstern vorkam. Und doch war es einfach wunderschön.

„Lass uns doch einmal zu Sår fliegen und ich schaue mir an, wie groß der Schaden ist", schlug Healing vor. Also erhob der Wind den kleinen Schneebold in die Lüfte und brachte ihn gemeinsam mit Healing zu der Haus-Ruine.

„Oh", erschrak Healing bei Sårs Anblick. „Das ist schlimmer als ich gedacht habe." Sie flüsterte es Lille Lys so leise ins Ohr, dass Sår es nicht hören konnte. Dann wandte sie sich direkt an Sår: „Hallo. Ich bin Healing. Ich habe gehört und sehe, dass du sehr verwundet bist. Ich würde dir gerne helfen."

Sår war skeptisch, denn noch nie hatte jemand vorher zu ihm gesagt, dass er ihm helfen wollen würde. Zudem wusste er auch gar nicht, wie ihm noch jemand helfen konnte. Er hatte die Hoffnung schon aufgegeben, sich jemals wieder wie ein richtig schönes Haus zu fühlen.

„Wie willst du mir denn helfen?", fragte er also etwas resigniert.

„Nun ja, begann Healing. „Zunächst müsste ich wissen, was genau dir passiert ist. Und dann bräuchte ich deine Zustimmung, dass ich in dir einziehen darf. Sonst funktioniert meine Heilung leider nicht."

Sår war einverstanden und begann zu erzählen:

„Es war vor vielen hundert Jahren, als mich ein junger Mann erbaute. Er war zielstrebig, stark und steckte all seine Liebe zum

Detail in mich. Jeden einzelnen Stein setzte er mit einer so großen Sorgfalt auf den anderen, dass es eine Freude war, mir beim Wachsen zuzusehen. An seiner Seite hatte er eine wundervolle Frau, die ihn in jeglicher Hinsicht unterstützte und mich mit vielen kleinen Besonderheiten ausstattete. Als ich fertig erbaut worden war, bekamen die Beiden sechs Kinder nacheinander und füllten mich mit Leben.

Mit der Zeit wurden der Mann und die Frau immer älter. Sie konnten sich immer weniger um mich kümmern und die ersten Risse und Wetterschäden machten sich bemerkbar. Die Kinder waren alle in die Stadt gezogen und hatten dort ihre eigenen Familien. Sie wollten sich nicht um mich kümmern. Und nachdem der Mann und die Frau gestorben waren, verkauften mich die Kinder an einen älteren Herren, der mich zwar als Bleibe ansah, jedoch keine Lust hatte, mich wieder ein bisschen auf Vordermann zu bringen.

Auch er starb eines Tages und ihm folgte ein weiteres Ehepaar. Während der Mann ständig nur unterwegs war, kümmerte sich die Frau nur um ihr eigenes Wohlergehen. Ich wurde immer maroder, doch es schien niemanden wirklich zu interessieren oder gar zu stören.

Eines Tages nahm sich die Frau vor, etwas für ihren Mann zu kochen, wenn er aus der Stadt nach Hause kam. Sie stellte Essen auf den Herd und ging hinaus in den Garten. Dort legte sie sich in die Sonne und bemerkte nicht, dass die Flammen auf dem Herd so hoch schlugen, dass sie die komplette Küche in Brand setzten. Es war entsetzlich heiß und schmerzhaft. Ich habe geschrien, doch niemand konnte mich hören. Erst als der Mann nach Hause kam, bemerkte er den Brand und löschte die Flammen, die mittlerweile große Teile des gesamten Hauses in Schutt und Asche gelegt hatten.

Natürlich zogen die Beiden sofort aus. Ich stand wieder alleine da. Diesmal gab es auch keine neuen Besitzer mehr. Zwar kamen immer mal wieder Leute vorbei und schauten sich mich an, doch alle waren sich einig, dass aus mir nichts mehr werden könnte. Zu alledem kamen dann noch des Öfteren in der Nacht Randalierer, die meine Fensterscheiben mit Steinen einwarfen und mein Elend immer noch ein wenig größer werden ließen…"

Sår gab ein lautes Stöhnen von sich und Lille Lys und Healing hatten beide Tränen in den Augen vor Entsetzen. Wie konnte man das Werk eines jungen Mannes so mit Füßen treten, dass alles, was noch von diesem Gesamtkunstwerk übrig blieb, eine klägliche Ruine mit entsetzlichen Schmerzen und traumatischen Erinnerungen war.

„Wirst du ihm helfen können?" wandte sich Lille Lys nun an Healing.

Sie nickte hoffnungsvoll und strahlte. „Natürlich", sagte sie und in ihrer Stimme lag tatsächlich eine große Zuversicht. „Ich werde nun direkt in deine Mitte gehen", sagte sie zu Sår. Dann sah sie Lille Lys an. „Du musst mir helfen."

Lille Lys sah sie verwundert an. Vom Hausbau hatte er überhaupt keine Ahnung. Und wie sollte man schon innerhalb weniger Stunden ein Haus bauen? Also fragte er sehr zögerlich: „Was kann ich denn tun?"

Healing lachte herzlich, denn sie bemerkte seine Unsicherheit. „Es ist ganz einfach. Du stellst dir in deiner Phantasie genau vor, wie Sår in einem gesunden, heilen Zustand aussieht. Den Rest erledige ich."

„Das klingt wirklich sehr einfach", sagte Lille Lys, konnte sich aber nicht vorstellen, dass es wirklich so einfach wäre.

„Bist du bereit?" fragte Healing.

Lille Lys nickte. Er schloss seine Augen und begann, in seine Phantasie einzutauchen:

Sårs Mauerwerk ist aus wunderschönen braun-beigen Backsteinen. Alle Steine sind perfekt aufeinander gesetzt.

Das Dach ist ein Reetdach und mit einigen Dünengräsern bewachsen. Jedes Zimmer hat große Fenster, die einen Ausblick auf die wunderschöne Idylle ringsherum ermöglichen. Es gibt ein Wohnzimmer, in dem eine gemütliche Couch, zwei Sessel, ein kleines Tischchen und ein Kamin stehen. In der Küche gibt es genügend Platz zum Kochen, es gibt einen Kühlschrank, einen Backofen, ein Spülbecken und genügend Schränke für Stauraum,…

Und so richtete der kleine Schneebold das ganze Haus ein und schmückte alles bis ins kleinste Detail aus. Selbst die Gestaltung des Gartens ließ er nicht aus, auch, wenn jetzt im Winter noch alles unter einer weißen Schneedecke lag.

Er stellte fest, dass es ihm eine große Freude bereitete, denn obwohl er seine Augen die ganze Zeit über geschlossen hatte, konnte er alles genau vor sich sehen. Und seine Phantasie fühlte sich in seinem Bauch einfach richtig gut an.

Als er sein Werk beendet hatte, bat ihn Healing, seine Augen zu öffnen.

Da stand es: genau das Haus, das er sich vorgestellt hatte. Lille Lys konnte es wirklich kaum glauben. Er konnte einfach nicht fassen, dass er, alleine durch seine Vorstellungskraft, ein komplettes Haus erschaffen hatte. Natürlich war es auch Healing, die all das hatte wahr werden lassen. Gemeinsam hatten sie so etwas ganz wundervolles erschaffen. Von Sår, der ehemaligen Ruine, war nichts mehr geblieben.

Nun stand das Haus da: Sår und Healing hatten sich miteinander verbunden. Das gesamte Haus erstrahlte in einem Glanz, wie Lille Lys es niemals vor seiner Phantasiereise für möglich gehalten hätte.

„Das hast du sehr gut gemacht", lobte ihn Healing und Lille Lys wurde tatsächlich ein wenig rot.

„Ja", pflichtete Sår ihr bei. „Du wirst es nicht glauben. Aber genau so habe ich ausgesehen, als der junge Mann mich damals erschaffen hatte."

Draußen wurde es allmählich dunkel und der kleine Schneebold hatte das große Bedürfnis, sich möglichst bald schlafen zu legen. So ein Tag war immer wieder ein absolutes Abenteuer für ihn und am Abend merkte er, wie anstrengend so ein Abenteuer jedes Mal war.

„Ich möchte dich gerne einladen, die Nacht hier zu verbringen", sagte Sår. „Als Dankeschön für deine wunderbare Hilfe."

„Dem schließe ich mich an", sprudelte es aus Healing heraus. „Ohne dich würde ich wohl immer noch in meinem kleinen Häuschen weilen und über Platzprobleme grübeln." Sie schmunzelte und ihre Freude war förmlich greifbar.

Lille Lys bekam das schönste Schlafzimmer für diese Nacht, mit Blick aufs Meer. Er sank in seine gemütlichen Kissen, zog sein Kästchen heraus und wartete geduldig, bis das achtzehnte Puzzleteil herangeschwebt kam. Und obwohl er schon wusste, was auf ihm geschrieben stand, las er es dennoch: „Wunde" und „Heilung".

Mit einem wunderbaren Gefühl der Leichtigkeit schlief er ein und glitt hinüber in seine Traumwelt.

19. Dezember

Herrliche Sonnenstrahlen weckten den kleinen Schneebold an diesem Tag. Kein Wölkchen war am Himmel zu sehen und die Luft war zum Zerschneiden kalt. So liebte es Lille Lys.

Nach einem ausgedehnten Frühstück braute sich draußen plötzlich ein kleiner Sturm zusammen und der kleine Schneebold wusste sofort, dass er nun gehen musste.

„Auf Wiedersehen!" sagte er noch und hoffte inständig, dass er seine beiden neuen Freunde tatsächlich wiedersehen würde. Auch Sår und Healing wünschten sich dies, denn sie hatten Lille Lys ebenfalls gern gewonnen. „Komm uns doch einfach irgendwann mal wieder besuchen", schlug Healing vor. „Dann darfst du auch wieder in unserem schönsten Zimmer übernachten."

So verblieben sie und der kleine Schneebold trat hinaus in die klirrende Kälte.

Sofort packte ihn der Wind und wirbelte ihn in ein kleines Dorf, dessen Häuser allesamt aus Fliegenpilzen bestanden. Lille Lys hatte schon einmal davon gehört, dass es solche Dörfer gab. Er überlegte, wie man die Wesen, die dort lebten, nannte. Und als er eine kleine runzelige Kreatur mit grünen Haaren sah, da fiel es ihm wieder ein." Lille Trolls", hatte Mor Mor sie genannt. Lille Trolls* waren liebenswerte kleine Wesen, die in völliger Harmonie miteinander lebten und sich gegenseitig mit ihren unterschiedlichen Talenten bereicherten.

Allerdings wirkte die Atmosphäre hier gerade alles andere als harmonisch auf Lille Lys. Nachdem er den ersten kleinen Troll gesichtet hatte, tauchten nach und nach immer mehr von ihnen auf. Sie liefen hektisch von einem Pilzhaus zum nächsten und wurden immer nervöser dabei. Denn egal, an welchem Haus sie auch stehen blieben und versuchten, die Tür zu öffnen, bemerkten sie, dass sie allesamt verschlossen waren. Kein einziger Schlüssel passte in eines der Schlösser. Es herrschte absolute Bestürzung.

„Das kann er doch nicht machen!" hörte Lille Lys einen der Lille Trolls sagen. Er sah recht dünn und ausgemergelt aus. Doch auch die anderen etwa dreißig Trolle wirkten ebenso kraftlos. Unter ihren Augen waren deutliche Schatten zu sehen, die auf eine völlige Erschöpfung hinwiesen. Es war wahrlich kein schöner Anblick. Schon gar nicht war es das Bild, das Lille Lys vor seinem geistigen Auge von Lille Trolls vor sich hatte. In Mor Mors Geschichten waren sie stets wohlgenährt und äußerst glücklich und zufrieden.

„Entschuldigt bitte", rief der kleine Schneebold der Masse zu. „Wieso seid ihr so aufgebracht?"

Alle kleinen Trolle drehten sich augenblicklich zu Lille Lys um und sahen ihn argwöhnisch an. Zunächst sagte niemand ein Wort und Lille Lys kam es schon ein wenig gespenstisch vor.

Nach einer kleinen Weile trat einer der Lille Trolls hervor. „Wer bist du?"

„Ich bin Lille Lys."

Der kleine Troll hielt seinen Blick fest auf den kleinen Schneebold gerichtet.

„Bist du ein Spion von Kraftfuld*?"

„Nein, ich bin kein Spion. Und wer ist Kraftfuld?"

„Kraftfuld ist ein alter verbitterter Troll, der uns übel mitgespielt hat."

Alle Trolle nickten, um das Gesagte zu bekräftigen.

„Wenn ihr mir erzählt, was passiert ist, kann ich euch vielleicht helfen", sagte Lille Lys mit einer solchen Selbstverständlichkeit, dass er über sich selbst erstaunt war. Aber er hatte sehr wohl in den vielen letzten Tagen erfahren, dass er, egal, wo er hinkam, stets zu einer Lösung beitragen konnte. Wieso sollte das an diesem Tag anders sein?!

Doch wie zu erwarten war, waren die kleinen Trolle zunächst skeptisch. „Wie soll uns denn so ein kleiner Schneeball helfen?"

„Vielleicht", so entgegnete Lille Lys nun, „kann ich es tatsächlich nicht. Aber vielleicht käme es auf einen Versuch an."

Der Troll, der das Wort ergriffen hatte, nickte langsam. Es war ihm deutlich anzumerken, dass er keinerlei Kraft mehr aufbringen konnte, um dem kleinen Schneebold zu widersprechen. Er reichte Lille Lys die Hand und stellte sich vor „Ich bin Ubeskyttede*. Und du hast Recht. Wir könnten es zumindest mal versuchen."

Und so begann er zu erzählen, während alle anderen um ihn herum, auch Lille Lys, sich auf den schneebedeckten Waldboden setzten und zuhörten.

„Wir waren einmal ein sehr lustiges und lebendiges kleines Völkchen. Jeder von uns hatte eine bestimmte Aufgabe und ein besonderes Talent, das er zu nutzen wusste. Unser Dorf-Oberster Kraftfuld war ein liebenswürdiger, alter Lille Troll, der immer nur das Gute in allen und allem sah. Er hatte eine wundervolle Frau, die jeden Tag für uns alle hier im Dorf kochte und backte. Jeden Abend saßen wir gemeinsam am Lagerfeuer und ließen uns gegenseitig an den Glücksmomenten des Tages teilhaben. Es war einfach herrlich!

Doch eines Tages passierte ein großes Unglück. Kok*, die Frau unseres Obersten war zusammen mit mir in den Wald gegangen, um ein paar Kräuter für das Essen zu sammeln, als sie von einem gejagten Wildschwein überrannt wurde.“ Ubeskyttede schluckte. Sein Gesicht war ganz blass geworden. *„Alles ging so schnell. Ich konnte wirklich nichts tun. Kok lag einfach da, völlig reglos. Ich lief so schnell ich konnte zurück in unser Dorf und rief um Hilfe. Alle rannten mir sofort hinterher, doch auch sie mussten traurig feststellen, dass es für Kok keinerlei Hilfe mehr gab.*

Kraftfuld hatte von alledem noch nichts mitbekommen, denn er hatte gerade seinen täglichen Mittagsschlaf gehalten. Und so musste ich schweren Herzens zu ihm gehen und ihm die schreckliche Nachricht überbringen.“

Lille Lys stockte der Atem, denn alleine die Vorstellung, eine solche Botschaft überbringen zu müssen, schnürte ihm die Kehle zu. „Und was ist dann passiert?“

„Zunächst wollte Kraftfuld es gar nicht glauben. Er tat so, als hätte ich einen Scherz gemacht. Selbst als er Kok wenige Tage später zu Grabe getragen hatte, hatte er es noch immer nicht realisiert. Er war der festen Überzeugung, Kok sei noch immer Kräuter sammeln und käme schon bald wieder heim. Doch dann, irgendwann, kam die Gewissheit über ihn, dass seine geliebte Frau nie mehr wieder kommen würde. Er saß tagelang nur noch auf seinem Sofa und war für keinen von uns mehr ansprechbar. Es war ein schlimmes Bild, denn wir wussten einfach nicht, wie wir ihm hätten helfen können."

Ein Stöhnen ging durch die Menge und Lille Lys ahnte, dass nun noch mehr traurige Details kommen würden.

„Tryllekunstner* hatte dann eines Tages eine Idee, die wir als so ziemlich letzte Chance sahen, Kraftfuld aus seiner Schockstarre zu befreien. Denn da er selber nichts mehr aß oder trank, wäre er sonst auch noch gestorben und das durfte einfach nicht sein! Ich machte mir ohnehin die größten Vorwürfe, dass ich nichts hatte tun können für Kok. Aber ich weiß, dass ich wirklich gar nichts hatte tun können. Es war einfach ein ganz schrecklicher Unfall, an dem niemand eine Schuld trug.

Jedenfalls hatte Tryllekunstner einen Zaubertrank zusammengebraut, der die Sinne Kraftfulds wieder klären und zudem Appetit anregend wirken sollte.

Wir waren sehr zuversichtlich, dass dieses Mittel helfen würde, denn Tryllekunstner hatte schon viele wunderbare Erfindungen gehabt, die problemlos funktionierten.

Mit viel gutem Zureden schafften wir es dann tatsächlich, dass Kraftfuld das Gebräu zu sich nahm. Aber was dann folgte, konnte niemand von uns ahnen.

Statt Kraftfulds Sinne zu klären, verwandelte ihn dieses Getränk in einen kaltblütigen Troll, der nur noch voller Zorn und Hass war. Anfangs schikanierte er uns nur, wo immer er es konnte. Dann begann er, seine Machtposition aufs übelste auszunutzen und behandelte uns mit der größten Missachtung. Von dem vielen Glück, das stets bei uns wohnte, war nicht mal mehr ein kleines Fünkchen übrig geblieben.

Anfang Dezember befahl er uns allen, das Dorf auf der Stelle zu verlassen. Er könne kein Weihnachts-Tamtam ertragen und wollte niemanden mehr von uns sehen. Also packten wir unsere nötigsten Sachen und zogen von dannen. Es war schlimm für uns, denn wir Lille Trolls lieben Weihnachten fast so sehr wie die skandinavischen Weihnachtsnissen. Wir schmücken schon am 1. Dezember das komplette Dorf und überall duftet es herrlich nach Zimt, Lebkuchen und Orangenpunsch…

„Und wo seid ihr dann hingegangen?" wollte Lille Lys nun wissen.

„Wir sind einfach durch die Wälder geirrt. Nirgendwo fanden wir ein angenehmes Plätzchen zum Schlafen und Nahrung war kaum zu finden. Ich fühlte mich so schutzlos, wie ich es niemals zuvor in meinem Leben tat. Ich wusste bis dahin nicht einmal, was dieses Wort wirklich bedeutete. Doch als ich die Bedeutung kannte, ließ ich mich von da an nur noch

Ubeskyttede nennen.

Wir irrten tagelang hin und her. Doch wir hatten Heimweh. Wir wünschten uns nichts sehnlicher, als wieder nach Hause zu keh-

ren und Kraftfuld wieder als unseren liebevollen Obersten vorzu-
finden.

Dass diese Hoffnung nicht eingetreten war, war den Trollen deutlich anzusehen. Nicht einmal in ihre Häuser kamen sie herein. Kraftfuld hatte alle Schlösser austauschen lassen. Lille Lys war erschüttert. Doch ganz tief in sich spürte er etwas in sich aufkeimen, das sich irgendwie wie eine Lösung anfühlte. Er schloss für einen Moment die Augen, um seine Gedanken zu ordnen.

Die gut dreißig Lill Trolls um ihn herum sahen ihn bereits erwartungsvoll an, als er die Augen wieder öffnete. Allerdings sah er auch immer noch dieselbe Skepsis, die er bereits zu Anfang in ihren Augen erkannt hatte.

„Und", sprach einer von ihnen, „kannst du uns jetzt helfen?"

„Ich habe da eine Idee, die vielleicht eine positive Veränderung mit sich bringen könnte."

Sofort weiteten sich die Augen der kleinen Trolle und sie sahen den kleinen Schneebold gespannt an.

„Was ist das für eine Idee?", wollte Ubeskyttede nun wissen.

„Wer von euch ist Tryllekunstner?"

Ein runzeliger Lille Troll mit ein paar zerzausten, giftgrünen Haaren, die unter einer braunen Mütze hervorlugten, stand auf und flüsterte „Ich."

„Dann komm doch bitte einmal zu mir. Ich brauche deine Hilfe für meine Idee."

Tryllekunstner war alles andere als begeistert, denn er erinnerte sich nur allzu gut an sein Zaubergetränk, das Kraftfuld scheinbar erst zu dem Un-Troll gemacht hatte, der er nun war.

„Ich brauche eine weiße Nelke. Kannst du mir eine zaubern?"

„Ja, das kann ich ohne weiteres." Sein Gesicht hellte sich auf. „Wozu brauchst du sie?"

„Das werdet ihr später sehen", sagte Lille Lys geheimnisvoll. „Könnt ihr mir jetzt sagen, wo Kraftfuld wohnt? Ich möchte zu ihm."

„Du kannst nicht einfach zu unserem Oberen gehen!", meinte Ubeskyttede jetzt ernsthaft bestürzt. „Er wird dich achtkantig hinauswerfen, sofern er dich überhaupt einlässt!"

„Da mach dir mal keine Sorgen um mich. Es ist ja zunächst auch nur ein Versuch. Was habt ihr denn noch zu verlieren? Schlimmer kann es ja kaum noch kommen."

Kurz herrschte wieder Schweigen, dann zeigten alle auf ein großes Fliegenpilzhaus, das an einer wunderschönen alten Tanne stand. Es war auch das einzige Haus, in dem Licht brannte.

Bevor der kleine Schneebold zu Kraftfulds Haus rollte, wartete er, bis Tryllekunstner mit einer Zauberformel eine weiße Nelke hervor zauberte.

„Die ist wunderschön", meinte Lille Lys aufrichtig. „Aber sie hat keine Wurzeln. Ich brauche eine Nelke mit Wurzeln."

Also zauberte Tryllekunstner noch eine weitere Nelke. Diesmal eine mit Wurzeln.

„Perfekt", freute sich der kleine Schneebold, nahm die Nelke, rollte sich damit durch den Schnee und klopfte mutig an Kraftfulds Tür.

„Ich will niemanden sehen!" rief eine eindrucksvolle tiefe Stimme.

Doch Lille Lys ließ sich davon nicht beirren und drückte die Klinke hinunter. Die Tür ging auf und ließ ein leises Knarren vernehmen. „Bist du taub", rief die Stimme nun. „Ich will alleine sein."

„Entschuldigen Sie", begann Lille Lys. „Ich bin sofort wieder weg. Aber ich habe etwas für Sie."

Da kein weiterer Protest mehr zu vernehmen war, fasste Lille Lys dies als eine Art Einverständnis auf und rollte Richtung Wohnstube, wo Kraftfuld in einem gemütlichen Sessel saß. Der alte Troll blickte den kleinen Schneebold mit verbitterter Mine an. „Was bist du denn für ein komisches Wesen? Und was bringst du da für ein grässliches Gemüse mit in mein Haus?"

Lille Lys spürte, wie aufgeregt er innerlich war, doch ließ er es sich nicht anmerken. „Ich heiße Lille Lys und was ich Ihnen hier mitgebracht habe, nennt man eine weiße Nelke.

„So? Und was willst du nun von mir?"

„Ich habe von Ihrem schrecklichen Verlust gehört", begann der kleine Schneebold. Doch da wurde er schon jäh unterbrochen.

„Was fällt dir ein? Das geht dich gar nichts an! Als ob du etwas von Verlust verstehen würdest! …"

Der Alte schimpfte und wetterte, dass Lille Lys sich schon ganz klein hätte vorkommen müssen. Doch etwas in ihm ließ ihn ganz ruhig bleiben und so lange standhalten, bis alle Schimpfereien einmal verstummt waren und Kraftfuld wie ein kleines Häufchen Elend einfach nur noch da saß. Jeglicher Wiederstand hatte ihn verlassen und alle Kraft war aufgebraucht.

Der kleine Schneebold rollte nun ganz nah an Kraftfuld heran, der seinen Kopf in seine Hände vergraben hatte und jetzt weinte wie ein kleines Kind. Lille Lys legte seine rechte Hand auf Kraftfulds Schulter und wartete geduldig, bis alle Tränen, die geweint werden wollten, geweint waren. Und es waren viele Tränen!

„Sie vermissen sie sehr", wagte Lille Lys noch einen Versuch. Auch auf die Gefahr hin, wieder einen nächsten Ausbruch des Zorns über sich ergehen lassen zu müssen.

Doch der Ausbruch blieb aus. Stattdessen nickte Kraftfuld schwer und seufzte.

„Ja, ich vermisse Kok so unglaublich schmerzhaft. Und nichts und niemand kann sie mir wieder zurück bringen."

„Das stimmt", pflichtete ihm der kleine Schneebold bei. „Und doch kann sie in gewisser Weise weiter leben, wenn Sie sie lassen."

Ungläubig sah Kraftfuld Lille Lys an. „Wie sollte das wohl möglich sein?"

„Es gibt da zwei Möglichkeiten." Er stellte die weiße Nelke direkt vor Kraftfuld auf den kleinen Wohnzimmertisch. „Sehen Sie diese Blume hier?" Es war natürlich eine rein rhetorische Frage, denn sie war ja nicht zu übersehen. „Das hier ist eine Nelke. Aber eben nicht irgendeine. Sie ist weiß und symbolisiert somit die ewige Treue. Nehmen Sie diese wunderschöne Blume und pflanzen sie im Frühjahr auf das Grab Ihrer Frau. So haben Sie immer einen Platz, an dem Sie sie aufsuchen können und wo sie in Ihnen in ewiger Treue und Verbundenheit weiterlebt."

Bevor Lille Lys die zweite Möglichkeit aufzählte, erzählte er dem Alten noch von seiner Begegnung mit Farvel und Begynder. „Wissen Sie", sagte Lille Lys, „ich bin mir ganz sicher, dass Sie Ihre geliebte Frau eines Tages wiedersehen. Und bis dahin erinnert Sie die weiße Nelke immer wieder daran, dass es wahr ist und dass zwischen Ihnen ewige Treue besteht."

„Das klingt wunderbar", hauchte Kraftfuld mit einem merklichen Kloß in seinem Hals. „Aber du sprachst noch von einer weiteren Möglichkeit. Wie soll ich diese schreckliche Trauer hinter mir lassen?"

„Sehen Sie doch einmal nach draußen." Das tat er. Und sein Blick fiel auf die vielen kleinen Trolle, die nun quasi Heimatlos in der Kälte saßen. „Das alles sind Trolle, denen Sie sehr viel bedeuten und die sich nichts sehnlicher wünschen, als Sie wieder glücklich zu sehen!"

Erneut liefen die Tränen, denn Kraftfuld realisierte langsam, dass er jedem einzelnen von ihnen vor den Kopf gestoßen hatte in seiner unbändigen Wut. Besonders Ubeskyttede, der damals noch einen anderen Namen gehabt hatte, hatte er sehr ungerecht behandelt. Dabei wusste er sehr genau, dass das Unglück im Wald einfach ein schrecklicher Unfall gewesen war.

„Wissen Sie", begann Lille Lys, „Sie können gar nichts dafür, dass Sie so unglaublich wütend waren." Und dann erzählte der kleine Schneebold die Geschichte von dem Zaubertrank, den Tryllekunstner gebraut hatte.

„Aber wieso ist mein Zorn jetzt gewichen?" fragte sich Kraftfuld. „Wieso jetzt und nicht schon früher?"

„Ich denke, es waren die Tränen. Tränen wirken sehr heilsam und spülen alles aus einem heraus, was nicht mehr gebraucht wird."

„Wie wundervoll!" rief Kraftfuld aus. „Komm, wir wollen raus zu den anderen gehen und alles wieder ins Reine bringen."

Und das taten sie dann auch. Alle Lille Trolls waren merklich froh, dass Kraftfuld den schrecklichen Zauber überstanden hatte und ihm ab und an sogar ein kleines Lächeln über die Lippen kam.

Natürlich wussten alle, dass es noch ein Weilchen dauern würde, bis das Glück wieder komplett Einzug hielt. Aber an diesem Tag war ein Anfang gemacht. Die Schlösser in den Pilzhäusern wurden sofort wieder ausgewechselt und nachdem alle das Dorf in weihnachtlichem Glanz geschmückt hatten, kochten sie nun auch noch zusammen ein traditionelles Gericht, das sonst Kok immer zur Winterzeit zubereitet hatte. So hielten sie sie in ihren Gedanken am Leben und schwelgten in wundervollen Erinnerungen.

„Wir möchten dir ein tausendfaches Dankeschön aussprechen", wandte sich Kraftfuld des Abends an Lille Lys, als sie zusammen am Lagerfeuer saßen und Orangenpunsch tranken. „Du hast uns heute so viel geschenkt! So vieles, das bereits gänzlich verloren schien..." Sie erhoben ihre Gläser und stießen auf Lille Lys an.

Gegen Mitternacht lag der kleine Schneebold dann in einem Bett in Ubeskyttedes Haus und wartete gespannt auf sein neunzehntes Puzzleteil. Wieder war es schwarz-weiß und trug die Worte „Machtvoll" und „Schutzlos" mit sich.

20. Dezember

Der Tag des zwanzigsten Geheimnisses begann für Lille Lys mit einem wunderbaren, weihnachtlichen Frühstück. Die Lille Trolls hatten frisches Zimtbrot gebacken, dazu gab es Bratäpfel und Vanillesoße.

„Ich hatte schon viele köstliche Frühstücke", schmatze Lille Lys zufrieden. „Aber dieses hier ist wirklich ganz phantastisch."

Überhaupt fand der kleine Schneebold es nun sehr weihnachtlich und urgemütlich in dem kleinen Trolldorf. Überall hatten sie alles dekoriert. Ganz besonders beeindruckend waren die vielen weißen und zwischendrin bunten Lichterketten, die allem noch einen wunderbaren Weihnachtszauber verliehen.

Doch leider konnte Lille Lys auch hier nicht länger verweilen, da der Wind ihn für ein neues Abenteuer abholte. Er verabschiedete sich von allen Trollen und ließ sich vom Wind in die Lüfte heben.

Durch dichte Nebelschwaden ging es in ein ziemlich finsteres Sumpfgebiet. Es roch streng nach Morast und der kleine Schneebold rümpfte immer wieder reflexartig seine kleine Nase. Auf dem Ast eines Baumes ließ der Wind ihn nieder. Diese Gegend war wirklich trostlos. Da war es gut, dass Lille Lys noch die Erinnerung an das wunderbar weihnachtliche Trolldorf in sich trug.

„Ach Wind", sagte er, „was soll ich denn bloß in dieser tristen Gegend? Da überkommt einen ja das kalte Grauen." Und als der kleine Schneebold von seinem Ast hinunter sah, wurde das Grauen noch ein wenig größer. Weder Schnee noch schwarzer Morast waren dort noch zu erkennen. Das einzige, was er erkennen konnte, waren viele tausend rote Punkte, die dort herum wimmelten. „Was ist denn das?" entfuhr es ihm und voller Schrecken drehte er sich nach allen Seiten um, um zu sehen, ob diese unheimlichen Dinger auch auf dem Baum vorzufinden wären. Doch er hatte Glück. Das Gewimmel fand tatsächlich nur unterhalb seines Astes statt.

Aber halt, dort hinten unter der alten Fichte, da wimmelte es ebenso. Allerdings waren die Punkte dort nicht rot, sondern Pechschwarz.

Es wurde Lille Lys nun wirklich unheimlich zumute und allzu gerne hätte er den Wind gerufen, um ihn von hier fort zu bringen. Aber er traute sich nicht, auch nur ein kleines Wörtchen von sich zu geben. Wer weiß, was das für schreckliche Biester waren und zu was sie alles im Stande wären.

Also verhielt er sich ganz ruhig und konnte so ein leises Gebrabbel vernehmen. Vorsichtig lehnte er sich ein wenig vor, um zu hören, ob er etwas verstehen konnte.

„Mit Feuer kommen wir zum Sieg, denn hört gut zu, wir sind Krig*! Mit Feuer kommen wir zum Sieg, denn hört gut zu, wir sind Krig!"

Immer und immer wieder riefen die roten Punkte diesen Satz. Und jedes Mal formte sich die wimmelnde Masse mehr und mehr zu einer regelrechten Armee in Reih und Glied.

Die schwarzen Punkte wimmelten auch noch hin und her, doch formten sie sich statt zu einer Armee, zu einer großen Blume. Das sah sehr beeindruckend aus. Auch sie riefen, beziehungsweise sangen etwas, doch konnte Lille Lys es von diesem Ast aus nicht hören. Also rollte er sich langsam weiter von einem Ast zum nächsten, bis er direkt über der schwarzen Blume aus lebenden Punkten angelangt war. Die Punkte sangen: „Wir wohnen hier in diesem Gebiet. Dreht also einfach um, das sagen wir euch konkret, denn wir sind Fred*. Wir wohnen hier in diesem Gebiet. Dreht also einfach um, das sagen wir euch konkret, denn wir sind Fred."

Bei diesem merkwürdigen Gesang musste Lille Lys unweigerlich furchtbar anfangen zu lachen. Die grauenvolle Atmosphäre, die er eben noch wahrgenommen hatte, wich reinem Amüsement. *Sieg und Krig, konkret und Fred.* Das war einfach zu komisch. Immer mehr steigerte sich der kleine Schneebold in sein Gelächter hinein, bis ihm vor lauter Lachen schon sein ganzer Bauch wehtat.

„Hey du", hörte er eine leise Stimme rufen. Er sah hinunter auf die schwarzen Punkte, die alle zu ihm hoch schauten.

„Ich?"

„Ja, genau du. Was ist denn so komisch?"

Alleine bei dieser Frage hätte Lille Lys gerne sofort wieder angefangen zu lachen. Doch er wusste, dass dies unhöflich gewesen wäre und so verkniff er es sich und versuchte, möglichst ernst zu bleiben.

„Ich habe mich gefragt, was das für merkwürdige Reime sind, die ihr da von euch gebt. Was seid ihr denn überhaupt für lustige Punkte?"

Der schwarze Punkt, der den kleinen Schneebold angesprochen hatte, trat vor und antwortete in sehr ruhigem Ton: „Also, mein lieber dicker Wattebausch, zunächst einmal lass dir sagen, dass wir Ameisen sind und keine Punkte. Und wir reimen hier für unser Wohnrecht. Wir sind eine Friedensgemeinschaft, wie der Name Fred schon sagt und möchten nicht, dass diese rote Kriegstruppe über uns herfällt."

Lille Lys hatte die Anspielung auf sich, den Wattebausch, sofort verstanden und entschuldigte sich in aller Form für seine stichelnde und leicht sarkastische Frage.

„Alles gut", gaben die schwarzen Ameisen von sich. „Schon vergessen."

„Was ist denn an dieser Truppe so schlimm?" wollte der kleine Schneebold nun wissen.

„Na, hör mal", empörte sich die schwarze Ameise, „Diese Truppe heißt Krig. Das ist doch schon schlimm genug!"

„Da hast du Recht", stimmte Lille Lys ihm zu. „Und wieso erklären sie euch den Krieg?

„Keine Ahnung."

„Habt ihr sie denn gar nicht danach gefragt?"

Das einzige, was nun von allen gleichzeitig zu hören war, war ein erstauntes „Ähm, nein".

„Daran haben wir gar nicht gedacht", gab die schwarze Ameise zu. „Aber wer einen Krieg ausruft, der hat ja wohl nichts Gutes im Sinn."

„Was haltet ihr davon, wenn ihr sie jetzt einfach mal fragt?" schlug der kleine Schneebold nun vor.

Daraufhin war allseitiges Nicken zu erkennen. Doch niemand traute sich, einen Schritt auf die rote Armee zuzugehen.

„Kannst du nicht vielleicht fragen?" fragte die schwarze Ameise Lille Lys.

„Nein", gab er zur Antwort. „Das schaffst du schon allein. Aber ich kann dir anbieten, mitzukommen."

Das war für die Ameise besser als gar nichts. Also begaben sie sich langsam Richtung der roten Armee.

Die schwarze Ameise nahm all ihren Mut zusammen und fragte in die Feuerameisen-Masse: „Gibt es hier einen Anführer unter euch?"

Sogleich trat eine stattliche Feuerameise nach vorne. „Ja, mich. Und was willst du von mir?"

„Ich möchte dich fragen, warum ihr gegen uns in den Krieg ziehen wollt."

Die rote Ameise sah die schwarze Ameise mit düsterem Blick an. „Na, weil man nur bekommt, was man will, wenn man in den Krieg zieht. Wenn man gewinnt, kann es einem keiner mehr wegnehmen!"

Der Anführer klang sehr überzeugt von seinen eigenen Worten und Lille Lys schüttelte leicht ungläubig seinen Kopf, sagte aber nichts. Dies war auch nicht nötig, denn die schwarze Ameise fragte mit Erstaunen in der Stimme: „Glaubst du das wirklich?"

„Natürlich", knurrte der Anführer zurück. „Und wir gewinnen immer!"

Der kleine Schneebold hörte, wie die schwarze Ameise für einen Augenblick scharf die Luft einzog. „Und wie lange hält eure Freude über einen Sieg an, wenn ihr anderen etwas genommen habt, was euch nicht gehört?"

„Das tut nichts zur Sache!"

„Doch, ich denke schon", widersprach die schwarze Ameise mutig. „Wenn man etwas Unrechtes tut, bleibt immer ein schlechtes Gefühl in einem zurück und mit der Zeit wird man immer verbissener."

„So!" schnauzte nun die Feuerameise. „Ist das so?!"

Bevor es nun vielleicht doch zu einer größeren Meinungsverschiedenheit kommen konnte, schaltete sich jetzt doch Lille Lys ein.

„Vielleicht", er wandte sich an die Feuerameise, „kannst du einmal sagen, was genau ihr überhaupt wollt."

„Na, also", nickte der Feuerameisen-Anführer. „Endlich einer, der mal auf den Punkt kommt." Ein fieses Grinsen legte sich auf seine Mundwinkel. „Wir wollen ein neues warmes Zuhause und euer Staat sieht genau passend für uns aus."

„Was ist mit eurem Zuhause?" fragte der kleine Schneebold nun berechtigterweise.

„Das ist tief im Moor versunken. Hat den vielen Schneemassen nicht standgehalten."

Die Feuerameisen waren also in eine Notsituation geraten. Da war es schon ein wenig verständlich, dass sie nach einer schnellen Lösung suchten, fand Lille Lys. Aber diese Art von Lösung hielt er eindeutig für unangebracht. Nachdem er kurz nachgedacht hatte, fragte er: „Wie wäre es mit einem Kompromiss?"

Beide Ameisen, die Rote und die Schwarze sahen den kleinen Schneebold skeptisch an. Und wie aus einem Mund fragten sie: „Was denn für ein Kompromiss?"

„Naja, vielleicht wäre die Friedensgruppe *Fred* so freundlich, euch für eine gewisse Zeit in ihrem Staat aufzunehmen."

Die schwarze Ameise bekam große Augen und wurde ein wenig blass um die Nase. Lille Lys sah das natürlich und sagte schnell: „Natürlich nur so lange, bis die Feuerameisen einen eigenen neuen Staat wieder aufgebaut haben. Und damit es schneller geht, könntet ihr schwarzen Ameisen beim Staatenbau helfen."

Während der Feuerameisen-Anführer zufrieden mit dem Kopf nickte, sah die schwarze Ameise Lille Lys erbost an: „Und was haben wir davon?"

„Ehrlichgesagt", begann Lille Lys, „hätte ich von einer Friedensgruppe ein wenig mehr Verständnis für eine Notlage und eine größere Hilfsbereitschaft erwartet."

Die schwarze Ameise sah beschämt zu Boden. Aber Lille Lys war noch nicht fertig. „Natürlich ist eine Kriegserklärung keinesfalls gutzuheißen und gerechtfertigt. Aber so könnt ihr euren Staat unversehrt behalten und wer weiß, vielleicht gewinnt ihr ja sogar noch ein paar tolle Freundschaften dazu."

„Du hast Recht, Wattebausch", flüsterte die schwarze Ameise. Dann wandte sie sich an den Anführer der roten Armee. „Wenn ihr euch an eine einfache Regel haltet, so wollen wir euch gerne helfen. Ich weiß selber, wie schlimm es ist, wenn man das eigene Zuhause verliert."

„Was für eine Regel ist das?" wollte die Feuerameise wissen.

„KEIN KRIEG."

„Ja, geht in Ordnung."

„Am besten nie mehr", ergänzte Lille Lys.

„Aber…" wollte der Anführer entgegensetzen. Doch dazu kam er gar nicht.

„Nichts *Aber*. Du hast sicherlich gehört, was die schwarze Ameise eben gesagt hat. Sie sagte, dass immer ein schlechtes Gefühl in einem zurückbleibt, wenn man etwas Unrechtes tut. Und damit hat sie vollkommen Recht. Kriege sind das Unnützeste, was es überhaupt gibt, denn egal, auf welcher Seite man steht, es fühlt sich niemals wirklich gut an! Nicht mal, wenn man einen Krieg augenscheinlich gewinnt. Denn in Wirklichkeit gibt es im Krieg niemals einen Gewinner, sondern immer nur Verlierer."

Betretenes Schweigen legte sich auf alle nieder. Denn sie alle wussten, dass der kleine Schneebold die Wahrheit sprach. Nach einer Weile richtete der Feuerameisen-Anführer seinen Blick wieder auf Lille Lys und reichte ihm die Hand: „Einverstanden!"

Die schwarzen Ameisen jubelten und freuten sich. Sie waren zunächst einmal sehr dankbar, dass ihnen ihr Staat erhalten blieb. Und sie waren beeindruckt von der mutigen und eindrucksvollen Rede des Schneeboldes.

In den kommenden zwei Stunden waren alle Ameisen damit beschäftigt, die Zimmer im Staat aufzuteilen. Es würde sicherlich etwas eng werden in nächster Zeit, aber auf der anderen Seite würde der triste Winter so etwas aufgepeppt. Denn Langeweile kam unter diesen vielen kleinen Geschöpfen bestimmt nicht auf.

Lille Lys konnte das rege Treiben nur von außerhalb beobachten, denn um in das Innere des Staates zu kommen, war er in der Tat ein wenig zu groß.

Und bevor die Dunkelheit gänzlich über dem Morast hereinbrach, verabschiedete sich der kleine Schneebold von den beiden Ameisenvölkern. Die schwarze Ameise und der rote Feuerameisen-Anführer schüttelten Lille Lys noch einmal persönlich die Hand und bedankten sich bei ihm für den guten Kompromiss. Nicht auszudenken, was für ein Schlachtfeld hier am Ende übrig geblieben wäre, wenn es doch noch zu einem Krieg gekommen wäre.

Und was meint ihr, stand wohl an diesem Abend auf Lille Lys Puzzleteil?

Genau: „Krieg" und „Frieden".

21. Dezember

Lille Lys hatte nun schon viele Abenteuer auf der Erde erlebt.

Und so wunderbar all seine bisherigen Begegnungen und Erfahrungen auch waren, verspürte er in manchen Momenten doch auch ein leichtes Heimweh nach seiner Familie. Dann erinnerte er sich schnell wieder daran, dass ihm der Stern, den er am Anfang seiner Reise getroffen hatte, sagte, dass er seine Familie wiedersehen würde, sobald alle Rätsel gelöst wären. Darauf vertraute er. So auch an diesem Tag.

Der Wind kam, als die winterliche Sonne gerade am Horizont auftauchte. Er pustete den kleinen Schneebold mitten auf ein großes Gelände, das von lauter Bauzäunen umgeben war. Ganz offensichtlich war dies mal ein Stück Wald gewesen, denn an einer Stelle lagen hunderte gerodete Bäume. Lediglich ein paar übrig gebliebene Tannen und Laubbäume standen vereinzelt noch aufrecht auf der, nun riesigen, freien Fläche.

Die großen Bagger, die hier jetzt noch reglos im Morgengrauen auf dem Gelände standen, hatten scheinbar schon schwere Arbeiten verrichtet, denn der Schnee hatte sich hier in pechschwarze Matscheberge verwandelt.

Auf einem Plakat, das an einem der Bauzäune befestigt war, stand, dass auf dieser Fläche eine neue Wohnsiedlung entstehen würde, die Mitte des kommenden Jahres bezugsfertig sein sollte.

„Der schöne Wald", seufzte Lille Lys in die Stille hinein. Doch plötzlich hörte er ein Geräusch, das die Stille so vehement durchdrang, dass dem kleinen Schneebold ein Schreck durch alle Glieder fuhr. Erschrocken schaute er sich um und entdeckte wenige Meter neben sich, hoch an einem Baumstamm, einen Specht, der wie wild an der Rinde hämmerte. Zwischendurch schrie er immer wieder: „Ich gehe hier nicht weg! Das ist mein zu Hause!"

Unter dem Baum, streckte ein Maulwurf seinen Kopf aus einem Hügel, richtete seinen Blick nach oben und rief dem Specht zu: „Ach, Kontrol, mach doch nicht jetzt schon so einen schrecklichen Lärm! Schlimm genug, dass es gleich ohnehin wieder losgeht."

Damit meinte er sicherlich den Baulärm, den die Bagger verursachen würden.

„Für dich ist immer alles leicht Tillid, nicht wahr?!", rief der Specht zurück. „Immer hast du ein so unerschütterliches Vertrauen und auch diesmal glaubst du tatsächlich, dass wir hier bleiben können, oder?"

„Ja, das glaube ich absolut", nickte der Maulwurf. „Der Bauchef hat damals zu einem der Arbeiter gesagt, dass dein Baum, und somit auch mein Hügel darunter, stehen bleiben werden. Und darauf vertraue ich." Kurz hielt er inne. Dann sagte er: „Du könntest so viel entspannter sein, wenn du auch nur ein bisschen Vertrauen hättest."

„Diese Angst, mein Zuhause zu verlieren, macht mich einfach wahnsinnig! Ich weiß gar nicht, woher ich das Vertrauen nehmen soll, bei all dem, was hier schon zu Fall gebracht wurde."

Nervös hämmerte der Specht weiter und der Maulwurf hielt sich seine Ohren zu.

Lille Lys ergriff die Gelegenheit und rollte hin zu ihm. „Hallo. Ich bin Lille Lys." Als der Maulwurf nicht reagierte, stupste ihn der kleine Schneebold sanft an. Nun zuckte der Maulwurf vor Schreck zusammen. „Wer ist da?" Er nahm die Schaufeln von den Ohren und Lille Lys stellte sich noch einmal vor.

„Sehr erfreut", antwortete der Maulwurf nun. „Ich heiße Tillid. Du musst entschuldigen, ich bin blind und habe dich daher nicht kommen sehen."

„Oh, das wusste ich nicht. Ich wäre sonst vorsichtiger gewesen."

„Schon gut. Kann ich etwas für dich tun?"

„Nein", antwortete der kleine Schneebold. „Ich habe euer Gespräch mitbekommen und wollte fragen, ob ich vielleicht etwas für euch tun kann?"

Kurz überlegte der Maulwurf. Dann sagte er: „Weißt du, Lille Lys, seit einigen Wochen kommen täglich Bauarbeiter hierher und machen alles dem Erdboden gleich, um etwas Neues zu erbauen. Kontrol der Specht, und ich leben schon viele Jahre hier auf, bzw. unter der großen Nordmanntanne. Natürlich wäre es schrecklich, wenn die Arbeiter auch sie fällen würden, aber ich vertraue einfach auf das Wort des Bauchefs. Kontrol kann das aber irgendwie nicht und nun sitzt er seit Tagen voller innerer Panik dort oben und hämmert vor Nervosität unaufhörlich gegen die Rinde. Er ist schon ganz abgemagert und ich weiß einfach nicht, wie ich ihm helfen kann."

Der kleine Schneebold überlegte. Wie könnte man jemandem Vertrauen lehren? Und gab es vielleicht etwas, das seine Mor Mor ihm vielleicht mal über Baustellen erzählt hatte? Etwas, dass jetzt hier in der Situation weiterhelfen könnte?

Nach einer Weile fragte Lille Lys Tillid, ob er den Specht einmal zu sich rufen könnte. Das tat er dann auch und ein wenig zögerlich leistete ihnen der Specht nun Gesellschaft. Die Nervosität war ihm sichtlich anzumerken. Ständig sah er sich nach allen Seiten um, ob die Bauarbeiter wieder auftauchten. Doch Lille Lys achtete gar nicht darauf. Stattdessen wandte er sich an den Maulwurf: „Tillid, Kontrol hat eben behauptet, du hättest immer so viel Vertrauen in alles. Wie schaffst du das?"

„Das ist ganz einfach", begann Tillid. „Ich stelle mir zunächst immer die simple Frage, was das schlimmste wäre, das nun passieren könnte. Meist ist dann wirklich alles nur noch halb so dramatisch."

„Was wäre denn das schlimmste, das passieren könnte, wenn dein Baum auch noch gerodet würde?" fragte Lille Lys nun den Specht.

Blanke Panik stand Kontrol ins Gesicht geschrieben, doch er versuchte, so gut es ging, nach einer Antwort zu suchen.

„Also", begann er. „das schlimmste wäre, dass ich mein schönes Zuhause verlieren könnte."

„O.K.", nickte der Schneebold. „Und was würde das gegebenenfalls bedeuten?"

„Na, das ich mir etwas Neues suchen müsste."

Die blanke Panik, die eben noch so deutlich zu sehen war, legte sich langsam ein wenig, denn Kontrol begriff, dass es hier gerade erstmal nur um Eventualitäten ging, mit denen er sich zuvor nie bewusst auseinandergesetzt hatte.

Lille Lys fuhr fort. „Und gibt es dann vielleicht noch andere Bäume, die ein neues Zuhause bieten würden?"

Jetzt musste Kontrol unweigerlich ein wenig lachen, denn die Frage war ja nun wirklich zu komisch. „Natürlich gäbe es noch andere Bäume."

Und langsam begann der Specht zu verstehen, was Lille Lys mit seinen Fragen sagen wollte. Der kleine Schneebold sah dem Specht eindringlich in die Augen: „Also, nur für den Fall, dass dein Baum doch gerodet würde. Dann hättest du die Möglichkeit, dir einen anderen Baum zu suchen, richtig?"

„Ja", nickte Kontrol.

Nun war es Tillid, der das Wort an Kontrol richtete: „Und so schlimm wäre das auch nicht, oder?"

„Naja", seufzte Kontrol. „Es wäre nicht schön. Aber durchaus machbar."

Lille Lys freute sich schon ein wenig über seinen Teilerfolg, denn es war deutlich zu merken, dass Kontrol ein bisschen ruhiger wurde. „Siehst du, Kontrol. Sobald man sich ein wenig mit seinen eigenen Ängsten auseinandersetzt, wird einem auch meistens klar, dass es schon irgendeine Lösung geben wird. Das Leben findet immer Lösungen, darauf können wir auf jeden Fall vertrauen." Er schmunzelte und sagte dann: „Meine Mor Mor hat mir damals mal erzählt, wie oftmals auf einer Baustelle gearbeitet wird. Ich werde jetzt einmal zu den vielen gerodeten Baumstämmen rollen und nachsehen, ob diese Methode auch hier angewandt wurde. Dann könnte ich euch gleich mit ziemlicher Wahrscheinlichkeit sagen, ob euer Baum hier bleibt oder nicht."

Die beiden Tiere waren sehr gespannt, denn sie hatten keine Ahnung, wonach der kleine Schneebold sehen wollte. Aber sie blieben gespannt an Ort und Stelle sitzen, bis Lille Lys zu ihnen zurückkehrte. Doch bevor er sich setzte, rollte er einmal komplett um den Baum herum und inspizierte jeden kleinen Winkel.

„Was tust du denn da?" fragte Kontrol.

„Ich gucke, ob an diesem Baum irgendwo ein grünes Kreuz aufgesprüht wurde. Aber so, wie ich das sehe, ist dies nicht der Fall."

„Nein", bestätigte Kontrol. „An diesem Baum hat niemand ein Kreuz gesprüht. Nur an viele Umstehende."

Auf Lille Lys Gesicht erschien nun ein breites Grinsen. „Damit kann ich euch sagen, dass ihr nicht umziehen müsst. Ihr könnt hier bleiben."

„Woher weißt du das so genau?" wollte Kontrol jetzt wissen.

„Also", begann Lille Lys, „überall da, wo ein Bauchef ein Kreuz aufsprüht, da wird etwas weggerissen oder gefällt. Alles andere bleibt genauso, wie es ist."

Die Beiden waren beeindruckt von dem Wissen, das der kleine Schneebold da von sich gab und selbst Kontrol begann mehr und mehr darauf zu vertrauen, dass er hier wohnen bleiben dürfte.

Einen Moment später hörten die Drei, wie einige Bauarbeiter kamen. Sie luden die Bagger auf große Fahrzeuganhänger, wünschten gegenseitig schöne Ferien und verließen damit die Baustelle.

Es war klar, dass nach den Ferien bereits der Bau neuer Gebäude beginnen würde. Die Rode-Arbeiten waren damit abgeschlossen und Kontrol und Tillid könnten tatsächlich in ihrem Zuhause wohnen bleiben.

Mit einem „Ich danke dir, Lille Lys", verneigte sich Kontrol vor dem kleinen Schneebold. Hätte ich Tillid schon vorher einmal gefragt, woher er sein unerschütterliches Vertrauen nimmt, hätte ich mir so manche Sorge sicherlich ersparen können. Aber besser spät als nie."

„Das stimmt", lachte Lille Lys. „Ich freue mich sehr für euch."

Auch Tillid bedankte sich noch bei dem kleinen Schneebold für die professionelle Umgangsart, die er den Beiden hier entgegengebracht hatte.

Gegen Abend verabschiedeten sich die Drei voneinander und Lille Lys legte sich, wie er es am liebsten tat, unter eine Baumwurzel zum Schlafen.

Das Puzzleteil mit den Worten „Kontrolle" und „Vertrauen" schwebte an ihm vorbei und gesellte sich zu den anderen Teilen in das Schatzkistchen.

22. Dezember

Als Lille Lys an diesem Tag erwachte, fühlte er sich ganz merkwürdig. Er hatte einen Traum gehabt. Einen Traum, der in ihm etwas zum Erwachen brachte. Es war wie ein brennender Wunsch, den er verspürte, doch konnte er sich überhaupt nicht wirklich an seinen Traum erinnern. Hätte er das nämlich gekonnt, so war er sich sicher, hätte er auch jetzt genau gewusst, was er sich so sehnlichst wünschte. Doch er wusste es einfach nicht!

Um seine Gedanken zu ordnen, stand er auf und rollte eine gefühlte Ewigkeit durch die weiße Winterlandschaft. Irgendwie musste er sich doch an seinen Traum erinnern können. Aber da war nichts, nicht ein winziger kleiner Hinweis auf irgendetwas. Da war nur dieses merkwürdige Gefühl in ihm, dass ihn auch über Stunden hinweg noch immer begleitete. Es war so eine Mischung aus glückseliger Leichtigkeit und bleischwerer Enge in seiner kleinen Schneeboldbrust.

Nicht einmal der Wind ereilte ihn, um ihn zu einem neuen Abenteuer zu befördern. Es war ein wirklich merkwürdiger Tag.

Von seiner ganzen Wanderung durch den dicken Schnee und dem vielen Grübeln, wurde Lille Lys irgendwann sehr müde. Er war so müde, dass er auf der Stelle liegen blieb und die Augen schloss.

Und dann kamen sie – die Bilder, die ihm in der Nacht in seinem Traum erschienen waren:

Er befand sich auf einer blühenden Wiese. So eine hatte er schon einmal gesehen. Ja, ein einziges Mal war dies gewesen. Alles wirkte so seltsam vertraut, doch wusste er noch nicht wirklich, wann er schon einmal dort gewesen sein könnte. Um ihn herum waren Blumen, Bäume und Sträucher. Es war wie im Paradies, genauso, wie er es schon einmal empfunden hatte. Nicht eine einzige Schneeflocke war zu sehen und es war seltsam warm. Das fühlte sich ungewohnt und gleichzeitig unglaublich gut an für Lille Lys, vor allem, weil er nicht einmal ansatzweise begann, zu schmelzen. Es war, als würde er gerade nicht aus Schnee, sondern aus purem Licht bestehen. Ja, wie eine Lichtkugel fühlte er sich. Und dieses Gefühl war neu für ihn. Neu und einfach unbeschreiblich großartig. Dieses Gefühl genoss er eine ganze Zeit lang völlig ungestört.

Und dann, ganz plötzlich, stand SIE wieder da. Er erkannte SIE! Ja, tatsächlich, er kannte SIE! SIE war Lille Mørke und jetzt stand sie einfach vor ihm. Sein heller Lichtkörper spiegelte sich förmlich auf ihrer Nachtschwarzen Erscheinung. Lille Lys erinnerte sich augenblicklich wieder daran, dass Lille Mørke bereits bei ihrer ersten und bisher einzigen Begegnung das schönste Wesen gewesen war, das er jemals gesehen hatte. Doch jetzt, in diesem Moment, hatte er das Gefühl, ihre Schönheit hätte sich noch um Einiges vervielfältigt.

„Hallo, Lille Lys", hörte er ihre liebliche Stimme. Und da war er wieder: dieser Blick, in den er eintauchen wollte. Jetzt und für allezeit.

„Hallo, Lille Mørke", hauchte er so leise, dass die seichte Brise seine Worte gänzlich verschluckte. Doch Worte waren gerade ohnehin nicht nötig, denn das Lächeln, das sie sich in diesem Moment gegenseitig auf die Lippen zauberten, war alles, was sie gerade brauchten. Er nahm ihre Hand in seine, sah ihr tief in die funkelnden Sternaugen und wollte sie am liebsten ganz nah an sich heranziehen…

Doch in dem Moment kam eine Windböe auf und vertrieb die Bilder aus Lille Lys Sichtfeld. Er öffnete die Augen und war wie betäubt. *Das war doch kein Traum!* sagte er zu sich selber, denn es fühlte sich so absolut wirklich an, so real.

Die Windböe, die den kleinen Schneebold aus seinen Träumen gerissen hatte, hatte sich wieder aus dem Staub gemacht und Lille Lys blieb an Ort und Stelle zurück.

Nun war er wütend. Wie konnte der Wind ihn aus seinen Träumen reißen und dann einfach wieder verschwinden?! Sofort schloss er erneut die Augen, doch die wunderbaren Bilder blieben aus, so sehr Lille Lys sich auch bemühte, wieder in sie hinein zu tauchen.

Also öffnete er seine Augen wieder und stellte zumindest voller Freude fest, dass er sich diesmal an seinen Traum erinnern konnte. Ganz deutlich hatte er das Bild von Lille Mørke vor sich. Ihre atemberaubend schöne Nachtgestalt und diese sternfunkelnden Augen, die ihn wahrlich verzaubert hatten.

Der Wunsch, den er noch des Morgens beim Erwachen erahnt, für den er aber keine Worte gefunden hatte, war nun glasklar und deutlich spürbar. Ja, er war so greifbar, dass es dem kleinen Schneebold fast ein wenig Angst machte. Angst, dass er sich vielleicht niemals erfüllen würde, denn eigentlich war es ja nur ein Traum gewesen. Aber der Wunsch, den er nun so brennend in sich fühlte, war der Wunsch, sein gesamtes restliches Leben mit Lille Mørke zu verbringen. Mit diesem zauberhaften Wesen, dessen Erscheinung alles in ihm verändert hatte. Solch erhebende Glücksgefühle, solch eine Leichtigkeit hatte er niemals zuvor so stark verspürt. Ebenso wenig wie diese starke Sehnsucht, die sich nun in ihm ausbreitete.

Er musste sie wiederfinden. Aber er hatte keine Ahnung, wo er anfangen sollte zu suchen, denn wo sucht man nach etwas, das man bislang nur in einem Traum gefunden hat?

In seinem kleinen Schneeboldkopf begann ein Gedanken-Karussell, das ihm bald einen Schleier vor die Augen legte. Und ganz unmerklich sank er wieder in einen tiefen Schlaf, der ihm einen neuen Traum schenkte.

****

Diesmal saß er an einem Tisch. Diesen Tisch kannte er gut, denn es war der Tisch seiner Großmutter.

„Hallo, Mor Mor."

„Hallo, mein lieber Lille Lys." Sie sah ihn mit diesem warmen Blick an, mit dem sie ihn immer ansah, wenn er sie besuchte. „Du bist gekommen, um mir eine Frage zu stellen." Es war eine Feststellung, keine Frage.

„Ja", antwortete der kleine Schneebold und fuhr wie selbstverständlich fort. „Ich möchte wissen, wo ich Lille Mørke wiederfinden kann."

„Hmhm", Mor Mor nickte verständnisvoll. „Wie ich sehe, hast du schon eine Menge auf deiner Erdenreise erlebt und nun bist du dem großen Geheimnis schon ganz nah."

Eigentlich hätte Lille Lys sich darüber sehr freuen müssen, denn das große Weihnachtsgeheimnis war ja überhaupt der Grund, weshalb er unbedingt auf die Erde gewollt hatte.

Doch jetzt verspürte er nur noch diesen einen riesigen Wunsch, Lille Mørke bei sich zu haben, in sich. Er hatte keinerlei Interesse mehr daran, dem großen Weihnachtsgeheimnis auf die Spur zu kommen und dies äußerte er jetzt auch klar gegenüber seiner Großmutter.

„Weißt du", begann sie daraufhin, „Ich verstehe dich. Und natürlich gibt es einen Weg, Lille Mørke wieder zu finden. Aber die einzige Möglichkeit dafür besteht darin, dass du deine Erdenreise mit dem Lösen der Geheimnisse vollendest. Dies betrifft die kleinen Geheimnisse ebenso wie das Große. Denn wie du bereits weißt, kannst du das große Geheimnis nur erkennen, wenn du alle kleinen zuvor gelöst hast."

Lille Lys verstand den Zusammenhang zwischen dem großen Weihnachtsgeheimnis und Lille Mørke keineswegs, doch merkte er seiner Großmutter an, dass jeglicher Zweifel an ihren Worten unangebracht war.

Ein kleiner Seufzer entfuhr ihm nun. „Aber wie lange dauert es denn noch?"

Mor Mor lachte amüsiert und strich ihm liebevoll über seine Wange. „Glaub mir, du bist schon ganz nah dran." Viel mehr wollte und durfte sie ihm nicht sagen.

„Kehr jetzt zurück und hab Vertrauen, dann geht alles wie von selbst. Es gibt eine Verbindung zwischen Wunsch und Wirklich-

keit." Das war alles, was sie ihm noch dazu sagen konnte. Sie zwinkerte ihrem Enkel noch einmal zu und …

Das war also das Geheimnis, das sich in dieser Nacht, während des Schlafes, in Lille Lys Schatzkästchen legte: „Wunsch" und „Wirklichkeit".

23. Dezember

War es ein Traum oder war es Wirklichkeit? Es war doch wieder wie verhext. In seinem ganzen Leben hatte Lille Lys bisher niemals solche so real erscheinenden Träume gehabt. Er griff in sein Schatzkistchen und holte das letzte Puzzleteil daraus hervor, um nachzusehen, was auf ihm stand. *„Wunsch und Wirklichkeit"* las er. Es stimmte also. Er hatte in dieser Nacht wohl tatsächlich seine Mor Mor besucht, obwohl das laut seines Verstandes keinesfalls möglich sein konnte. *Nehmen wir an, dass es wahr wäre*, sagte der kleine Schneebold zu sich selbst, *dann muss ich herausfinden, wo die Verbindung zwischen Wunsch und Wirklichkeit liegt.*

Ja, das hatte Lille Lys sich nun vorgenommen. Doch schon tauchte das nächste Problem auf, denn wie und wo sollte er das herausfinden?

„Kehr jetzt zurück und hab Vertrauen", hörte er deutlich die Stimme seiner Großmutter. Diese Worte hatte sie noch zu ihm gesprochen, ehe er am Morgen aus seinem Traum erwacht war.

Und plötzlich wurde es tatsächlich ganz ruhig in ihm, denn er wusste einfach, dass er jetzt darauf vertrauen konnte, dass der Wind ihn schon wieder holen und ihn zu seinem nächsten Geheimnis führen würde. Und jedes Geheimnis, das hatte Mor Mor ihm ja gesagt, würde ihn auch näher zu Lille Mørke führen.

So dauerte es tatsächlich nicht lange, bis ein sanfter Windhauch Lille Lys in die Luft erhob und ihn zu einer uralten Eiche brachte, auf der eine eindrucksvolle weiße Eule saß.

Eulen, das wusste der kleine Schneebold, waren weise Tiere, die so ziemlich alles wussten, was es überhaupt so alles zu wissen gab. In Lille Lys breitete sich ein großes Glücksgefühl aus, denn er war sich sicher, dass die Eule einen guten Rat für ihn hatte.

„Hallo, Eule", rief er hoch zu ihr. Doch sie hatte ihre Augen fest geschlossen und rührte sich keinen Millimeter bei seinen Worten. Er versuchte es noch einmal, diesmal ein wenig lauter. Und als auch das nichts half, brüllte er sich beim dritten Mal beinahe die Kehle aus dem Hals. Aber die Eule schlief. Da war nichts zu machen.

Na toll, murmelte der kleine Schneebold vor sich hin. *So hatte ich mir das aber nicht vorgestellt.*

„Wie hast du es dir denn vorgestellt?" hörte er nun eine leicht piepsige Stimme hinter sich. Ein wenig erschrocken drehte er sich um und blickte in zwei Bernsteinfarbene Augen, die ihn munter anfunkelten. Es war ebenfalls eine Eule, allerdings war sie noch sehr jung und kaum viel größer als Lille Lys.

„Ich, ähm", stammelte der kleine Schneebold nun. „Ich, ich wollte einen weisen Rat von der Eule haben. Aber sie schläft und hört mich gar nicht, wenn ich sie rufe."

Die junge Eule begann zu lachen. „Nein, wenn Großvater Klog* schläft, dann kann die Erde beben und er hört es nicht."

„Das ist dein Großvater?"

„Ja. Klog ist mein Großvater und ich bin Clueless*." Zum Gruß hob der kleine Eulenjunge einen seiner Flügel. „Aber was willst du ihn denn fragen?"

„Ich möchte gerne einen Rat von ihm haben. Ich bin mir sicher, dass er mir weiterhelfen kann."

„Da bin ich mir auch sicher. Aber du kannst auch genauso gut mich fragen", ermunterte Clueless ihn nun.

Lille Lys sah sein Gegenüber zweifelnd an. Wie sollte eine so kleine Eule wissen, wie sich Wunsch und Wirklichkeit verbinden ließen?!

„Du denkst, ich bin zu jung, um dir einen passenden Rat zu geben", sagte Clueless und grinste.

Lille Lys nickte langsam. Er wollte Clueless nicht verärgern, aber es stimmte, er traute es der kleinen Eule nicht zu.

„Du könntest es zumindest mal versuchen", ermunterte ihn Clueless jetzt. „Wenn du dann an meiner Antwort zweifelst kannst du immer noch so lange warten, bis mein Großvater wach wird. Spätestens wenn es beginnt, dunkel zu werden, öffnet er seine Augen. Wir Eulen sind nämlich gewöhnlicher weise Nachttiere."

„Also gut", sagte der kleine Schneebold. „Ich bin übrigens Lille Lys."

„Ich weiß", lachte Clueless nun wieder. „Und jetzt frag mich schon."

Lille Lys begann, von seinen Träumen zu erzählen. Dabei ließ er nicht eine einzige Kleinigkeit aus, denn vielleicht war ja jedes noch so winzige Detail wichtig. Clueless hörte ihm sehr aufmerksam zu, nickte hin und wieder und schenkte dem kleinen Schneebold die ganze Zeit über ein aufmunterndes Lächeln.

„Und was genau willst du jetzt?" fragte der Eulenjunge, als alles gesagt war.

„Ich will Lille Mørke wiederfinden."

„Ist das wirklich alles?"

Lille Lys verstand die Frage zunächst nicht.

Clueless wiederholte seine Frage also noch einmal: „Ist das wirklich alles, was du willst? Sie wiederfinden?"

Kurz überlegte der kleine Schneebold, dann sagte er: „Ich möchte mein Leben mit ihr teilen."

„Ah!" freute sich Clueless. „Das klingt schon anders."

Lille Lys verstand noch immer nicht. „Aber das sagte ich doch schon."

„Nein", widersprach der Eulenjunge. „ Du sagtest zuerst, du möchtest Lille Mørke wiederfinden. Das ist etwas ganz anderes. Oder möchtest du behaupten, dass es das gleiche ist, wenn man einfach mal jemanden wiederfinden möchte, wie, wenn man sein ganzes Leben mit einem anderen teilen möchte?!"

Der kleine Schneebold musste unwillkürlich schmunzeln, denn es war tatsächlich nicht das gleiche.

„Also?" neckte ihn Clueless.

„Also, ich möchte mein Leben mit Lille Mørke teilen."

„Dann geh jetzt schlafen und sei dir sicher, dass es genauso kommt. Vorausgesetzt, Deine Beweggründe sind ehrenhaft."

Lille Lys sah Clueless an, als hätte er gerade den Verstand verloren. Was sollte denn das für ein Rat sein?

„Ich soll schlafen gehen?"

„Ja", wiederholte der Eulenjunge ganz ruhig. „Wenn deine Beweggründe wirklich ehrenhaft sind und du in dieser Zuversicht schlafen gehst, dass es so kommt, wie du es dir wünschst, dann kommt es auch so. So verbindet sich irgendwann auf geheimnisvolle Weise dein Wunsch mit deiner Wirklichkeit."

Es herrschte nun ein langer Moment der Stille, denn Lille Lys hatte ein bisschen das Gefühl, Clueless würde sich über ihn lustig machen. Aber er sagte es nicht. Wahrscheinlich war dieser Eulenjunge tatsächlich einfach noch viel zu jung, um solch tiefgründige Fragen beantworten zu können, dachte er. So etwas wissen wohl wirklich nur alte weise Eulen mit viel Lebenserfahrung.

„Ich mache dir einen Vorschlag", gluckste der Eulenjunge sichtlich amüsiert. „Warte hier bis mein Großvater aufwacht und frage ihn ebenfalls um Rat. Du wirst feststellen, dass sich seine Antwort nicht von meiner Antwort unterscheiden wird."

Nun hatte Lille Lys ein bisschen ein schlechtes Gewissen, denn es war offensichtlich, dass er Clueless noch kein wirkliches Vertrauen schenkte. Dabei sagte ihm eine leise

Stimme in seinem Inneren, dass der Eulenjunge tatsächlich Recht haben könnte.

Clueless beobachtete Lille Lys sehr aufmerksam und sah, dass der kleine Schneebold mit sich rang. „Du musst kein schlechtes Gewissen haben! Diese Angelegenheit ist dir sehr wichtig und da ist es nur natürlich, dass du ganz sicher sein willst."

Lille Lys atmete sichtlich erleichtert auf. „Ja, du hast Recht. Ich habe schon irgendwie das Gefühl, dass du mir genau den richtigen Rat gegeben hast. Und doch möchte ich auch noch deinen Großvater fragen."

„Dann warten wir jetzt gemeinsam, bis er seine Augen öffnet. Aber tu dir in der Zwischenzeit den Gefallen und höre tief in dich hinein. Du wirst feststellen, dass wir alle Drei zu derselben Antwort kommen."

Mehr sagte er nicht. Beide saßen in der stillen Idylle der Natur nebeneinander und Lille Lys horchte, wie es ihm geraten wurde, tief in sich hinein.

Und irgendwann, ganz plötzlich, da wusste er es! Er fühlte es mit einer solchen Überzeugung, dass er nicht länger in der Stille verharren musste. „Ich werde jetzt gehen", sagte er zu Clueless.

„Aber was ist mit dem Rat meines Großvaters?"

„Den brauche ich nicht mehr", freute sich der kleine Schneebold und hüpfte vor Freude durch die weiße Winterpracht.

„Was brauchst du nicht mehr?", ertönte da eine äußerst tiefe und sehr weise klingende Stimme. Es war Klog, der gerade aufgewacht war und seinen Enkel und Lille Lys interessiert ansah.

Augenblicklich machte sich eine Art Ehrfurcht in Lille Lys breit. Dieser weise Eulenmann war eine äußerst beeindruckende Erscheinung. In seinen braunen Augen lag eine Güte, die kaum in Worte zu fassen war.

„Was brauchst du nicht mehr?" wiederholte der Alte seine Frage, breitete seine großen Flügel aus, flog hinunter zu den Beiden und setzte sich direkt zwischen sie.

„Ich war gekommen, um einen weisen Rat von dir einzuholen", flüsterte Lille Lys ehrfürchtig.

„So? Und nun brauchst du ihn nicht mehr?"

„Nein. Dein Enkel hat mir schon gesagt, was ich tun soll."

Ein stolzes Lächeln breitete sich auf Klogs Gesicht aus. „Ja, mein Enkel ist ein wahrlich kluger Eulenjunge. Weißt du, sein Name bedeutet *Unbedarft*. Viele sehen diese Eigenschaft als etwas Naives, Nichtsnütziges an. Doch ich sage dir: die Unbedarftheit ist unser natürliches Wissen, unsere Intuition, mit der wir in diese Welt hinein geboren werden. In unserer UNBEDARFTHEIT wissen wir ALLES. Alles, was wichtig ist für unser Leben. Leider verlernen wir bereits sehr früh, diesem Wissen zu vertrauen. Wir vertrauen lieber anderen statt uns selbst. Die Weisheit ist am Ende nur die Erkenntnis, dass sämtliches Wissen IN UNS liegt. Wir werden also sozusagen wieder unbedarft." Er zwinkerte Lille Lys zu und fragte: „Und weißt du, was das Besondere an den Unbedarften und den Weisen ist?"

Lille Lys schüttelte den Kopf, denn er wusste es gerade wirklich nicht.

„Für die Unbedarften und für die Weisen ist alles möglich!"

„Für die Unbedarften und für die Weisen ist alles möglich", wiederholte Lille Lys kaum hörbar, denn er musste diesen Satz noch einmal für sich verinnerlichen. Dann legte sich ein zufriedenes, glückliches Lächeln auf seine Lippen, das zeigte, dass er tatsächlich verstanden hatte, was ihm der weise Eulenmann sagen wollte.

„Ich wüsste trotzdem gerne, welchen Rat du von mir haben wolltest", sagte Klog Lille Lys zugewandt.

Also erzählte der kleine Schneebold noch einmal genau das gleiche, das er auch schon Clueless erzählt hatte.

„Und was genau willst du jetzt?" fragte auch Klog.

Diesmal wusste Lille Lys genau, was er zu antworten hatte.

„Ich möchte mein Leben mit Lille Mørke teilen."

Und jetzt war der kleine Schneebold doch ein wenig aufgeregt. Eigentlich kannte er bereits den Rat, der ihm nun gegeben würde. Aber es noch einmal gesagt zu bekommen, zauberte tausend tanzende Sterne in seinen kleinen Schneeboldbauch.

„Dann geh jetzt schlafen und sei dir sicher, dass es genauso kommt. Vorausgesetzt, deine Beweggründe sind ehrenhaft."

Die Drei verabschiedeten sich des Abends voneinander und Lille Lys bedankte sich für die wundervolle Erkenntnis, die ihm an diesem Tag zuteil geworden war.

Er suchte sich ein schönes ruhiges Plätzchen unter dem funkelnden Sternenhimmel und legte sich dort schlafen. Das wunderbare Gefühl in seinem Bauch, das er bereits von dem Moment an gespürt hatte, als er wusste, dass er sein Leben mit Lille Mørke teilen würde, hüllte ihn gänzlich ein. Wie eine wohltuende Decke breitete es sich aus und brachte alles in ihm vor Glückseligkeit zum Leuchten.

Er hatte keine Ahnung, wie sich sein Wunsch tatsächlich mit der Wirklichkeit verbinden würde, doch das WIE war gerade auch nicht wichtig. Wichtig war nur, dass sein Wunsch in Erfüllung ginge. Das einzige, was Lille Lys noch ein wenig Kopfzerbrechen machte, war dieser merkwürdige Nachsatz: *„Wenn deine Beweggründe ehrenhaft sind."* Denn den verstand er noch nicht in der Gänze.

Aber was auch immer die beiden Eulen damit gemeint hatten, der kleine Schneebold fühlte einfach, dass seine Beweggründe in jedem Fall ehrenhaft waren. Und das machte ihn sehr glücklich.

In diesem Glücksgefühl glitt er hinüber in den Schlaf.

Das Puzzleteil, das an diesem dreiundzwanzigsten Tag in das Schatzkistchen gesegelt kam, trug die Worte „Weise" und „Unbedarft" mit sich.

24. Dezember

„**G**uten Morgen, Lille Lys", drang eine helle Stimme an sein kleines Schneeboldohr. „Du musst aufstehen. Heute ist ein wichtiger Tag."

Begleitet von einem herzhaften Gähnen öffnete Lille Lys seine Augen. Doch was war das?! Um ihn herum war alles schwarz! Da war nichts zu sehen, rein gar nichts, außer purer Dunkelheit!

„Wer bist du und wo bin ich?" fragte er und in seiner Stimme schwang blanke Panik mit.

„Hab keine Angst", sagte die Stimme und legte eine Hand beruhigend auf seine linke Schulter. „Ich bin eine Botin und du bist hier in Drømme*."

„In Drømme?"

„Ja, genau. Drømme ist der Ort, den du passieren musst, wenn du das große Weihnachtsgeheimnis entschlüsseln willst."

„Das heißt", begann der kleine Schneebold, „ich bin am Ende meiner Erdenreise?" Ein zartes Glücksgefühl machte sich in seiner Brust und seinem Bauch breit.

„Ja, mein lieber Lille Lys. So ist es. Aber eine letzte Aufgabe wartet noch auf dich."

Es war schon ein wenig unheimlich für den kleinen Schneebold, denn obwohl er die Stimme der Botin ganz dicht neben sich hörte, sah er die Gestalt, zu der sie gehörte, nicht.

„Welche Aufgabe ist das? Und werde ich dann endlich mein Leben mit Lille Mørke teilen?"

Die Stimme der Botin erklang nun wie ein sanftes Flüstern ganz dicht an seinem linken Ohr. „Beantworte mir eine Frage, kleiner Schneebold: Wieso möchtest du dein Leben mit Lille Mørke teilen?"

Diese Frage erinnerte Lille Lys augenblicklich wieder an die ehrenhaften Beweggründe, die für seine Wunscherfüllung nötig waren. Zuvor hatte er nie wirklich über seine Beweggründe nachgedacht. Es war einfach ein so brennender Wunsch tief in ihm, der einem Gefühl entsprang, das er nicht in Worte kleiden konnte. Er wusste einfach nur, dass es so war!

Der kleine Schneebold fühlte die Blicke der Botin auf sich gerichtet, doch war er unfähig, ihr eine Antwort zu geben. Er wollte einfach nichts Falsches sagen. Vielleicht würde sich sein Wunsch dann niemals erfüllen und das Risiko konnte und wollte er nicht eingehen.

Die Botin schien genau zu wissen, was in Lille Lys vor sich ging. „Du musst keine Angst haben", sagte sie. „Sobald du eine Ahnung davon hast, warum du dein Leben mit Lille Mørke teilen möchtest, und vorausgesetzt, deine Beweggründe sind ehrenhaft, wirst du auch an den Ort gelangen, an dem du ihr begegnen kannst." Kurz herrschte Schweigen, ehe sie noch hinzufügte: „Vielleicht hilft es dir, wenn du einmal dein Schatzkistchen öffnest…"

Lille Lys spürte, dass sie ihn mit diesem letzten Hinweis alleine gelassen hatte. Nun saß er hier in der schwarzen Dunkelheit und hatte keine Ahnung, wie er diese Aufgabe lösen sollte. Aber er tastete nach seinem Schatzkistchen und öffnete es vorsichtig. Ein helles Strahlen schien ihm entgegen, so, dass er erkennen konnte, was sich ihm nun präsentierte.

Ein winziges Puzzleteil kam herausgeflogen. Aber es sah nicht mehr so leblos aus, wie ein normales schwarz-weißes Puzzleteil. Es war jetzt durchsichtig und sah aus, als wäre es aus purem Glas und gar zerbrechlich. Lille Lys nahm es ganz vorsichtig in seine kleine Hand und spürte sofort, wie ein warmes, wohliges Gefühl sich in ihm ausbreitete. Die Worte, die er las, waren die des Vorabends: „Weise" und „Unbedarft". Und nun sah Lille Lys, dass sich hinter den Worten die beiden Eulen befanden. Sie schienen mitten in dem Puzzleteil als reale Wesen zu existieren. Er sah genau, wie sie auf der alten Eiche saßen und zufrieden schliefen. Das war gerade wirklich wie pure Magie. Und damit war es noch nicht vorbei. Die beiden Eulen verwandelten sich vor seinen Augen in einen schwarzen und in einen weißen Schneebold. Ja, ganz deutlich sah er es vor sich: diese beiden Schneebolde waren er selbst und Lille Mørke! Das war gerade wirklich unglaublich und ein ganz besonders magischer Moment!

Und kaum hatte er das Puzzleteil noch einmal ungläubig von allen Seiten genauestens betrachtet, schwebte auch schon wie von Zauberhand das nächste Teilchen herbei. Auch dieses war wunderbar gläsern und wirkte absolut lebendig. Hinter den Worten „Kontrolle" und „Vertrauen" tauchten zunächst auch wieder die beiden Wesen auf, die Lille Lys an seinem einundzwanzigsten Erdentag getroffen hatte. Doch auch hier verwandelten sich die Beiden auf den zweiten Blick wieder in ihn selbst und Lille Mørke.

So ging das eine ganze Zeit lang weiter. Lille Lys erlebte sozusagen noch einmal alle seine Erdentage im Rückwärtslauf.

Am Ende setzten sich die Puzzleteile alle wie von Zauberhand zusammen. Eine beeindruckende, gläserne Form schwebte nun direkt vor Lille Lys in der Dunkelheit!

Doch halt! Was war das? Mitten in der Form war ein großes Loch erkennbar, durch das das Schwarz der Dunkelheit hindurchschien. Lille Lys schaute in sein Schatzkistchen. Ein Puzzleteil lag noch darin. Er nahm es heraus und starrte es eine Zeit lang ratlos an. Es sah noch genauso aus, wie es sich in das Kästchen hineingelegt hatte – schwarz-weiß und leblos. Lille Lys las die Worte darauf: „Wunsch" und „Wirklichkeit." Was hatte das bloß zu bedeuten, so fragte er sich. Vorsichtig hielt er es an eine Stelle des Lochs. Ja, da würde es wohl hineinpassen, stellte er fest, aber es blieb nicht daran haften. Zudem füllte es nicht das komplette Loch aus. Ein Teil fehlte definitiv noch. Der kleine Schneebold sah erneut in sein Schatzkistchen, doch es war leer. Behutsam nahm er das schwarz-weiße Puzzleteil und legte es wieder in das Kästchen, damit es nicht verloren ging. Dann grübelte und grübelte Lille Lys darüber nach, wieso „Wunsch" und „Wirklichkeit" noch nicht passte und weshalb noch ein letztes Teil gänzlich fehlte. Er grübelte so lange, dass es ihm gar nicht in den Sinn kam, sich die Form, die sich bereits aus all den Puzzleteilen zusammengesetzt hatte, noch einmal genauer anzusehen.

Erst eine ganze Weile später richtete er seinen Blick bewusst auf das gläsern leuchtende…

****

Als Lille Lys erwachte, wusste er, ohne darüber nachzudenken, wo er sich gerade befand. Nicht etwa, weil er sich natürlicherweise noch daran erinnerte, wo er sich am vorigen Abend schlafen gelegt hatte. Nein, dieses Wissen hätte ihm nicht viel genützt, denn er erwachte in einer völlig anderen Umgebung. Um ihn herum lag kein einziges Schneeflöckchen und kalt war es schon mal gar nicht. Im Gegenteil, es war wunderbar warm und Lille Lys genoss es sehr, denn er wusste einfach, dass er keine Angst haben musste zu schmelzen. Überhaupt fühlte er sich so gut, wie er sich bisher nur in seinen beiden Träumen gefühlt hatte, in denen er Lille Mørke begegnet war.

Rings um ihn herum war nichts als Sand – Goldfarbener Sand. Der Himmel erstrahle in rubinfarbener Morgenröte und verlieh dem goldenen Sand dadurch zusätzlich noch ein ganz besonderes Schimmern. Es war genauso, wie Lille Lys sich diesen Ort vorgestellt hatte.

„Ich bin tatsächlich in Herz", sagte er zu sich selber und nahm die ganze Schönheit in sich auf, die sich ihm von allen Seiten zeigte. Er erinnerte sich daran, was Mor Mor ihm unter anderem einmal über den Ort „Herz" gesagt hatte: *Herz ist der Ort, an dem sich alle wiedertreffen können.* Er erinnerte sich auch daran, dass er in der letzten Nacht von einer Botin geträumt hatte. Sie hatte ihm ganz deutlich zu verstehen gegeben, dass er, sobald er eine Ahnung davon hatte, weshalb er sein Leben mit Lille Mørke teilen wollte, an den Ort gelangen würde, wo er ihr begegnen könnte. Und natürlich vorausgesetzt, seine Beweggründe waren tatsächlich ehrenhaft.

Und nun war er hier, ja, tatsächlich, er hatte Herz gefunden, obwohl er gar nicht wissentlich danach gesucht hatte. Das war doch unglaublich! Lille Lys war sich sicher, dass es nun nicht mehr lange dauern könnte, bis er endlich Lille Mørke wiederbegegnen, und sein Leben mit ihr teilen würde. Auch, wenn er die Frage der Botin noch nicht in der Gänze beantworten konnte. Aber wenn er schon hier war, mussten seine Beweggründe wohl wirklich ehrenhafter Natur sein. Ein wunderbares, großes Glücksgefühl breitete sich also bereits jetzt schon bei diesem Gedanken in ihm aus.

Er erinnerte sich schemenhaft an den Rest seines Traumes der letzten Nacht. Vor seinem geistigen Auge konnte er die gläsernen Puzzleteile vor sich sehen, die sich ohne sein Zutun zusammensetzten und eine bestimmte Form bildeten. Er erinnerte sich auch daran, dass das Teil „Wunsch" und „Wirklichkeit" noch immer schwarz-weiß, statt gläsern gewesen war und dass ein Teil gänzlich fehlte.

„Dann darf ich heute wohl mein letztes Geheimnis lüften", mutmaßte Lille Lys und er fragte sich, ob der Wind ihn wohl auch hier in Herz finden würde.

Ganz in der Ferne, da sah er plötzlich etwas. Etwas, das ihn an dem idyllischen Bild irritierte. Dort hinten in der Ferne war eine tiefe Schwärze, die so gar nicht zu der wundervollen Landschaft um ihn herum passte. Ein Bauchgefühl erfasste ihn wie magnetisch und sagte ihm klar und deutlich, dass er genau dorthin gelangen musste. Da kein Windhauch zu vernehmen war, versuchte Lille Lys, sich durch den Sand zu rollen. Doch was war das? Er war so leicht, dass er förmlich über den Sand hinwegglitt. Besser noch, er konnte schweben – durch die Lüfte, ganz ohne fremde Hilfe! Er sah an sich herunter und stellte fest, dass er nicht mehr die Konsistenz eines Schneeboldes hatte, sondern, wie bereits einmal in seinem Traum, die einer Lichtkugel. Und so verrückt und surreal ihm das auch alles irgendwie erschien, so normal und real schien es ihm im selben Moment ebenfalls zu sein! Denn natürlich wusste er auch immer noch sehr genau, dass er im Grunde genommen immer noch ein richtiger Schneebold war. Das hier war wohl einfach pure Magie.

Jetzt, wo er festgestellt hatte, dass er schweben konnte, setzte er sich in Bewegung Richtung der Schwärze, die ihn wie magisch anzog. Je näher er dieser Schwärze kam, desto dunkler wurde es um Lille Lys herum. Irgendwann befand er sich mitten in ihr. Es schien, als hätte die Schwärze den rubinroten Himmel und den goldenen Sand jäh verschluckt. Nur Lille Lys kleiner leuchtender Lichtkörper ließ zumindest noch den Sandboden erahnen. *Ganz schön unheimlich,* dachte er. Und in diesem Moment tauchte über ihm in der Dunkelheit ein großer, hell leuchtender Stern auf.

„Folge mir", sagte dieser zu Lille Lys. „Ich weiß genau, wohin dich deine Suche führt."

Lille Lys hatte vollkommenes Vertrauen in den Stern und folgte ihm ohne zu zögern. Nach einer ganzen Weile kamen sie an eine Art Stall. Genau über diesem Stall blieb der Stern stehen und erleuchtete die ärmliche Hütte, die nur noch aus einer Hinterwand und zwei kläglichen Seitenwänden bestand. Lediglich ein paar Strohgeflechte schützten als Dach vor möglichem Regen oder Wind.

Lille Lys erblickte ein paar Schäfer, die um den Stall saßen und die vereinzelt ein paar Herdentiere bei sich hatten. In dem Stall knieten ein älterer Mann und eine Frau, die in ärmliche Gewänder gekleidet waren. Hinter ihnen standen ein Esel und ein Ochse.

Was für ein merkwürdiges Bild hier inmitten der Einöde und Dunkelheit, dachte Lille Lys.

Sein Blick fiel nun auf eine Art Trog, der zwischen dem älteren Mann und der Frau stand. Um besser erkennen zu können, um was genau es sich handelte, schwebte Lille Lys noch ein wenig näher heran. Genaugenommen war der Trog eine Krippe. Eine Krippe, aus der es wundersam leuchtete. Ja, es leuchtete so hell, wie Lille Lys niemals zuvor etwas so helles zu Gesicht bekommen hatte. Wie gebannt und verzaubert schwebte er ganz dicht an die Krippe heran. Er war aufgeregt und alles in seinem kleinen Körper hüpfte und tanzte aus unerklärlichen Gründen vor Freude!

Schließlich setzte er sich auf den Rand der Krippe, denn er wollte das Baby, das er darin entdeckt hatte, sehen, von dessen Erscheinung ganz offensichtlich das Licht erstrahlte.

Beim Anblick des Kindes musste Lille Lys seine Augen sofort zusammenkneifen, denn dieses Neugeborene strahlte nur so voller Licht und Wärme! Er erinnerte sich an den Augenblick, in dem er Lille Mørkes Schönheit das erste Mal erblickt hatte und sich sicher war, dass es so viel Schönheit nur ein einziges Mal unter der Sonne und unter dem Mond geben würde. Doch jetzt, in diesem Moment sah er noch einmal eine vollkommene Schönheit. Dieses Kind, das da in den ärmlichsten Umständen voller Zufriedenheit und Glückseligkeit in seiner Krippe lag, offenbarte ihm alles, was es jemals an Offenbarung geben konnte. In dem Strahlen, das Lille Lys in den Augen dieses Babys sah, erkannte er noch einmal alles und jeden, der ihm während seiner Dezember-Erdenreise begegnet war. Da waren Frygt und Modet, Grim und Smukke, Sandhed und Falskhed,

Vicino und Tæt und all die anderen wundervollen Begegnungen der letzten Tage und Wochen. Sie alle erkannte er in den Augen dieses neugeborenen Kindes.

Aber da war noch eine weitere, eine alles überstrahlende Erscheinung zu erkennen. Diese Erscheinung strahlte Lille Lys so hell entgegen, dass er sich für einen Moment sehr klein und sehr bedeutungslos in ihrer Gegenwart fühlte. Und obwohl er sie scheinbar noch niemals zuvor gesehen hatte, so wusste er doch sofort, wer ihm hier entgegen blickte. Es war ELSKER*, die LIEBE, die gerade alles zu erfüllen schien!

Und ganz plötzlich, durch die Erscheinung Elskers, entdeckte Lille Lys etwas in den Augen dieses Kindes, das alles in ihm veränderte und er auf einmal ganz klar sah! Er hatte wahrlich eine Erleuchtung! Die Kleinheit und Bedeutungslosigkeit, die er noch kurz zuvor verspürt hatte, wichen augenblicklich durch diese große, wunderbare Erkenntnis. Denn nun sah er in den Augen des Neugeborenen SICH SELBST. Da war er, Lille Lys! Und wie er leuchtete! So hatte er sich noch nie selber gesehen. Er war wahrlich perfekt, gar vollkommen! Tränen der Rührung und des Staunens traten ihm in die Augen.

„Ja, Lille Lys, die Liebe verändert einfach alles", hörte er eine sanfte Stimme ganz nah. Es war das kleine Kind in der Krippe, das Baby, das da sprach. Dabei wusste Lille Lys sehr genau, dass Babys nicht sprechen konnten. Auch nicht zur Weihnachtszeit, denn sie hatten einfach noch keinen Wortschatz. Dieses aber konnte alles, denn es war das Kind Gottes, das Christuskind.

„Weißt du, wieso du MICH gefunden hast?" Dabei betonte es das Wort „Mich" ganz besonders.

Lille Lys überlegte, aber so genau wusste er nicht, worauf das Christuskind hinauswollte. Es erwartete wohl auch keine Antwort, denn es fuhr sogleich fort: „Ich bin dir in den letzten Tagen immer wieder erschienen. Mal war ich der Schmerz, mal die Freude, so, wie du sie gerade in meinen Augen erblickt hast. Ein anderes Mal war ich die Hässlichkeit und die Schönheit. Auch in der Gestalt von Trauer und Freude habe ich mich dir gezeigt. Und du hast mich in jeglicher Gestalt angenommen, hast mich somit aufgenommen in deinem Herzen.

An dieser Stelle erkannte Lille Lys, dass „HERZ" wirklich kein gewöhnlicher Ort war! Er erkannte, dass es der Ort war, an dem die Liebe ihr Zuhause hat und alles und jeder willkommen ist! Der Ort, den jeder aufsuchen kann! Nicht nur an Weihnachten, sondern das ganze Jahr über. Denn dieser Ort befindet sich nirgendwo anders als in uns selbst! Und auf einmal wusste Lille Lys, was er die ganze Zeit in seiner Brust gespürt hatte. Es war sein eigenes Herz, das unbedingt von ihm entdeckt und geöffnet werden wollte! Es hatte sich auf seiner Erdenreise mal ängstlich zusammengezogen, mal wild geschlagen und mal vor Freude gehüpft. Doch kannte er es nicht!

Das Christuskind sah Lille Lys eine ganze Weile mit durchdringenden, liebevollen Augen an, bevor es weiter sprach, denn es wusste, dass er Zeit zum Verarbeiten brauchte. „Die Geschöpfe unter der Sonne und unter dem Mond leben größtenteils in zwei, scheinbar getrennten Welten. Es gibt für sie die *schöne* Welt und die *schlechte*. Die *schöne* Welt erkennen sie in ihrem Herzen und nehmen sie dort auf. Die *schlechte* Welt lebt in ihrem Verstand, in ihren Gedanken, und wird nicht ins Herz eingelassen.

Sie denken, diese beiden Welten existieren getrennt voneinander, doch ist dies nur eine Illusion. In Wahrheit bedingt sich alles und ergänzt sich zu einem größeren Ganzen. Ich könnte auch sagen: Wo Licht ist, da ist auch Schatten! Wer könnte schon die Schönheit erkennen, wenn er das Hässliche nicht auch einmal zu Gesicht bekäme? Wer könnte Mut beweisen, wenn es nicht auch die Furcht gäbe? Und wie wunderbar würde sich die Freude noch anfühlen, wenn nicht auch ihr Gegenstück, die Traurigkeit existierte?"

Lille Lys Gesicht erhellte sich.

„Ich glaube, ich verstehe, was du meinst", entfuhr es ihm plötzlich vor lauter Freude. „Alle Gegensätze helfen uns dabei, uns selber besser kennenzulernen und uns in unserer Ganzheit zu erkennen und anzunehmen." Und jetzt leuchteten auch Lille Lys Augen so deutlich, dass das kleine Kind in der Krippe vergnügt mit seinen Beinchen in der Luft strampelte und dabei selig lächelte. Lille Lys fuhr fort. „Ich erinnere mich an meinen Traum der letzten Nacht. Ich erinnere mich genau daran, wie ich in jedem einzelnen Puzzleteil zunächst die gegensätzlichen Wesen erkannte, die mir an den jeweiligen Tagen begegnet waren, ehe sie sich in die Gestalt von mir selber und Lille Mørke verwandelten."

Das Christuskind nickte anerkennend. „Dann weißt du jetzt, warum du MICH gefunden hast?"

„Ja", nickte Lille Lys. „Jetzt weiß ich, warum ich MICH gefunden habe." Er benutzte absichtlich dasselbe Wort, denn er hatte ja bereits erkannt, dass er in dem Christuskind SICH SELBST entdeckt hatte und dass es auch das war, worauf es hinaus wollte. „In MIR erkenne ich das letzte Geheimnis meiner Erdenreise, das große Weihnachtsgeheimnis!

„Und was genau ist das große Weihnachtsgeheimnis?"

„Es ist die **LIEBE**!"

Plötzlich löste sich die Schwärze um sie herum auf, der Himmel erhellte sich und die rubinfarbene Morgenröte breitete sich auch über ihnen aus. Zu ihren Füßen schimmerte der Sand in glänzendem Gold und alles war hell erleuchtet.

Von irgendwoher schwebte das 24. Puzzleteil herbei. Es war bereits so gläsern wie die Puzzleteile, die in Lille Lys letztem Traum aus seinem Schatzkistchen geschwebt waren.

„Das hast du sehr richtig erkannt, Lille Lys", sagte das Christuskind. „DU und ICH sind EINS. Nur in MIR ist die Liebe zu finden. Das ist ein großes Mysterium, das mit dem Verstand nicht erfasst werden kann, sondern nur mit dem eigenen …"

Statt das Wort auszusprechen, legte es seine kleine rechte Hand auf die Brust und nickte Lille Lys ermunternd zu: „Öffne deine kleine Schatztruhe", sprach es und Lille Lys tat, wie ihm geheißen wurde. Ein Puzzleteilchen nach dem anderen erhob sich in die Lüfte und schwebte direkt hin zu der Krippe, über der sie sich nach und nach zu einem wundervoll durchsichtig gläsernen Herzen formierten. Als sich das 24. Teilchen einfügte, leuchtete es als Einziges in wunderschönem rubinrot.

Auf diesem Puzzleteil stand zum ersten Mal nur ein einziges Wort geschrieben. „Liebe", las Lille Lys. Das war also wirklich das letzte Geheimnis, das große Weihnachtsgeheimnis, das er herausfinden sollte. „Weihnachten ist also das Fest der Liebe", murmelte er vor sich hin. „Wie wundervoll."

„Ganz recht", sagte das Christuskind. „Weihnachten ist das Fest der Liebe. Und heute, am 24. Dezember bin ICH geboren, um die Liebe in die Welt zu bringen. Weil dies etwas ganz Besonderes, etwas Heiliges ist, nennt man diesen Tag auf der Erde „Heiligabend."

Die letzten Worte, die das Christuskind sprach, bekam Lille Lys gerade noch so mit, ehe ihn ganz plötzlich, wie aus dem Nichts kommend, eine ungeheuer große Müdigkeit übermannte. All die Ereignisse der letzten Wochen und all die Erkenntnisse, die er an diesem heutigen Tag gehabt hatte, waren einfach zu viel für ihn gewesen. Das Einzige, was er noch leise und voller Glückseligkeit vor sich hin flüstern konnte, war: *„Dann ist es jetzt endlich soweit."* Mit diesen Worten fielen ihm seine kleinen Augen zu und der Schlaf hüllte ihn gänzlich ein.

Auch das Kind in der Krippe schloss nun glücklich und zufrieden die Augen.

Erster Weihnachtstag

Der nächste Morgen war der erste Weihnachtstag. Als Lille Lys und das Christuskind erwachten, sah alles noch genauso aus, wie am Abend zuvor. Das durchsichtig gläserne Herz mit dem einen, rubinroten Teilchen des 24. Tages schwebte noch immer über der Krippe. Es sah schon jetzt sehr beeindruckend aus. Doch bei genauerer Betrachtung fiel Lille Lys auf, dass noch immer ein kleines Loch im Herzen zu erkennen war. Er schaute in sein Schatzkistchen und entdeckte darin das Puzzleteil „Wunsch" und „Wirklichkeit". Es war noch immer schwarz-weiß. *Wieso hat es sich immer noch nicht verwandelt, so wie die anderen?* fragte er sich insgeheim.

Das Christuskind sah die Enttäuschung in Lille Lys Blick. „Du wunderst dich bestimmt, weshalb da noch ein Teilchen in deinem Schatzkistchen liegt."

Mit gesenktem Blick nickte Lille Lys.

„Erinnerst du dich an die Frage, die dir die Botin vorletzte Nacht in Drømme gestellt hat?"

„Ja, daran erinnere ich mich."

„Nun", sprach das Christuskind, „Du hast sie bisher noch nicht beantwortet. Vielleicht weißt du jetzt, warum du dein Leben mit Lille Mørke teilen willst?"

In der Nacht hatte er diese Frage nicht auf Anhieb beantworten können. Aber jetzt konnte er es! Ohne jeden Zweifel wusste er, warum er sein Leben mit Lille Mørke teilen wollte. Und er war sich ebenfalls sicher, dass seine Beweggründe ehrenhaft waren.

Ein Gefühl erfasste seinen kleinen Lichtkörper, das alles in ihm zum Brennen, ja, gar zum Lodern brachte. Feierlich und mit einem Leuchten in seinen Augen sagte er: „Weil ich sie liebe und weil sie ein Teil von mir ist!"

Augenblicklich verwandelte sich das schwarz-weiße Puzzleteil in dem Kästchen ebenso wie all die anderen Puzzleteile zuvor, erhob sich und fügte sich direkt in das letzte offene Loch ein.

Jetzt war das Herz ganz und wirkte noch viel lebendiger als zuvor.

„Komm ein wenig näher", forderte das Christuskind Lille Lys auf. „Sieh dir das Herz genau an, jedes einzelne Teilchen. Und sag mir, was du siehst."

Lille Lys kleiner Lichtkörper strahlte nun vor Freude so hell wie ein kleiner Feuerball, denn was er sah, war so magisch, dass er glaubte, zu träumen.

In jedem der 23 Teilchen der letzten Tage tauchten nun noch einmal die jeweiligen gegensätzlichen Geschöpfe auf, ehe sie sich in Lille Lys und Lille Mørke verwandelten. In dem 24. Teil erstrahlte Elsker und berührte mit ihrer Liebe nacheinander jedes einzelne Puzzleteil.

Und was passierte?

Nachdem Elsker das erste Teilchen berührt hatte, verschmolzen Lille Lys und Lille Mørke darin zu einem einzigen, goldenen Lichtpunkt. Ebenso geschah es bei dem zweiten, dritten und allen anderen Puzzleteilen. Am Ende leuchtete das gläserne Herz in purpurnem rubinrot und war durchtränkt mit goldenen Lichtpunkten. Diese sammelten sich alle zu einer einzigen großen Lichtkugel im Zentrum des Herzens und sandten helle Strahlen in alle Richtungen aus.

Es war ein atemberaubender Anblick, der jeden mit Ehrfurcht erfüllte, der gerade bei diesem magischen Moment zugegen war.

„Ich habe noch eine letzte Frage, Lille Lys", unterbrach das Christuskind diesen magischen Moment der Stille. „Da sich nun auch das 23. Geheimnis verwandelt und eingefügt hat, kannst du mir bestimmt auch noch sagen, warum es sich erst nach Entdecken des 24. Geheimnisses entfalten konnte?"

Kurz überlegte Lille Lys, doch nach all den Erkenntnissen, die er bereits für sich erlangt hatte, sagte er: „Weil ich zuerst die LIEBE in MIR selber entdecken musste, bevor sie meinen Wunsch tatsächlich mit der Wirklichkeit verbinden konnte."

„Ganz recht. Erst durch das Erkennen der Liebe im eigenen Herzen können tatsächlich alle Gegensätze miteinander zu einem großen Ganzen verschmelzen. Denn nur, was aus einem Akt der Liebe geschieht, ist ehrbar. Egal, um was immer es auch geht. Und nun ist dein Wunsch bereits Wirklichkeit. Das Einzige, was du jetzt noch tun musst ist, das Herz mit beiden Händen zu berühren."

Lille Lys stockte der Atem. Er war so aufgeregt wie ein kleines Kind, wenn es das erste Päckchen unter dem Weihnachtsbaum öffnen durfte. Er schwebte so nah an das Herz heran, dass er meinte, es laut schlagen zu hören. Für einen Moment schloss er die Augen und ließ sich von der Liebe, die er gerade fühlte, vollkommen durchtränken. Dann öffnete er seine Handflächen und streckte sie nach vorne aus, wo er das Herz vermutete. Er konnte es nur vermuten, denn seine Augen waren noch immer geschlossen.

Als er sie wieder öffnete, berührten seine Handflächen nicht das Herz, sondern die Handflächen von Lille Mørke.

Auch sie öffnete in diesem Moment ihre Augen und ihre Blicke trafen sich. Zum ersten Mal sahen sie sich also in der Realität in die Augen.

Und was sollte Lille Lys sagen?! Es war noch gefühlte tausendmal schöner als in seinen Träumen!

„Da bist du ja endlich! Und ganz in echt", erklang die Glöckchen helle Stimme Lille Mørkes freudig an seinem linken Ohr. „Bisher habe ich dich nur in zwei meiner Träume gesehen."

„Du hast mich auch in deinen Träumen gesehen?" fragte Lille Lys verwundert.

„Ja!" bestätigte sie. „In meinem ersten Traum bereitetest du mich auf meine erste Erdenreise vor. Du sagtest zu mir: *„Ich denke, du bist jetzt soweit."* Ich wollte dich noch so vieles fragen, doch du legtest deinen Finger auf meine Lippen und schautest mich ganz intensiv an. Du sagtest, du wärst auf dieser Reise meine Stärke und meine Sehnsucht und wenn ich meine Reise wirklich erfolgreich zu Ende führe, würdest du da sein und auf mich warten." Sie strahlte ihn an: „Und jetzt bist du da!"

Lille Lys konnte kaum glauben, was er da hörte, denn nun erinnerte er sich auch ganz genau an seinen ersten Traum. Aber alles, was Lille Mørke ihm gerade berichtet hatte, war doch genau andersherum gewesen. SIE hatte doch IHN auf seine Reise vorbereitet. Sie wollte doch am Ende auf ihn warten, nicht umgekehrt. Und genauso schilderte er jetzt Lille Mørke seine Version. Beide standen sie am Ende völlig verwirrt da und hatten keine Erklärung für all das.

Das Christuskind blickte die Beiden mit einem geheimnisvollen Lächeln an.

Zunächst wandte es sich an Lille Mørke: „Wiederhole bitte noch einmal, weshalb du dein Leben mit Lille Lys teilen möchtest."

„Weil ich ihn liebe", kam es augenblicklich als Antwort über ihre Mondsichelförmigen Lippen. „Und weil er ein Teil von mir ist." Dabei sah sie Lille Lys direkt in die Augen und man konnte die Röte, die ihr ihre unendliche Liebe in ihr kleines schwarzes Gesicht zauberte, nur allzu gut erahnen. Und sie verstand plötzlich, was genau hier vor sich ging.

Lille Lys stand noch wie angewurzelt da, hatte aber ebenfalls begriffen, was dies zu bedeuten hatte. Doch auch ihn fragte das Christuskind noch ein zweites Mal dieselbe Frage.

„Weil ich sie liebe", brachte er in hauchendem Ton hervor. Dann nahm er Lille Mørkes rechte Hand in seine linke und sprach weiter: „Und weil sie ein Teil von mir ist." Auch ihm trat nun die Liebes-Röte ins Gesicht und sie war überdeutlich zu erkennen.

„Genauso ist es!" strahlte das Kind in der Krippe.

Und da alles Wichtige erstmal gesagt worden war, was bis dahin gesagt werden musste, sprach das Christuskind nun: „Jetzt möchte ich das Weihnachtsfest feiern, so, wie es auf vielen Teilen der Erde der Brauch ist." Mit diesem Satz verwandelte sich die Landschaft um sie herum wie von Zauberhand in eine wundervolle weiße Schneelandschaft. Sanft fielen die feinen Flöckchen vom Himmel und es schien, als würden sie wie kleine Glöckchen aneinander schellen. Es war eine herrliche Winterlandschaft entstanden, die jedoch in wohliger Wärme erstrahlte. Lille Lys und Lille Mørke waren ganz fasziniert von dem Anblick. Direkt vor ihren Augen wuchs ein riesiger Tannenbaum aus der Erde, der geschmückt war mit vielen, hell leuchtenden Lichterketten, mit bunten Kugeln, Äpfeln und Nüssen. Daneben stand plötzlich ein festlich gedeckter Tisch. Es war eine riesige Tafel, die für allerlei Gäste Platz bot. Als Speisen gab es unter anderem gebratene Gans, Karpfen, feinen Rinderbraten und Entenbrust. Als Beilagen standen Kartoffeln, Klöße und allerlei Gemüse mit auf dem Tisch.

Und als ob das nicht alles schon aufregend genug gewesen wäre, so tauchten auf einmal wie aus dem Nichts Lille Lys und Lille Mørkes Familien auf. Auch sie hatten nicht mehr ihre typische Schneebold-Konsistenz, sondern waren hier in *Herz* ebenfalls vorübergehend zu Licht-und Schatten-Kugeln geworden.

Die Freude, sich nach so vielen Wochen endlich wieder zu sehen, war allerseits riesengroß und natürlich hatten sie sich sehr viel zu erzählen.

„Nehmt doch bitte Platz", bat das Christuskind nach einer Weile und wies dabei auf die reichlich gedeckte Tafel.

Als alle von der guten Mahlzeit gesättigt waren, setzte das Christkind an und erzählte von den unterschiedlichsten Bräuchen, die es auf der Erde für das Weihnachtsfest gab. Zum Ende schloss es mit den Worten: „Wisst ihr, die Weihnachtszeit ist einfach eine so besondere Zeit, weil sie begleitet ist von einer inneren und einer äußeren Stille. Alleine, weil die Tage im Dezember viel kürzer und viel dunkler sind als zu jeder anderen Zeit im Jahr, ist es einfacher, einmal zur Ruhe zu kommen. In der Natur liegt dann ein ganz besonderer Zauber, der es ermöglicht, das eigene Herz wieder besser wahrzunehmen und die Liebe in sich zu fühlen – für sich und für andere."

„Das klingt ganz wundervoll", entfuhr es Lille Lys. „Weihnachten ist wirklich etwas ganz besonderes!"

Damit erhob er sein Glas und alle stießen feierlich auf das wundervolle Weihnachtsfest an.

So feierten sie noch bis spät in die Nacht hinein, ehe sie sich schlafen legten und sich auf den nächsten Tag freuten.

Zweiter Weihnachtstag

Es war einmal vor langer Zeit und doch auch wieder nicht, da kamen jedes Jahr im Dezember die Schneebolde in den hohen Norden Skandinaviens herabgerieselt.

Dort hatte jeder von ihnen eine bestimmte Aufgabe vor sich, die er bis zum Weihnachtsfest erfüllen musste. Eines hatten dabei alle Aufgaben gemeinsam: stets drehte sich alles um die *Liebe*. Denn *sie* war, ist und bleibt das kostbarste Gut auf der ganzen Welt! Und mit Kostbarkeiten muss man sehr achtsam sein, was gar nicht immer so leicht ist. Und so standen die Schneebolde immer wieder vor der großen Herausforderung, den Erdengeschöpfen im Umgang mit diesem kostbaren Gut zu helfen. Sie sollten ein wenig Licht in die winterliche Dunkelheit bringen und zu Stein gewordene Herzen neu entzünden.

Zum Weihnachtsfest trafen sich dann alle Schneebolde wieder, um größtenteils gemeinsam zurück ins Wolkenreich zu kehren.

Dafür versammelten sie sich jedes Jahr um die Krippe des Christuskindes, über der an diesen feierlichen Tagen stets das rubinrote Herz der Liebe schwebte. Dieses galt es für die Schneebolde nun noch zu entzünden. Sobald nämlich das Herz lichterloh brannte, fassten sich alle Schneebolde gemeinsam an den Händen, um zusammen in die Flammen zu hüpfen. Dort lösten sie sich einfach auf und kehrten zumeist wieder zurück ins Wolkenreich, wo sie sich ein ganzes Jahr lang auf ihre nächste Erdenreise vorbereiteten.

Jetzt fragt Ihr Euch aber sicherlich, wie sie das Herz wohl in Flammen setzten. Und diese Frage ist recht leicht zu beantworten. Dafür brauchten sie nicht einmal ein Feuerzeug, ein Streichholz oder sonst irgendein Hilfsmittel.

Nein, am zweiten Weihnachtstag war es stets einfach so, dass jeder Schneebold von seiner Aufgabe, die er zu erfüllen hatte, berichtete. Und sobald einer von ihnen seine Aufgabe gelöst hatte, entflammte sich ein kleiner Funke mitten im rubinroten Herzen. Je mehr Schneebolde ihre Aufgabe erfüllt hatten, desto mächtiger wurde das Feuer, das sich im ganzen Herzen ausbreitete.

Und am Ende, sobald alle Schneebolde ihre Geschichte vorgetragen hatten, sandte das Herz seine Strahlen so übermächtig in die ganze Welt hinaus, dass sie wirklich wieder ein wenig heller erschien und so die Liebe für viele Erdengeschöpfe wieder spürbarer war. Da diese keinerlei Erklärung für die wundersamen Veränderungen hatten, sprach man überall auf der ganzen Welt einfach von einem Wunder: *dem Wunder der Liebe!*

Ja, das war die Aufgabe der Schneebolde, wenn sie einmal im Jahr hinab zur Erde rieselten.

Doch bevor ein Schneebold überhaupt die Fähigkeit besaß, eine solche Aufgabe zu erfüllen, musste er zunächst in das große Weihnachtsgeheimnis, die Liebe, eingeweiht werden. Um dieses Geheimnis zu lüften gibt es viele verschiedene Wege.

Einen dieser Wege hatte nun unser kleiner Schneebold Lille Lys hinter sich gebracht. Und mit ihm, ganz unbemerkt, auch Lille Mørke, sein passendes Gegenstück.

Heute, an diesem zweiten Weihnachtstag, standen die Beiden nun gemeinsam mit ihren Familien und vielen weiteren Schneebolden um das brennende Herz herum. Wie bereits erwähnt, war für die meisten Schneebolde klar, dass sie in wenigen Minuten wieder zu Hause sein würden.

Allerdings gab es auch Schneebolde, die noch nicht zurückkehrten, sondern sich für eine andere Möglichkeit entschieden. Es waren zumeist jene Schneebolde, die, wie Lille Lys und Lille Mørke nicht nur die Liebe zu sich selbst, sondern auch die Liebe zu ihrem passenden Gegenstück entdeckt hatten und diese Liebe jetzt nicht einfach nur gemeinsam leben, sondern sie auch noch einmal als etwas ganz Besonderes erfahren wollten. Auf sie würde nun eine neue Aufgabe warten, für die sie noch einmal all ihren Mut zusammen nehmen müssten. Denn sie würden, statt gemeinsam zurück ins Wolkenreich zu kehren, noch einmal getrennt auf die Erde kommen. Allerdings nicht als Schneebolde, sondern als Menschen. Als Menschen, die sich im Laufe ihres Erdendaseins wiederbegegnen und den Weg der Liebe noch einmal gehen müssten, um sich als ein zusammengehöriges Paar erfahren und zusammenleben zu können.

In dem Moment, wo sie sich dann quasi das erste Mal, häufig als Mann und Frau, begegnen, erkennen sich zwar sofort ihre Herzen und beide fühlen unmittelbar diese einmalige Verbundenheit, doch alles andere scheint zunächst gänzlich unbekannt und irgendwie unvereinbar. Dies liegt an der neuen Aufgabe, dem Weg, den Beide nun noch einmal zusammen und doch getrennt voneinander zu meistern haben. Sie müssen zunächst die scheinbare Unvereinbarkeit, die Dualität, in sich selbst erlösen, um sich dann mit einem weit geöffneten Herzen wiederbegegnen zu können. Schließlich werden sie ihre neu entdeckte Liebe in allen nur erdenklichen Formen und Facetten leben können.

Da stellt sich Dir sicherlich auch noch die Frage, wozu zwei Schneebolde wie Lille Lys und Lille Mørke sich noch einmal trennen sollten, wenn sie doch auch einfach zusammen im Wolkenreich miteinander leben könnten?

Nun, die Liebe auf der Erde ist etwas ganz Besonderes. Etwas wahrlich magisches, das es so im Wolkenreich einfach nicht gibt. Diese Magie spürt man so intensiv wirklich nur auf der Erde.

Allerdings verstehen viele Menschen die Liebe ganz falsch. Diese Menschen sind der Meinung, dass man Liebe beweisen müsse, denn Beweise sind etwas Handfestes, etwas Greifbares. Und solange der andere tut und sagt, was man von ihm verlangt, ist das ein Zeichen für sie, dass der andere sie tatsächlich liebt.

Liebe jedoch muss sich nicht beweisen. Sie ist und bleibt etwas Magisches. Wenn ein Mensch ihr begegnet, dann weiß er es einfach – in seinem Herzen.

Und wenn sich dann solch Liebespaare wie Lille Lys und Lille Mørke auf der Erde wiederbegegnen, haben sie die unglaubliche Gabe, ihre Liebe auch spürbar für andere Menschen in die Welt zu tragen. Nicht nur an Weihnachten, sondern das ganze Jahr über. Das ist etwas ganz Besonderes.

Die Schneebolde, die hier jetzt vor dieser Wahl standen, so wie Lille Lys und Lille Mørke, müssten diese Wahl auch unabhängig voneinander treffen. So konnte es passieren, dass vielleicht nur einer der Beiden sich entschließen würde, diese weitere Aufgabe anzugehen, während der andere zurück ins Wolkenreich ginge. Vielleicht entschlössen sich auch Beide für das Wolkenreich oder aber beide wollten das Menschsein für sich erproben, um dann ein wirkliches, magisches Miteinander zu erleben…

„Aber was ist denn, wenn wir uns vielleicht doch gar nicht wiedererkennen?", fragte Lille Lys das Christuskind nun ziemlich ängstlich. Für ihn stand Felsenfest, dass er zu allem bereit war, um sein Leben mit Lille Mørke auf ganz besondere Weise zu erfahren. Doch die Angst, seine große Liebe vielleicht doch wieder zu verlieren, war einfach auch sehr spürbar.

„Glaube mir, Lille Lys, es ist schier unmöglich, dass ihr euch nicht erkennt, denn ihr seid jeweils ein Teil voneinander. Ihr seid eine Einheit, eine zusammengehörige Seele. Sozusagen eine „Bella* Sjæl*". Es wird ein unmittelbares Strahlen in euren Augen liegen, das alles in euch zum Schmelzen bringen wird. Aber wenn es dich beruhigt, dann könnt ihr hier und heute eine Verabredung treffen, was ihr euch als Zeichen der Erkennung entgegenbringen könntet."

Daraufhin wandte Lille Mørke sich an Lille Lys: „Mein Lieber", begann sie, „sage mir, was ich dir als Zeichen meiner Liebe mit auf deinen Weg geben soll, damit du mich auch wirklich erkennen kannst."

Ganz kurz überlegte Lille Lys, doch dann fiel ihm wieder ein, wie sehr ihn ihre liebliche Stimme verzauberte, wenn sie nur zu ihm sprach. „Ich würde mir wünschen", sagte er mit einem Strahlen im Gesicht und nahm dabei ihre Hand in seine, „dass du für mich singst."

Sie erwiderte sein Strahlen und sprach. „Das will ich sehr gerne für dich tun."

„Und was soll ich dir für ein Zeichen schicken?"

Lille Mørke schaute Lille Lys direkt in die Augen und bedachte ihn dabei mit einem warmen Lächeln. „Ich werde das Funkeln in deinen Augen erkennen. Das ist für mich Zeichen genug."

Und so fassten sich alle Schneebolde an den Händen, um gemeinsam in die Flammen des rubinroten Herzens zu springen. Lille Lys und Lille Mørke sahen sich noch ein letztes Mal an und dann, kurz bevor sie sich in den Flammen auflösten und jeder für sich selber entscheiden musste, wohin ihn seine Reise nun führte, begann Lille Mørke ganz leise zu singen: „I say thanks, thanks for sharing…"(Ich sage Danke, Danke für`s Teilen)

Lille Lys tauchte vollkommen in ihre Melodie ein, um sie nie wieder zu vergessen. Dann nahm er all seinen Mut zusammen, küsste sie voller Zärtlichkeit und ließ sich, ebenso wie Lille Mørke, von der Wärme der Flammen einhüllen…

Wofür sie sich wohl am Ende entschieden haben? ;-)

ENDE…

und

doch auch wieder

ANFANG…!

Denn die Liebe endet nie!!!

Thanks for sharing

Composing and Lyrics by Nadine Bogner 2017/ Arrangements by Dirk Martin 2017

Thanks for sharing
By Bella Sjæl

There are moments
they change your whole life
at once and forever
they touch your heart and soul.
Take you on a journey
Just wanna bring you home
Home is where the heart is
And love is all around

I say thanks, thanks for sharing
Precious moments in my life
Oh, my heart is open wide
I say thanks, thanks for sharing
Like rivers running through the sea
Your love will always be a part of me

There are feelings
Your mind will never understand
No words to say – just
Let the waves come over
Sweeter than honey
And bitter than blood
This connection is forever
This connection is just love

I say thanks, thanks for sharing
Precious moments in my life
Oh, my heart is open wide
I say thanks, thanks for sharing
Like birds are singing in the trees
You know, you`ll always be a part of me

And sometimes when I think I`m losing it all
There comes a memory
A whisper of love and hope
Then I still now:

There`s only one place
Where I have to go
Finding all the treasures
This place is called heart
Here you`ll stay forever
Here is our home
Sharing tears and laughter
Forever in love

So, I say thanks, thanks for sharing… (wie 1. Strophe)

… a part of me!

Deutsche Übersetzung:

Danke fürs Teilen

Da sind Momente,
die Dein ganzes Leben verändern.
Sofort und für immer.
Sie berühren Dein Herz und Deine Seele.
Nehmen Dich mit auf eine Reise,
wollen Dich einfach nach Hause bringen.
Zu Hause ist, wo das Herz ist
und Liebe überall

Ich sage Danke, Danke fürs Teilen
wertvoller Momente in meinem Leben.
Oh, mein Herz ist weit geöffnet.
Ich sage Danke, Danke für das Teilen.
So wie Flüsse ins Meer fließen,
wird Deine Liebe immer ein Teil von mir sein.

Da sind Gefühle,
die Dein Verstand niemals verstehen wird.
Da gibt es keine Worte zu sagen.
Lass einfach die Wellen über Dich kommen.
Süßer als Honig
und bitterer als Blut.
Diese Verbindung ist für immer.
Diese Verbindung ist Liebe.

Ich sage Danke, Danke fürs Teilen
wertvoller Momente in meinem Leben.
Oh, mein Herz ist weit geöffnet.
Ich sage Danke, Danke für das Teilen.
So wie die Vögel in den Bäumen singen

wirst Du immer ein Teil von mir sein

Und manchmal, wenn ich denke,
ich verliere alles,
kommt eine Erinnerung,
ein Flüstern von Liebe und Hoffnung.
Und dann weiß ich wieder:

Da ist nur ein Ort
wo ich hingehen muss,
um alle Geheimnisse zu finden.
Dieser Ort heißt Herz.
Hier wirst Du für immer sein!
Hier ist unser zu Hause!
Teilen wir Tränen und Lachen!
Für immer in Liebe!

Also, ich sage Danke, Danke fürs Teilen… (wie 1. Strophe)

…Ein Teil von mir

 # Übersetzungs-Nachweise

Lille Lys	kleines Licht
Far	Vater
Mor	Mutter
Mor Mor	Großmutter mütterlicherseits
Bule	Beule
Dråbe	Tropfen
Lille Mørke	Kleine Dunkelheit
Dag	Tag
Nat	Nacht
Frygt	Furcht
Modet	Mut
Egoisme	Selbstsucht
Andel	teilen
Ny	neu
Alto	alt
Grim	hässlich
Smukke	schön
Dårligt	arm
Kongerige	reich
Vicino (Italienisch)	nah
Afstand	fern
Tæt	nah
Distanza (Italienisch)	fern
Rigdom	Fülle
Tomme	Leere
Stygge Ulv	böser Wolf
Gode Fe	gute Fee
Råd	Rat
Kraftig	stark

Svag	schwach
Sandhed	Wahrheit
Falskhed	Lüge
Spejl	Spiegel
Stor	groß
Lille	klein
Perfektion	vollkommen
Fejl	Fehler
Farvel	Abschied
Begynder	Anfang
Lys	hell
Mørke	Dunkel
Tabt	verloren
Fundet	gefunden
Sår	Wunde
Healing	Heilung
Lille Trolls	kleine Trolle
Kraftfuld	Machtvoll
Ubeskyttede	schutzlos
Kok	Koch
Tryllekunstner	Zauberer
Krig	Krieg
Fred	Frieden
Kontrol	Kontrolle
Tillid	Vertrauen
Klog	Weise
Clueless	Unbedarft
Drømme	Traum
Elsker	Liebe
Bella (Italienisch)	Schöne
Sjæl	Seele

Frohe Weihnachten

Glædelig Jul

Buon Natale

Zeitfracht Medien GmbH
Ferdinand-Jühlke-Straße 7
99095 Erfurt, Deutschland
produktsicherheit@kolibri360.de